Née en Bretagne, Irène Frain est agrégée de lettres classiques. Romancière, historienne et journaliste, elle a publié de nombreux ouvrages, dont *La forêt des 29*, *Le navire de l'homme triste et autres contes marins*, *Beauvoir in love* et *Les naufragés de l'île Tromelin*, tous disponibles chez J'ai lu. Son dernier récit, *Un crime sans importance* (Éditions du Seuil, 2020 ; Points, 2021), a reçu le prix Interallié 2020. Elle est également l'auteure, aux Éditions de l'Aube, du recueil de textes *Une certaine idée du bonheur*.

Je te suivrai en Sibérie

DU MÊME AUTEUR

Quand les Bretons peuplaient les mers, Fayard, 1979, 1988.

Contes du cheval bleu : les jours de grand vent, Jean Picollec Éditeur, 1980.

Le Nabab, Jean-Claude Lattès, 1982 ; Le Livre de poche, n° 6423.

Modern Style, Jean-Claude Lattès, 1984.

Désirs, Jean-Claude Lattès, 1986.

Secret de famille, Jean-Claude Lattès, 1989 ; Le Livre de poche, n° 6963.

La Guirlande de Julie, Robert Laffont, 1991.

Histoire de Lou, Fayard, 1990, 1993.

Devi, Fayard, 1993.

Quai des Indes, Fayard, 1993.

Vive la mariée !, Du May, 1993.

La Vallée des hommes perdus : l'Inde secrète (aquarelles d'André Juillard), Éditions DS, 1994.

L'Homme fatal, Fayard, 1995.

La Fée Chocolat (illustrations de Laurent Berman), Stock, 1995 ; Fayard, 2002.

Le Fleuve bâtisseur (photographies de Bérengère Jiquel), PUF, 1997.

L'Inimitable, Fayard, 1998.

Lady Di, Éditions Assouline, 1998.

À jamais, Albin Michel, 1999.

La Maison de la source, Fayard, 2000.

Julien Gracq et la Bretagne, Blanc Silex, 2000.

(suite en fin d'ouvrage)

IRÈNE FRAIN

Je te suivrai en Sibérie

J'AI LU

À Hélène et Guy

Tu vis ? Agis !

Nicolas Bestoujev

Saint-Pétersbourg
Tourinsk
Perm
Nijni-Novgorod
Viazma
Moscou
Kazan
Simbirsk
Penza
Paris
KAZAKHSTAN

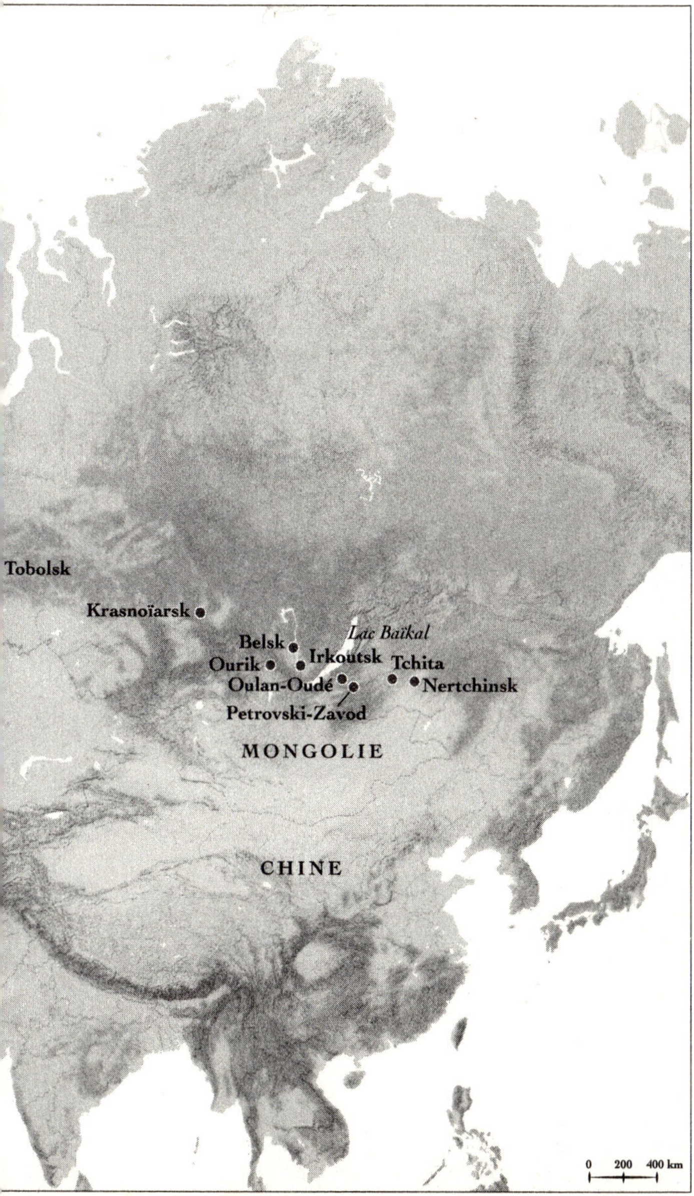
Tobolsk
Krasnoïarsk
Lac Baïkal
Belsk
Irkoutsk
Ourik
Tchita
Oulan-Oudé
Nertchinsk
Petrovski-Zavod
MONGOLIE
CHINE
0 200 400 km

I

Traces

Le manuscrit que je feuillette est un brouillon. Sa version définitive a disparu. Il est fait de plusieurs cahiers, tous imposants et de papier épais.

La page de garde du premier cahier porte une grande tache brune. Une éclaboussure de thé, vraisemblablement. Les feuillets suivants ont absorbé le liquide. On a dû les tamponner pour tenter de réparer les dégâts mais le mal était fait : la marque ne s'estompe qu'à la page dix. Le texte – du russe où surgissent parfois des phrases en français – reste très lisible.

Au début, les phrases s'enchaînent sans la moindre rature. Puis les biffures, les rajouts se multiplient, et les traces d'encre aussi. Ou le texte s'interrompt. Une, voire plusieurs pages, sont restées vierges, sans doute en attente d'un épisode à intercaler dans le récit. On n'y est pas revenu. On a dû ranger ces cahiers dans un tiroir et ne plus y penser. Ou plutôt s'obliger à ne plus y penser, puisqu'on ne les a pas détruits. Il arrive aussi qu'une page ait été à moitié déchirée. On s'y est pris de façon grossière, sous le coup de l'agacement, de la colère peut-être, ou de la peur. On ne s'est pas aperçu que le feuillet suivant avait bu l'encre et conservé, sous forme de pointillés, la mémoire de la page déchirée. Même en s'aidant d'une loupe, il n'y a rien à en tirer. Ils sont trop discontinus et de toute façon, je ne parle ni ne lis le russe. Pour me retrouver dans ce manuscrit, je me repère aux phrases en alphabet latin qui surgissent de loin en loin dans ces pages noircies de caractères cyrilliques : « L'amour que je porte à M. Annenkov [...]. Dans votre pays, ils auraient été condamnés à mort. [...] La grâce que j'ai obtenue de suivre mon mari en Sibérie... » Ces brefs passages en français correspondent presque tous à des tournants décisifs du récit. Et cette histoire je la connais bien : je l'ai découverte dans une traduction française que j'ai relue hier soir pendant mon vol Paris-Saint-Pétersbourg. Elle mentionnait que l'original du texte était conservé ici, à l'Institut Pouchkine, dans les réserves où les Russes entreposent les plus précieux trésors de leur littérature.

Les aventures que j'y avais découvertes m'avaient déroutées et, parfois, laissée stupéfaite. Je ne connaissais pas Saint-Pétersbourg. J'y ai vu l'occasion d'approcher la ville autrement qu'en touriste. J'ai fait le voyage.

Il existe d'autres traductions françaises de ce récit, toutes publiées en Russie et peut-être plus fidèles. Pour l'instant, je n'ai pas réussi à me les procurer. La mienne a été éditée pendant la guerre froide, en 1975, dans le cadre d'improbables « amitiés franco-soviétiques ». Le gouvernement Brejnev célébrait en grande pompe le cent vingt-cinquième anniversaire d'une journée qui avait profondément marqué la Russie du siècle précédent, le 14 décembre 1825, quand plusieurs centaines d'aristocrates organisés en sociétés secrètes – les Décembristes, comme on les nomma plus tard – tentèrent un coup d'État contre le tsar. Fervents admirateurs de la France des Lumières et de la Révolution française, excédés par les abus du régime et résolus à en finir avec le servage, ils voulurent imposer à Nicolas Ier un gouvernement démocratique régi par une constitution. Ils avaient décidé, en cas de refus, de le destituer. Et, pour certains, de l'assassiner. Leur soulèvement fut écrasé en quelques heures. Ils furent arrêtés, jetés en forteresse, puis le tsar, après un simulacre de procès et la pendaison de cinq « meneurs », fit déporter cent vingt et un conjurés en Sibérie, dans un vieux fortin des confins de la Chine et de la Mongolie.

Interdits de correspondance, ils étaient destinés à y mourir dans l'oubli le plus absolu, si un événement d'apparence microscopique n'était venu contrecarrer le plan conçu par Nicolas Ier pour se débarrasser de ses opposants : huit femmes – les épouses de sept des conjurés et la maîtresse de l'un d'entre eux – décidèrent de les rejoindre. À leur tour, dans de mauvais traîneaux ou des voitures bringuebalantes, elles prirent la route de l'est, franchirent l'Oural, le lac Baïkal, les steppes et les montagnes de cette Sibérie où presque personne ne s'aventurait à l'époque, hormis les nomades, les explorateurs et les régiments de Cosaques qu'on y expédiait pour surveiller les frontières et les camps de forçats. Une fois sur place, elles s'installèrent aux portes du fort où étaient détenus leurs hommes et se jurèrent de ne repartir qu'au jour de leur libération.

Leur geste éblouit l'opinion russe. Dès que la nouvelle se propagea, loin d'oublier les Décembristes, on vit en eux le symbole de la liberté bafouée ; et les huit femmes qui les avaient suivis pour leur rendre l'espoir devinrent des légendes vivantes. Les écrivains s'en emparèrent. Pouchkine, Odoïevski, Nekrassov leur consacrèrent des poèmes qui achevèrent d'en faire des héroïnes du roman national russe, si populaires qu'elles survécurent à la Révolution de 1917. Sous Staline, puis sous Khrouchtchev, en dépit de leurs origines – elles appartenaient presque toutes à la fine fleur de l'aristocratie –, on les considérait comme des figures essentielles de l'histoire russe. Dans les années soixante-dix, le régime de Brejnev finança un film à grand spectacle qui mettait en scène leur épopée.

Son succès ne s'est pas démenti et sous Vladimir Poutine, le mythe des *dekabristki*[1], comme on les appelle désormais, est toujours solidement enraciné. On leur érige des statues, on les célèbre en poèmes et même en chansons qu'on diffuse sur YouTube. Plus leur légende se

1. « Femmes décembristes »

répand, plus on perd de vue la réalité de leur parcours. Deux des huit *dekabristki*, pourtant, ont raconté leur équipée : la princesse Maria Wolkonski, dans un récit d'une centaine de pages ; et, de façon bien plus détaillée, une Française qui, à son arrivée en Russie, était une simple vendeuse dans une boutique de mode, Pauline Geuble, qui rejoignit là-bas son amant, Ivan Annenkov, un richissime aristocrate. C'est elle qui a dicté le manuscrit que je tiens entre mes mains.

J'aime les traces. Oui, elles finissent par s'effacer. Mais pas toutes. Et la mémoire, lorsqu'elle triomphe de l'oubli, est féroce. Je l'ai compris un matin que je crapahutais dans les montagnes de Digne. Mon guide a pointé un bloc de grès. Ce rocher, avant d'être un rocher, avait été une plage qui bordait un océan. À la suite d'un enchaînement d'événements géologiques dont le détail est inconnu, l'océan avait disparu, le sable de la plage s'était pétrifié, la roche ainsi formée s'était disloquée et l'un de ses fragments, au lieu d'aller se perdre sous des couches de sédiments, était resté en surface. C'était le bloc de grès que j'avais sous les yeux. Il portait des empreintes d'oiseaux, volatiles dont on ne savait rien sinon qu'un jour, dans des temps extraordinairement reculés, vingt, trente millions d'années, ils s'étaient posés sur une plage et l'avaient traversée.

Avec leurs traces, j'y étais presque, dans ces premiers matins du monde. Grâce au dessin des palmes imprimées dans le grès, je les voyais, ces oiseaux, imprévisibles, le pas suspendu et soudain, envolés. Et pourtant je ne les voyais pas. Je les reconstituais.

C'était l'instant de la trace, ce tremblé subit du réel où dans la même seconde, on se souvient et on imagine. Ce moment est précieux, il nous console de notre condition mortelle. « Ce qui a été, est », nous disent les traces. C'est bien pourquoi elles nous subjuguent. Nous sommes happés par le siphon de la curiosité, nous voulons à toute force les remonter, comprendre par quel miracle elles ont réchappé de l'oubli. Quand, enfin, nous l'apprenons, nous ne sommes pas comblés. Nous voulons découvrir ce que les traces n'ont pas dit. Savoir ce qui s'est passé avant, après elles, connaître leurs secrets.

C'est ce qui m'est arrivé avec le récit de Pauline, une autobiographie souvent confuse et parfois lacunaire – ces blancs, ces pages arrachées que je viens de découvrir dans son manuscrit.

Dès que j'ai commencé à le lire, je me suis attachée à elle. Elle habitait son texte de façon étrange, présente et absente à la fois, telle l'inconnue du « Rêve familier » de Verlaine. J'ignorais si elle était brune, blonde, ou rousse et à chaque chapitre, elle n'était ni tout à fait la même ni tout à fait une autre. Cependant je la voyais, et il arrivait – là encore, ainsi qu'en rêve –, que j'entende sa voix. En lisant une note du traducteur, j'ai compris pourquoi : cette histoire, Pauline l'avait dictée à sa fille Olga.

Malheureusement, au plus beau de ses aventures, au moment où les Décembristes, avec l'aide des huit femmes, avaient réussi à faire de leur lointaine prison sibérienne une microsociété qui n'obéissait qu'à ses lois propres, le récit de Pauline s'arrêtait net. Rien ne l'avait annoncé. Je me retrouvais devant un mur. Ou plus exactement devant le placard de Barbe-Bleue. Une porte verrouillée dont elle avait donné la clef dans l'avant-dernier paragraphe de son texte, une toute petite clef, comme dans le conte de Perrault : les termes « vallée », « cimetière » et « enfer ». S'ensuivait une brève description de l'enfer en question. Pauline en avait parlé au présent, comme si elle continuait à y vivre, ce qui n'était pas le cas, elle avait regagné la Russie d'Europe sept ans plus tôt. Puis elle lâchait un dernier bout de phrase et elle se taisait à jamais. Les notices placées en annexe de cette traduction étaient pourtant formelles : en 1861, à l'époque où elle dictait son autobiographie, elle était en parfaite santé et le resta jusqu'à sa mort, quinze ans après.

Avec un peu de métier, Pauline aurait fait une excellente conteuse. En dépit de ses maladresses, elle dépeignait avec beaucoup de verve les lieux où elle avait vécu, les personnages qu'elle avait rencontrés ; et sur certains épisodes, elle était intarissable. Elle datait les tournants de sa vie au jour près, parfois à l'heure près. Alors pourquoi ce silence subit ? Je ne la voyais pas céder à la pression d'un proche. C'est son entourage, au contraire, qui l'avait poussée à dicter ses mémoires et on sentait qu'elle y avait pris beaucoup de plaisir. Une seule hypothèse : quelque chose s'était produit dans la vallée perdue qu'elle venait de décrire. À sa seule évocation, trente-cinq ans plus tard, elle avait décidé d'en rester là.

*

Depuis mon enfance, plus encore que les traces, j'aime les placards secrets qu'on trouve dans la plupart des familles, ces coffres à non-dits dont on vous donne la clef tout en vous interdisant de vous en servir. Dès ma première lecture de Barbe-Bleue, vers l'âge de sept ans, je me suis reconnue dans le personnage de sa femme. J'aurais fait comme elle. Le *serial killer* n'aurait pas eu le dos tourné que je serais descendue dans sa cave et j'aurais déverrouillé la porte du cagibi où il dissimulait ses victimes. J'avais déjà compris que les adultes ne sont pas seulement en charge de leur famille visible. Ils nourrissent également toute une tribu de fantômes. Les uns, habillés d'historiettes chatoyantes et pittoresques, presque aussi attachantes que les vivants, tant on en parle ; et une autre variété de spectres, ceux qu'on n'évoque jamais sauf pour dire : « Laisse tomber », « Ce n'est pas intéressant » ou, dans le meilleur des cas : « Tu comprendras plus tard. » J'aimais les deux. Mais si j'avais dû choisir, j'aurais opté pour les seconds, ceux du placard interdit. Bien plus excitants.

Après ma lecture des souvenirs de Pauline, je me suis livrée sans retenue au démon de la curiosité et son pouvoir de séduction a été d'autant plus puissant que j'étais confrontée à une autre énigme : pourquoi les deux monuments de la littérature mondiale qui croisèrent son chemin, Dostoïevski et Dumas, brossèrent-ils des portraits si contradictoires ? Pour l'auteur de *Crime et Châtiment*, qui la rencontra à l'époque où il n'était qu'un forçat anonyme en route pour un de ces « prégoulags » qui se multipliaient en Sibérie, Pauline est une femme solaire et d'une humanité exceptionnelle, un de ces êtres charismatiques qui parviennent d'un seul mot, parfois d'un seul geste, à vous remettre sur pied et à vous rendre espoir. À l'opposé, Dumas, qui fit d'elle l'héroïne de son roman *Le Maître d'armes*, voit en Pauline le type même de ces Parisiennes qui font tourner les têtes : jolie femme, séductrice, élégante, délicieuse, un brin aguicheuse et le cœur sur la main, charmante, en somme – c'est le mot qu'il emploie. D'après tous les témoins, pourtant, il était la bête noire de Pauline. Dès qu'on évoquait ses livres en sa présence, elle s'en prenait à lui avec une telle violence que sa famille et ses amis finirent par se passer le mot : ne jamais prononcer son nom quand elle était là. Dans son récit, du reste, où elle parle de Dumas à deux reprises, elle a du mal à cacher qu'elle le déteste.

Pourquoi lui en voulait-elle à ce point ? Connaissait-il sur elle des secrets dérangeants ? Ceux qui correspondaient aux silences ou aux ellipses de son texte ? La façon dont elle avait quitté sa province puis gagné la Russie, par exemple ? Ou les dessous de l'exploit qui l'avait conduite en Sibérie ? Elle était étrangère, le voyage était dangereux, coûteux, elle n'était à l'époque qu'une petite Française désargentée et par surcroît, mère célibataire. Elle avait livré quelques explications, mais avait-elle dit vrai ? Pour commencer, par quel miracle cette simple jeune fille née comme Jeanne d'Arc dans un petit village de Lorraine avait-elle pu rencontrer, en plus de Dostoïevski et Dumas, les hommes les plus célèbres de son temps, Napoléon, Chateaubriand et surtout Nicolas Ier, qu'il était interdit d'aborder sans qu'il ait été prévenu, sous peine d'être immédiatement jeté en prison ?

*

La curiosité a un frère jumeau, le doute. J'ai compulsé des archives, vérifié, recoupé. C'était incontestable, Pauline n'avait pas menti.

La curiosité est une addiction. Plus je m'apercevais que son parcours était hors du commun, plus je m'interrogeais sur ses mobiles. Pourquoi avait-elle émigré en Russie ? Quelle raison avait pu la pousser à prendre la route d'une des régions les plus inhospitalières de la planète pour suivre un homme avec qui elle avait vécu à peine six mois ? Seule, par moins trente et parfois pire, baragouinant à peine le russe et laissant derrière elle une petite fille qui n'avait pas deux ans, alors que son amant ne possédait plus rien, ni fortune, ni titres, ni avenir. L'amour ? Mais que pouvait-elle espérer construire avec lui ?

Jusque-là, elle s'était signalée par une spectaculaire indépendance. Aux affres de la passion, elle avait toujours préféré sa liberté. Dans son récit, on la voyait capable de cynisme.

Les interrogations, à force de s'accumuler, me conduisaient à une impasse. Je n'ai vu qu'une façon d'en sortir. Au lieu de me laisser tarabuster par la question « Qu'a fait au juste Pauline ? », me demander « Qui est-elle ? ». D'où ma fièvre, ce matin, dans ce dépôt d'archives. J'en oublie que j'ai quitté Paris pour les rives de la Neva. Je ne me lasse pas de tourner les pages de ce vieux brouillon.

J'aime son côté foutraque, ces passages que Pauline dicte d'abord sans la moindre hésitation, comme s'ils s'étaient écrits en elle depuis des années et n'avaient attendu, pour jaillir, qu'un scribe attentif et respectueux. Ensuite – trop de choses à dire – ces phrases qui se bousculent, s'entrechoquent, se télescopent à tel point qu'Olga doit surcharger d'ajouts ses cahiers à la marge étroite, à moins qu'elle ne soit contrainte – cette fois, trop de choses à taire – de biffer des paragraphes entiers d'un trait excédé ou d'un grand dessin en forme d'étoile.

La vie même, ce manuscrit. Avec ses repentirs, ses blancs, ses taches, ses pages arrachées, j'entre dans le salon où s'installaient chaque soir la mère et la fille pour les séances de dictée. Ici le samovar, là les tasses de thé, les nuits sont longues. Pauline, vieillissante et cependant toujours vive, remonte le passé depuis son divan ;

la limpide et blonde Olga, que Dostoïevski aima tant, est penchée sur ses cahiers. Cette passivité n'est qu'apparente. Au fil des heures, elle découvre que sa mère fut une femme, avec ses passions, ses foucades, ses erreurs et les secrets qui vont avec.

Moi aussi, plus le temps passe, plus Pauline me semble proche. Jusqu'à ce matin, je m'interrogeais sur une morte. Je remonte maintenant les traces d'une femme qui a vécu.

*

Je ne sors pas de l'Institut Pouchkine avant le milieu de l'après-midi. En plus du manuscrit, le dossier au nom de Pauline contient des lettres de la main d'Ivan Annenkov et plusieurs requêtes qu'elle adressa à de petits ou hauts fonctionnaires de la police tsariste.

Sa signature était curieuse. Elle en avait deux. La première, toute discrète, toute soumise. Et la seconde, impériale, spectaculaire, celle d'une femme à poigne, sûre d'elle-même et consciente de son aura. Pauline était-elle de ces êtres qu'on dit à double facette ?

Une question de plus. J'en ai oublié que ce matin, à mon réveil, une neige toute jeune a ennoyé la ville. Lorsque je retrouve la rue, je suis surprise de la sentir craquer sous mes semelles. Le froid me saisit. La température a beaucoup baissé. Un thermomètre numérique, en gros chiffres rouges, affiche moins vingt.

Hier soir, quand mon avion a atterri, il faisait à peine moins deux.

Je longe un moment les quais verglacés de la Neva. Le fleuve est archigelé. J'ignore encore tout des merveilles que dissimulent son corset de palais et les magnifiques façades pâtissières qui s'alignent sur les rives de ses îles blanchies elles aussi par le givre. D'ici, le spectacle est parfait : il n'y manque que des traîneaux pour que je me croie dans *Guerre et Paix*. Au mépris de la nuit qui gagne, des touristes s'entêtent à s'aventurer sur les glaces. Leurs silhouettes noircissent et s'amenuisent sous la lumière à chaque minute plus rase, puis elles s'agglutinent avant de se disperser avec des mouvements erratiques. Au bout de dix minutes de marche, je repère un snack. Je m'y engouffre et pour me réchauffer, je commande un grand bol de bortsch.

Le temps qu'on me l'apporte, le soir colle aux vitres. Des formes fuyantes longent le parapet du quai. Elles me rappellent la phrase d'un ami russe avant mon départ : « Les nuits de Saint-Pétersbourg grouillent de spectres. » Il avait une expression sinistre. En était-il convaincu, se payait-il ma tête ? Je n'avais pas pu trancher. À présent, ce souvenir m'amuse. Si tout à l'heure, en sortant, je tombe sur un fantôme, je ne risque pas grand-chose : j'ai désormais pour escorte une grande vivante, Pauline, qui connaît bien les lieux puisqu'elle a traversé la Neva des dizaines de fois aux seules fins de glisser deux ou trois mots à son amant dans la forteresse où on l'avait emprisonné avec ses amis des sociétés secrètes. C'est là aussi qu'elle lui promit de le suivre en Sibérie.

La citadelle est toute proche. Avec l'arrivée de la nuit, on l'illumine. Derrière la vitre du snack, je distingue la ligne rougeâtre de ses remparts et, plus nette, la flèche aiguë de son église. Impérieux, le récit de Pauline s'interpose entre la scène et moi.

Je sais pourquoi. C'est d'avoir touché son manuscrit. Entre les pages de ses cahiers, Pauline était encore là, et cet « encore là », qui me poursuit, change tout. Ses souvenirs sont désormais les miens. Je me rappelle, par exemple, qu'elle se cacha entre les piliers de l'église pour échapper aux patrouilles ; je me souviens que la dernière fois qu'elle se faufila dans la forteresse, elle crut ne jamais revoir Ivan. Cette nuit-là, il faisait aussi froid que ce soir.

Je suis transie mais la coïncidence me ranime. Au point que, mouvement assez adolescent, j'en conviens, je me fais à moi-même un serment : à mon tour, je vais suivre Pauline. Pas seulement à la forteresse. Depuis son village de Lorraine, jusqu'à la vallée perdue sur laquelle se clôt son récit. Et si possible, plus loin, jusqu'à sa tombe.

II

Elle

À mon grand regret, je vais devoir bénir ici l'ancêtre des modernes GPU, NKVD, KGB et autres FSB, la police de Nicolas Ier, son fameux IIIe Bureau en charge de la répression politique, des sectes, des étrangers, de la surveillance du courrier et de la censure littéraire. Du jour où Pauline fit savoir qu'elle voulait rejoindre Ivan en Sibérie, ses agents la surveillèrent étroitement et réunirent sur elle de très précieux renseignements. Son dossier, on ne sait pourquoi, a disparu. Elle et sa famille, cependant, conservèrent la copie de certaines pièces, qui ont été placées en annexe de l'édition que j'ai lue.

Quand je les ai découvertes, un point m'a sauté aux yeux : elle a changé plusieurs fois d'identité. Fin 1827, quelques jours avant son départ pour la Sibérie, le fonctionnaire qui lui délivre son laissez-passer l'enregistre dans les livres sous le nom de Jeannette Paul. Dans d'autres documents, elle déclare s'appeler Pauline Paul. Certains policiers notent aussi « Gueble ». Dumas, lui, affirme qu'elle s'appelait Pauline Xavier.

L'état civil français permet de trancher : elle s'appelait Pauline Geuble.

Sur sa profession, en revanche, les témoignages se rejoignent : elle travaillait dans la mode. Selon les uns, comme couturière. Et pour d'autres, en tant que première demoiselle de magasin, voire simple vendeuse. La police, sur ses fiches, écrit « modiste ».

Aux témoins anonymes ou célèbres qui croisèrent sa route, elle fit souvent forte impression, autant par sa personnalité que par son élégance et sa beauté. J'aurais aimé en savoir plus, or à aucun moment Pauline ne se décrit, et le signalement qui figure sur son laissez-passer est trop succinct pour qu'on se fasse une idée précise de son physique. « *Taille* : moyenne. *Cheveux et sourcils* : châtain clair. *Yeux* : marron. *Nez et bouche* : ordinaires. *Menton* : rond. *Visage* : ovale. »

Pas non plus de signes particuliers. Le fonctionnaire de police se borne à ajouter que la dénommée Jeannette Paul est une citoyenne française et qu'elle est âgée de vingt-sept ans. Le document est daté du 20 décembre 1827. Pauline serait donc née en 1800. Trente-quatre ans plus tard, lorsqu'elle dicte ses mémoires à sa fille, c'est ce qu'elle déclare. En réalité, elle avait un an de plus. L'état civil de Sampigny, la petite commune lorraine où elle a vu le jour, est formel : elle n'est pas née le 9 juin 1800, mais douze mois plus tôt, le 4 juin 1799.

Elle est de bonne foi. Elle n'a jamais su que sa date de naissance était fausse. Et pour cause : côté maternel, elle descend d'une admirable lignée de menteuses. Ou de mythomanes, comme on voudra.

*

Les actes d'état civil ne mentent pas et lorsqu'on les examine de près, il arrive qu'on y débusque des secrets de famille. Celui de la tribu de Pauline est banal mais ses conséquences seront rocambolesques. L'époque s'y prête. Fin 1798, dans certains cantons de Lorraine, les haines qui se sont déchaînées au moment de la Révolution sont vivaces et le jeune Georges Geuble, vingt-deux ans, de famille roturière et pourtant farouchement monarchiste, doit continuer à se cacher s'il veut échapper aux règlements de comptes. On ne lui a toujours pas pardonné une erreur de jeunesse : au plus beau de la Terreur, il a cru bon de s'écrier « Vive le roi » dans les rues de Besançon. La suite ne s'est pas fait attendre. On l'a jeté dans une forteresse où il a manqué mourir de faim et de froid, puis on l'a condamné à l'échafaud. À dix-sept ans, il allait passer sous le couperet de la guillotine quand la chute de Robespierre l'a sauvé. On l'a libéré ; cinq ans plus tard, cependant, des républicains un peu plus rancuniers persistent à vouloir sa peau et il vit en semi-clandestin sous le toit d'un ami, dans l'ancienne maison forte de Sampigny, à neuf kilomètres du berceau de sa famille, la ville de Saint-Mihiel.

L'endroit est idéal pour se faire oublier, au cœur d'une vieille citadelle ruinée qui dispose d'un réseau de souterrains par lequel il peut s'enfuir à la première alerte. Il en sortit probablement de temps en temps. Jouissait-il de l'aura des hommes traqués ? L'année de ses vingt et un ans, il trouve le moyen de séduire et engrosser une jeune fille d'une beauté que tous les gens de la région s'accordent à juger exceptionnelle, Anne-Marie Gorcy.

Les parents de la jeune fille sont-ils opposés à son union avec Geuble ? Espèrent-ils que leur fille fera une fausse couche ? Ou la belle Anne-Marie parvient-elle à leur cacher sa grossesse ? Le mariage, en tout cas, n'a lieu que neuf semaines avant la naissance de l'enfant et le jour de la cérémonie, le 30 mars 1799, la noce fait profil bas. Les amants vont convoler à quinze kilomètres de la maison forte. Bien qu'ultraroyalistes, ils échangent leurs consentements à la républicaine dans une église reconvertie en Temple de l'Être Suprême. Puis ils s'en retournent à Sampigny en rasant les murs et c'est là que, début juin, Pauline voit le jour.

L'épisode est romanesque. Les jeunes mariés, toutefois, se gardent bien de s'en vanter. Deux ans plus tard, lorsque les choses s'arrangent pour Georges Geuble et que les puissantes relations de la famille de sa jeune épouse lui permettent de sortir de sa cache et de migrer à Saint-Mihiel, un membre de la tribu décrète : pas question que l'on apprenne que la belle Anne-Marie était en état de grossesse avancée le jour de ses noces. Tout le monde doit l'ignorer, y compris la petite Pauline. Quand elle sera en âge « de comprendre » comme on dit, on lui donnera la date du mariage de ses parents, le 30 mars 1799. Et on lui dira qu'elle est née l'année d'après.

On tient parole. Le jour où la gamine s'interroge sur sa naissance, on ne lui répond pas le 4 juin 1799, mais le 9 juin 1800. Qui pourra trouver à y redire ? Depuis l'invention du calendrier révolutionnaire, personne ne s'y retrouve dans les dates.

Un mensonge en entraîne un autre. Lorsque Mme Geuble, début 1801, met au monde une seconde fille, Félicité, l'affaire se complique. Officiellement, neuf mois séparent les deux naissances, c'est un peu court.

Ça n'effraie pas la tribu Geuble. Seuls les registres d'état civil pourraient témoigner de leur mensonge sauf qu'en ce temps-là, on les consulte rarement, et nul n'est fiché, numérisé, tracé, encodé de son premier cri à son dernier souffle. Pas besoin non plus de justifier de son identité à tout propos et à grand renfort de livrets de famille, numéros de sécurité sociale, cartes à puces à la mémoire implacable. Pour s'inventer une autre vie, il suffit de déménager à quelques kilomètres. Si d'aventure quelqu'un devient curieux, rideau de fumée, petits bobards, un poil d'esbroufe et ni-vu-ni-connu-j't'embrouille. Ce n'est même pas qu'on se faufile entre les mailles du filet : il n'y a pas de filet. Pour peu que l'on soit officier dans l'armée de

Napoléon, par exemple, on peut faire passer sa fille pour un garçon afin de toucher une prime et c'est ce que fait sans la moindre vergogne le couple Geuble quand le père de Pauline, toujours grâce aux relations de sa femme, réussit à décrocher le poste prestigieux et très rémunérateur de Trésorier de la Flotte de Sa Majesté l'Empereur. Pauline et sa petite sœur ne l'ont pas rejoint dans sa garnison de Boulogne-sur-Mer que Mme Geuble les habille en garçons.

À Pauline, qui aura bientôt quatre ans, il faut donner des explications. On lui révèle donc la vérité : les officiers, à la naissance d'un fils, reçoivent une belle indemnité. Hélas, pour les filles, pas un sou. Voilà pourquoi sa sœur et elles enfileront désormais au saut du lit un charmant petit costume de marin. Mais bouche cousue, c'est un secret.

Pauline finit par fronder. Il y a de quoi. Sa mère, après Félicité, met au monde deux fils et ne s'intéresse plus à elle. Déçue et peut-être jalouse, la gamine ne peut s'empêcher de révéler la supercherie à l'un des supérieurs de son père, rien moins qu'un amiral. « On t'a menti, monsieur, lui chuchote-t-elle à l'oreille. Je suis une fille et non un garçon. »

L'amiral savait déjà tout de la petite combine des Geuble. Et il devait tenir à son Trésorier de la Flotte : il éclate de rire et passe à autre chose.

*

Sauver les apparences au prix des mensonges les plus éhontés, voilà qui, d'emblée, raconte une famille. Et tout particulièrement Mme Geuble. Elle dira à Pauline qu'à la mort de son mari, elle avait vingt-sept ans. En réalité elle en avait trente et un.

On peut lui consentir une marge d'indulgence : sa grand-mère – l'arrière-grand-mère de Pauline – est une mythomane de la plus belle espèce. Depuis des années, elle va répétant qu'elle est d'ascendance royale. Elle ne précise jamais quel est le monarque dont elle prétend descendre en droite ligne mais jure qu'avant son mariage, elle s'appelait Mlle de Saint-Henry, non sans gémir qu'en épousant un simple pharmacien, elle a commis une mésalliance dont elle rougit encore.

L'aïeule, en réalité, s'appelait banalement Marie-Françoise Henry. Et elle ment aussi sur son âge. Avec beaucoup plus de panache que la mère de Pauline : au lieu de se rajeunir, elle se vieillit. Et elle n'y va pas avec le dos de la petite cuiller : à la veille de sa mort, elle proclame à qui veut l'entendre qu'elle a cent quinze ans. Elle en a vingt-cinq de moins.

Personne ne la contredit et Pauline, fascinée, gobe tout. Comment son arrière-grand-mère pourrait-elle mentir, elle, une si vieille et si excellente personne, qui passe le plus clair de son temps à l'église et nourrit chaque dimanche une troupe de mendiants ?

On lui a sûrement raconté d'autres bobards et elle les a avalés avec la même candeur. Lorsqu'elle commence à dicter ses souvenirs à sa fille, elle est toujours convaincue que ses parents, comme son aïeule affabulatrice, appartenaient à de vieilles familles aristocratiques. Des inventions, une fois de plus. Ni dans l'arbre généalogique de Georges Geuble ni dans celui d'Anne-Marie Gorcy on ne trouve trace d'un seul quartier de noblesse. Le grand-père paternel de Pauline exerçait la profession de greffier et du côté des Gorcy, on était soit apothicaire, soit médecin. Deux lignées de bourgeois de province qui avaient en commun d'avoir longtemps rêvé blason, particule, château peut-être. La Révolution avait réduit à néant leurs ambitions et comme ils ne s'en remettaient pas, ils fabulaient.

Un père traqué, une mère qui avait entretenu avec lui une liaison clandestine, Pauline était née sous le signe du danger. Le couple y ajouta l'éblouissante comète de la fiction. Pour les Geuble, la vie était un livre que l'on pouvait écrire et réécrire à sa guise.

Bienheureux temps. Et quelle chance, l'année de moins dont ils lui ont fait cadeau. Toute son enfance, pour accréditer leur petit trucage chronologique, ils ne cessèrent de lui répéter, comme à ceux qui l'approchaient, qu'elle était une surdouée. Là encore, elle y crut.

Il la grisa tant, ce boniment, que cinquante-cinq ans plus tard, lorsqu'elle raconte son enfance à sa fille, on croit entendre, par-dessus sa voix, celles des parents Geuble : « Pauline, regardez ce qu'elle est dégourdie, tellement plus que les enfants de son âge ! Tellement plus grande, tellement plus solide, un phénomène, jamais une maladie. Sans compter sa mémoire, extraordinaire. Vous vous rendez compte, une petite fille dont les premiers souvenirs remontent à l'âge de dix-huit mois... »

À leur insu, ses géniteurs lui ont offert un trésor, le plus précieux dont on puisse gratifier un enfant : la confiance en soi. Dès l'âge de sept ans, elle affronte les pires catastrophes avec un sang-froid inouï et sa mémoire devient sidérante. On prononce un nom devant elle, elle le retient. On lui raconte une histoire, elle se la rappellera toute sa vie. Elle écoute un air d'opéra, elle le restitue à la note près, alors qu'elle ne sait rien du solfège. Jamais d'hésitation, pas un couac. Et les maladies persistent à l'ignorer. À Boulogne-sur-Mer, lors d'une épidémie de typhus, ses parents s'alitent et leurs enfants manquent d'y passer. Elle est seule à rester sur pied. C'est elle qui soigne la famille.

Ils recouvrent la santé. Nouveaux cris d'admiration des Geuble : « Si jeune ! » Elle se rengorge, tandis que ses parents lui racontent pour la centième fois qu'elle a réchappé de la mort à deux reprises. À l'âge de vingt mois, quand des gendarmes ont fait irruption dans la maison forte où elle était née pour tenter de mettre la main sur son père. Mme Geuble, qui venait de reconnaître sa belle-mère derrière les soldats, avait été prise d'un coup de sang. Elle portait Pauline dans ses bras et l'avait lâchée pour frapper la délatrice ; l'enfant était tombé sur le dallage. On ne donna pas cher de sa vie, mais le lendemain, la gamine allait et venait comme si de rien n'était. Quelques mois plus tard, elle évitait un nouvel accident. Elle se penchait à une fenêtre et la rambarde avait cédé. On l'avait rattrapée au vol, il s'en était fallu d'une seconde. Une vraie trompe-la-mort.

Pauline aime ces récits. Chaque fois qu'elle les écoute, elle oublie que sa mère lui préfère ses fils et recommence à croire qu'elle est l'unique, la préférée, la plus forte, invulnérable, indispensable. Et le centre d'un monde qui ne changera jamais.

Ce monde est pourtant de plus en plus flottant. Et elle est l'enfant de parents mouvants. Jusqu'à ses dix ans, ils ne cessent d'apparaître, de disparaître, de partir encore, de revenir, ensemble ou séparément. Le plus souvent, ils laissent leurs enfants derrière eux, les garçons moins que les filles. Ils s'absentent longtemps ou brièvement, cela dépend.

C'est le désir de faire son chemin dans l'armée de Napoléon qui a fait de Georges Geuble un nomade. Mme Geuble, elle, est mue par la vanité. Elle se déplace seulement quand, dans la vie de son mari, il y a matière à parader. Elle adore s'habiller, sortir, se montrer, mesurer dans le regard des autres le pouvoir de sa beauté. En bonne monarchiste, elle exècre Napoléon, mais depuis qu'elle a découvert le montant des soldes dont l'Empereur gratifie ses officiers, et la belle société qui peuple les villes où il installe son état-major, elle a mis de l'eau dans son vin. Aux alentours des camps de la Grande Armée, grands dîners presque tous les soirs, concerts, théâtre, parfois opéra, ça donne à réfléchir. Rien ne lui plaît tant que de louer une loge dans une salle de province. Elle enfile une robe somptueuse, fait son entrée comme les grands de ce monde, au dernier moment ; et lorsqu'elle voit les spectateurs, du même geste, braquer leurs jumelles sur sa très belle personne, elle touche au septième ciel.

Mme Geuble aurait enchanté Balzac. Il l'aurait peinte en avatar provincial de Delphine de Nucingen, la fille cadette du Père Goriot. Jamais assez de mondanités, jamais assez d'argent pour la pavane.

*

Pauline découvre pour la première fois l'impermanence des choses au cours de l'été 1805. Soutenus par les Russes et les Anglais, les Autrichiens viennent d'attaquer à l'Est. Napoléon renonce à envahir l'Angleterre et décide de riposter. Pauline voit l'immense armée qu'il a réunie à Boulogne quitter la ville et entamer la longue marche qui les conduira à Vienne, puis à Austerlitz.

Son père n'est pas parti. Son poste vient d'être supprimé et on ne lui en a pas trouvé d'autre. La famille Geuble rentre en Lorraine. S'ensuit une longue période d'incertitude durant laquelle ses parents et ses frères s'évanouissent on ne sait où. On confie les filles à Jacques Gorcy, leur grand-père maternel, qui exerce son métier de médecin, à Sampigny, dans une gigantesque fabrique où l'on monte sur leurs affûts les canons qui, bientôt, hacheront menu les bataillons ennemis.

Puis Georges Geuble refait surface. Rien que quelques jours, le temps de dire adieu à sa famille. Mme Geuble et ses fils sont dans les parages, semble-t-il, mais rien n'est sûr. On fait en tout cas savoir à Pauline et sa sœur que leur père a trouvé à se caser dans l'armée qui va placer Joseph Bonaparte, frère de l'Empereur, sur le trône d'Espagne. Mme Geuble le rejoindra à Madrid, quand la guerre sera finie.

Avec ou sans les enfants, on n'en sait rien. Rien n'a changé. Le père est nomade, la mère n'en a que pour elle et éventuellement pour ses fils, sa seule fierté en dehors de sa beauté.

Pauline se sent abandonnée. Si, à Boulogne, sa mère affichait la même indifférence, son père, lui, l'emmenait tous les matins au camp des officiers. Malicieuse, enjouée, fureteuse et ficelle comme pas deux, elle était vite devenue la mascotte de l'état-major. Elle fouinait partout, épiait la tente de Napoléon, sautait sur les genoux des colonels et des généraux, jouait à la guerre avec eux – ils lui laissaient toujours la victoire. Du camp, elle avait fait sa famille. À Sampigny, elle n'a d'autre échappée que le village et l'école religieuse où sa mère les a inscrites avec sa sœur. Elle s'y ennuie à mourir.

Mme Geuble, un jour, réapparaît. Sans doute à court d'argent, elle s'installe sous le toit du grand-père Gorcy. Pauline, aussitôt, cherche à attirer son attention par tous les moyens. Elle chambre les bonnes sœurs de l'école, fait le pitre, transforme sa classe en laboratoire d'expérimentation de ses farces et attrapes. On l'étourdit de punitions. Rien n'y fait.

Ses amies sont des paysannes de son âge. Elle joue souvent à échanger ses vêtements contre les leurs. À elle, les haillons ; aux bergères et aux vachères, les robes de petite fille modèle. A-t-elle confusément senti que sa mère, avec ses prétentions nobiliaires, vit dans le mensonge ? La vie ne lui laisse pas le temps d'y voir clair. L'hiver de ses dix ans, son père est assassiné par des guérilleros espagnols.

À l'annonce du drame, elle découvre aussi qu'elle ne pourra pas compter sur sa mère. Mme Geuble devient comme folle. La scène, dira Pauline, fut d'une violence indescriptible. Puis elle quitte le village, cette fois accompagnée de tous ses enfants, et va s'installer à Saint-Mihiel, chez l'aïeule mythomane. Elle n'y a pas posé ses malles qu'elle se couche et ne sort plus de son lit. Elle passe ses journées à gémir ou pleurer, quand elle ne pique pas une crise de nerfs.

Manipulatrice ou authentique malade ? D'après Pauline, les attaques nerveuses de Mme Geuble ne cessèrent jamais. Elle s'interdit de penser qu'elle a pu simuler.

Ses remarques suggèrent pourtant que sa mère fit de ses crises une méthode de gouvernement. Ainsi, quelques mois après son veuvage, Mme Geuble apprend que Napoléon est de passage dans la région. Dans la minute, elle est debout. Sans désemparer, elle rédige une lettre à l'adresse de l'Empereur et convoque Pauline. C'est elle qui la lui présentera, exige-t-elle.

La gamine s'insurge. En vain, sa mère a tout programmé. Le lendemain, réveil aux aurores et toilette ; elle enfilera une robe blanche et on lui frisera les cheveux. Ensuite, départ pour Bar-le-Duc. Là-bas, il faudra fendre la foule et jouer des coudes pour s'approcher de l'Empereur, donc interdiction formelle de lâcher la main de Mère avant d'avoir atteint le carrosse impérial. Quelle énergie, subitement, Mme Geuble.

Tout se passe comme prévu, sauf qu'au dernier moment, tétanisée, Pauline n'ose s'approcher de Napoléon. Sa mère, décidément très en forme, lui décoche une grande bourrade dans le dos qui la propulse sous le nez du vainqueur d'Austerlitz. Pas moyen de prendre la fuite, elle lui tend la supplique.

L'Empereur n'a nul besoin de la lire pour comprendre la situation. Il pince gentiment la joue de Pauline et interroge Mme Geuble sur l'objet de sa requête. Avec un splendide aplomb, elle lui rétorque qu'elle veut une indemnité pour la mort de son mari, une pension à vie et l'inscription gratuite de ses enfants dans un pensionnat d'élite.

L'Empereur trouve la facture un peu salée, il cale. Et lui demande de décider qui, de ses fils ou de ses filles, ira au pensionnat. Sa réponse est instantanée : « Les garçons. » Ils sont trop petits pour aller en pension. Elle les choisit.

Pauline devrait la maudire. C'est tout le contraire : elle se persuade qu'en présentant la supplique de sa mère à l'Empereur, elle a accompli un exploit, que son audace a sauvé sa famille et de retour à Saint-Mihiel, quand elle voit sa mère, de nouveau faible femme et veuve languissante, se recoucher et recommencer à gémir, c'est elle qui prend en main la maison. Elle a onze ans.

*

Un an plus tard, elle sait tout faire, les courses, le ménage, s'occuper de ses petits frères et cuisiner. Elle est convaincue que sa mère, éblouie par sa force de caractère et l'étendue de ses talents, finira par l'aimer.

Mme Geuble, du coup, n'a pas de raison de s'arrêter en si bon chemin. En quelques mois, elle la transforme en fille des missions impossibles, spécialement pour les affaires d'argent. Ainsi qu'à toutes les veuves, la loi lui interdit de disposer de ses biens. Sa fortune, non négligeable, est administrée par un de ses frères. Elle est panier percé et lui très pingre. Un jour, elle se retrouve à sec et son frère lui refuse le moindre sou. Elle convoque Pauline. Comme pour la supplique à Napoléon, elle a tout organisé : elle lui fourre entre les mains un formulaire de lettre de crédit qui porte déjà le tampon réglementaire, puis lui intime l'ordre de se rendre chez son oncle et de ne pas quitter son bureau avant qu'il n'ait signé le document. Pauline, sans discuter, fonce chez le grippe-sou et lui présente son papier. Il ne veut pas céder. Elle non plus. L'oncle biaise, élude, louvoie. Elle le prend de front et s'entête. De guerre lasse, le grigou finit par signer le parchemin, qu'elle rapporte triomphalement à Mme Geuble.

Nouvelle étape dans l'emprise de la mère sur la fille. Pauline se convainc qu'elle lui est indispensable. Sa mère – on la comprend – se garde de la détromper. Plus gémissante que jamais, elle regagne son lit, tandis que la famille s'attelle à la préparation de la communion solennelle de Pauline, laquelle attend le grand jour comme si c'était son sacre.

Le matin de la cérémonie, l'illusion est parfaite. On lui enfile une robe immaculée de toute beauté, on la ceinture d'une étoffe bleue, on la coiffe d'un long voile et d'une couronne de roses blanches. Pauline se croit de nouveau l'unique et la préférée. Et traverse un moment de béatitude absolue.

Le lendemain, elle déchante. Sa vie n'a pas changé, courses, cuisine, ménage, les petits frères qui braillent et bien entendu Mme Geuble, toujours plus patraque. Ou soudain en forme, comme ce jour où elle annonce qu'elle est encore à sec. Et puisqu'avec sa maladie de nerfs elle est trop faible pour travailler, ce sont elles, les filles, qui vont s'y coller.

Elle a bien réfléchi à son argumentaire. La ville regorge de marchands de dentelles et de broderies, leur explique-t-elle, qui cherchent des petites de leur âge, douze-treize ans, vives et douées de leurs mains, et paient très bien. En mettant un peu de cœur à l'ouvrage, elles peuvent gagner deux fois plus d'argent qu'un ouvrier parisien. Ce serait extraordinaire, on pourrait remplacer Pauline par une servante, ce qui serait plus convenable dans une famille bien née comme la leur, d'autant qu'on vient de déménager dans le quartier de la noblesse. Bien sûr, on n'a pas les moyens d'habiter dans un hôtel particulier, on se contente de loger dans quelques pièces sous les toits d'une église convertie en immeuble de rapport. Mais on finira par s'en sortir et, de toute façon, on doit tenir son rang. Enfin, toutes les jeunes filles de l'aristocratie en sont là depuis que les sans-culottes font la loi. Même les bourgeoises, c'est dire.

Comme chaque fois qu'elle ressuscite, sa mère a tout prévu. Pauline se soumet.

*

Il ne faut pas s'y fier. S'il y a deux femmes en Mme Geuble, il y en a également deux en Pauline. D'un côté la brave fille, de l'autre, l'enfant terrible. Toute la journée, yeux plissés, nuque ployée, concentrée, soigneuse, rapide, précise, elle affiche les dehors de la dentellière modèle. Mais le soir, l'adolescente que sa mère croit avoir transformée en petite bonne à sa dévotion se déchaîne, monte aux arbres, cherche des prises dans les murs, s'accroche aux gouttières, chéneaux, gargouilles, lucarnes et marche en équilibre sur les faîtières de l'ancienne église lotie en appartements où la famille Geuble vient d'emménager. Il arrive même que Pauline saute de toit en toit. Elle retombe toujours sur ses pieds. Jamais une égratignure. Un chat.

Dentellière le jour, le soir funambule, non seulement elle sait tout faire, mais elle va où les autres ne vont pas. Elle défie les lois, celle des convenances, celles de l'équilibre, vole puis fend l'espace, félin, oiseau, on ne sait pas. Elle est devenue l'attraction du quartier, la fille-qui-marche-sur-les-toits, enfin regardée, admirée, comme sa mère du temps qu'elle se pavanait au théâtre. Et l'unique maîtresse de sa vie, de sa mort.

Parmi les badauds qu'elle épate, il s'en trouve toujours un pour courir chez Mme Geuble lui apprendre que sa fille aînée joue les équilibristes. La première fois qu'elle la découvre juchée sur une toiture, elle s'évanouit. Pauline redescend, lui demande pardon. Elle échappe de peu à la punition et très vite, remonte sur les toits.

Mme Geuble sévit. En vain. Pour que sa fille renonce à ses numéros de casse-cou, il faudra qu'elle la boucle dans sa chambre pendant une semaine et lui inflige le régime de l'eau et du pain sec. Pauline est dotée d'un solide appétit, ça la calme un peu.

*

Dans ses mémoires, lorsqu'elle évoque ses « voyages aériens » – c'est le nom qu'elle donne, par autodérision, à ses acrobaties d'adolescente –, elle est consciente qu'il s'agissait d'une addiction. Elle prononce le mot « manie » et précise qu'elle n'y pouvait rien : « Plus j'avais d'audace, plus j'étais attirée. Le danger exerçait sur moi une sorte de fascination. »

En relisant ces phrases, je pense à Sylvain Tesson. Lui aussi, jusqu'au jour où il dévissa d'une façade, se passionna pour l'escalade urbaine. Et, comme Pauline, il défia la Sibérie.

Petit topo, au passage, sur cette conduite singulière. Elle porte le nom savant de « stégophilie », littéralement, « le goût des toits ».

Le mot est récent. Il est apparu dans un magazine d'escalade des années quatre-vingt, sous la plume d'un journaliste qui voulait distinguer les passionnés des parois montagnardes d'avec les amateurs d'alpinisme en milieu urbain. La manie stégophile, paraît-il, se déclare souvent à l'adolescence et touche majoritairement les garçons. Son origine a été peu étudiée et ses analystes se divisent en quatre catégories. La première est la tribu des pragmatiques. Selon eux, quand les stégophiles jouent les chats de gouttière, ils cherchent simplement à s'offrir un bon bol d'air frais. Les poétiques sont plus subtils. Ils lisent dans la stégophilie une passion inavouée des chemins de traverse et le rêve secret de découvrir un monde inconnu, dérobé, l'envers du quotidien.

Les troisièmes sont des adeptes de la théorie des énergies ; ils attribuent les conduites funambulesques à un surcroît de vitalité qui doit trouver à s'employer : les activités à risque constituent l'exutoire idéal. Il se trouve enfin des freudiens pour voir dans les équipées acrobatiques du stégophile la nostalgie de la mère perdue. Le sujet ne s'est toujours pas remis d'avoir été sevré, il fusionne avec la paroi comme il le fit, bébé, avec le corps de maman.

Je ne suis pas une forcenée du consensus, mais dans le cas de Pauline, ces interprétations me semblent compatibles. Il me paraît légitime qu'à la fin d'une journée passée à s'échiner au-dessus de délicats travaux d'aiguille, une adolescente ait eu envie de respirer une heure ou deux avant de retrouver l'étouffoir de sa famille, les petits frères chouchous, l'oncle grigou, Mme Geuble, ses jérémiades, ses sautes d'humeur et ses fables qui n'ont rien à envier à celles de l'arrière-grand-mère mythomane.

Dès sa prime enfance, Pauline est curieuse de tout. Découvrir depuis les toits les flèches et les clochers de Saint-Mihiel, voilà qui doit, au propre comme au figuré, élargir son horizon, d'autant qu'après sa journée de travail, elle le signale dans ses mémoires, elle n'était pas fatiguée le moins du monde. Enfin, risquer à chaque pas de se rompre le cou, c'est dire à sa mère : « Attention, tu peux me perdre ! Elle peut se casser, ta docile petite machine à tout faire. Si je tombe, comment vas-tu te débrouiller ? Tu te coucheras, tu te cacheras sous tes draps, tu piqueras une crise, tu gémiras sur tes malheurs ? Qui viendra te tirer d'affaire ? »

Comme tous les adolescents en souffrance, elle parle sans parler, Pauline-qui-marche-sur-les-toits. Autant que le vide, c'est sa mère qu'elle nargue. À son tour, elle joue avec ses nerfs. Tombera, tombera pas ? Mourra, mourra pas ? Pauline vacille, Pauline se rattrape, Pauline saute, Pauline atterrit. Indemne, toujours. Trompe-la-mort de hasard, quand sa mère la laissa tomber sur le dallage de la maison forte ou qu'elle faillit passer par la fenêtre, Pauline est devenue une trompe-la-mort volontaire. Elle a grandi. Et elle veut vivre, vivre vraiment, à n'importe quel prix.

Un soir, à la table familiale, Pauline entend le mot « russe ». Elle ne le connaît pas. C'est un de ses oncles qui l'a prononcé. Il doit rejoindre les troupes que Napoléon a décidé de lancer contre les armées du tsar. Il est sombre : « Dieu sait si je reviendrai. Nous allons combattre les premiers soldats du monde, les Russes ne reculent pas. »

Pauline l'a dévisagé. Elle ne comprend pas pourquoi il est si pessimiste. Il y a quelques mois, une immense comète a surgi dans le ciel et tout le monde y a lu l'annonce de nouveaux triomphes pour l'Empereur. Cette année, d'ailleurs, le vin a été excellent. Un millésime d'exception, qu'on a aussitôt baptisé : « Le vin de Napoléon. »

La comète s'est attardée. Longtemps, chaque nuit, on l'a vue se lever dans son coin de ciel avec sa somptueuse chevelure divisée en deux mèches qui n'en finissaient pas.

Pauline retient sur-le-champ la phrase de son oncle. Sa mémoire est prodigieuse. Son intuition, depuis la mort de son père, plus vive encore. Dès qu'elle se sent vivre un moment crucial, elle est en alerte, et enregistre ce qu'elle entend au mot près.

Le lendemain, elle abandonne ses travaux d'aiguille pour voir les soldats traverser la ville.

Plusieurs semaines après, nouveau départ de troupes. La guerre est meurtrière, l'Empereur exige des renforts. La route de l'Est siphonne les hommes de tout âge. Saint-Mihiel se vide de ses mâles.

S'ensuit une longue période où les nouvelles se font rares et la cité s'enfonce dans la misère. Puis un jour, la route de l'Est, toujours elle, vomit les soldats qu'elle avait aspirés.

La campagne de Russie a tourné à la catastrophe. Plus de généraux ni de régiments fringants, rien que des hordes de soldats faméliques qui cherchent l'hôpital en titubant. Ils n'y sont pas entrés qu'ils meurent. Les médecins et les bonnes sœurs qui les ont soignés succombent à leur tour. Le choléra, le typhus, la peste, on ne sait pas. L'épidémie s'en prend bientôt aux habitants. Ils tombent comme des mouches, les fossoyeurs sont débordés.

Mme Geuble s'alite. Rien à voir, cette fois, avec une attaque nerveuse. Son corps est constellé de taches noires. Côté Pauline, rien ne change : la maladie l'épargne. Elle ne quitte pas le chevet de sa mère.

*

De cet hiver-là où elle affronta l'horreur, elle ne retiendra que quelques images. La route ne cessait plus de dégueuler les rescapés de la retraite de Russie. Chaque matin, quand elle quittait le chevet de sa mère pour ouvrir sa fenêtre, elle découvrait des soldats à l'agonie et des cadavres congelés. En Lorraine, de mémoire d'homme, on n'avait jamais connu un hiver aussi rude.

Après un bref répit, où la vie, vaille que vaille, reprend son cours, elle voit surgir, de la même route de l'Est, des centaines d'hommes vaillants et joyeux : les Cosaques du Don, l'avant-garde de l'armée du tsar.

Elle note la date : 14 janvier 1814. Depuis la mort de son père, c'est la seule qu'elle enregistre avec une telle précision.

*

Aux termes du règlement de l'armée d'occupation, les officiers russes sont logés, nourris et blanchis chez les habitants les plus aisés. Mme Geuble n'a cessé de crier misère, mais l'administration considère qu'elle fait partie de ces privilégiés.

Elle redoute qu'ils ne s'en prennent à la vertu de ses filles – Pauline a maintenant quinze ans et Félicité, treize. Elle est vite rassurée. Les Cosaques du Don ne sont pas des brutes épaisses, plutôt des officiers polis et discrets qui engloutissent sans broncher tout ce qu'on leur sert, à l'exception du pain blanc et du vin de

Meuse – de la bibine, d'après eux, au regard de la vodka.

Pauline ne dit pas combien de temps ils restent sous le toit de sa mère. Elle mentionne seulement qu'ils finissent par rejoindre Paris et qu'une fois la paix signée, Mme Geuble, à sa grande fureur, car l'affaire lui coûtait très cher, fut contrainte d'héberger d'autres Russes.

Pauline ne partage pas sa colère. Au contraire, elle se réjouit que l'appartement familial soit de nouveau envahi par de jeunes officiers. Dans la ville, l'atmosphère est sinistre. Pas une famille qui ne porte le deuil d'un soldat, et la sienne n'échappe pas à la règle : l'oncle aux pressentiments funestes a disparu pendant la bataille la plus sanglante de la campagne de Russie, Borodino, soixante-dix mille morts. Elle s'en attriste, mais ne s'y attarde pas. À bientôt seize ans, elle n'a qu'une envie, se changer les idées et les Russes doivent beaucoup la distraire. Après leur départ, comme ses amies s'amusent à désigner le meilleur parti de la ville, elle refuse d'entrer dans le jeu et s'exclame : « Moi, je ne me marierai qu'à un Russe. »

Les autres se récrient : « Un Russe ? Il n'y en a aucun à Saint-Mihiel ! »

Elle se reprend tout de suite, oui, c'est idiot ce qu'elle vient de dire. Elle ne sait pas ce qui lui a pris.

En réalité, elle le sait très bien. L'air a dû se troubler dans l'appartement où elle cohabitait avec les jeunes cosaques. Seulement, comment les nommer, ces moments aussi merveilleux qu'effrayants ? Du temps de Pauline, à moins d'être philosophe ou poète, on ne prononce jamais le mot désir.

*

La ville espérait l'accalmie. Au lieu de quoi, l'ouragan grossit. Napoléon abdique, la monarchie est restaurée, Louis XVIII, le frère cadet de Louis XVI, monte sur le trône.

Mme Geuble jubile. Sa joie ne dure pas, le nouveau roi est sans pitié : pas de cadeau aux suppôts de l'Empereur. Les pensions que Napoléon avait octroyées aux veuves de ses officiers sont supprimées. Et plus question de faire éduquer leurs enfants aux frais de la Nation.

Elle s'effondre. Nouvelles crises de nerfs. Apitoyés, les nobliaux de Saint-Mihiel l'invitent à leurs réceptions. Elle s'y rend au vu et au su de tous, s'affiche avec eux, proclame à tous vents que Napoléon est le vampire de la France et, pour mieux consolider sa position – peut-être aussi dans l'espoir de caser ses filles chez ces rescapés de l'Ancien Régime ou s'y caser elle-même, qui sait ? –, elle contraint Pauline à rompre avec ses amies républicaines, « les rouges », comme elle les appelle, et le jour où l'on célèbre la première messe en mémoire de Louis XVI, elle l'oblige à se rendre à l'église en grand deuil, comme elle, la face pareillement voilée de noir.

Pourtant, Pauline le pressent, les partisans de Napoléon n'ont pas dit leur dernier mot. Elle reste sur ses gardes et elle a raison : l'impensable finit par se produire, Napoléon quitte l'île d'Elbe, regagne la France et reprend le pouvoir. Ses soutiens, aussitôt, se répandent dans la ville et sèment la terreur. Ils brandissent un manifeste à la gloire de l'Empereur. On le signe, sinon c'est l'échafaud.

La mère de Pauline qui, sans doute, pense toujours à sa pension de veuve de guerre et au pensionnat gratuit promis à ses deux fils, ne se le fait pas dire deux fois, elle signe. Peine perdue : la haine des bonapartistes ne désarme pas et les royalistes de Saint-Mihiel sont bientôt pris à partie, couverts d'insultes et de nouveau menacés de la guillotine. Mme Geuble, de façon incompréhensible, tourne casaque. Lorsqu'on lui annonce qu'une famille de la vieille noblesse locale dont elle cire les bottes depuis des années est en passe d'être jetée en prison, elle prend une décision qu'elle estime héroïque : les prévenir séance tenante. La déclaration a du panache mais le passage à l'acte, beaucoup moins. C'est Pauline qu'elle charge de porter le message. L'affaire est risquée. Ses amis n'habitent pas tout près et les bonapartistes sont sur les dents.

Il en faut plus pour dissuader Mme Geuble. La servante va prêter ses vêtements à Pauline, décrète-t-elle. Sous un bonnet de femme du peuple, qui la reconnaîtra ? Et se déguiser en paysanne, quand elle était gamine, c'était bien sa blague favorite, non ?

Parfait petit soldat, Pauline obtempère et réussit, nouvel exploit, à rejoindre l'hôtel particulier des amis de sa mère sans se faire arrêter. Une fois sur place, elle tombe de haut : ils ont déjà bouclé leurs malles et n'attendent que la nuit pour filer.

La scène est facile à imaginer. Merci mademoiselle, très aimable de votre part, mais nous avons déjà pris nos dispositions et dans une heure, nous serons bien loin.

Pauline retraverse la ville dans ses nippes de soubrette, mascarade inutile.

*

Alors qu'aux Décembristes et à tous ses proches elle laissera le souvenir d'une femme d'une indépendance et d'une détermination sans faille, Pauline, pendant ces mois de tourmente, semble sans volonté. L'empire que Mme Geuble exerce sur elle est absolu.

Elle ne se rebelle jamais, même si elle la voit prendre des décisions imbéciles. Ou carrément odieuses, comme le jour où, se sentant en danger, sa mère quitte la ville, avec ses fils mais sans ses filles, qu'elle confie à l'oncle grigou, dont elle sait pourtant qu'il va tout leur rationner, nourriture, vêtements, chauffage, jusqu'à leurs bougies pour travailler le soir. Sans le moindre état d'âme, elle court s'installer à Beauvais, chez des cousins qui, dès qu'ils la voient fondre en larmes, la prennent en pitié, compatissent à ses malheurs et l'accueillent.

La tireuse de ficelles est experte. Grâce à eux, elle s'entoure d'une nuée de relations et d'amis qui se laissent manipuler à leur tour et s'apitoient sur son tragique destin. Mme Geuble, finalement, se débrouille très bien sans Pauline.

Son masque finit-il par tomber ? Ses cousins en ont-ils assez de l'héberger ? A-t-elle dépensé sans compter, est-elle de nouveau à court d'argent ? Six mois après, pendant l'hiver 1815-1816, elle se souvient soudain de ses filles et leur intime l'ordre de la rejoindre. Elles prennent la première diligence. Pauline ne reverra jamais Saint-Mihiel.

*

À mon retour de Saint-Pétersbourg, j'y suis retournée pour elle. Tous les décors étaient là. Décrépits, bien sûr, remaniés ou en attente d'un ravalement qui s'annonçait problématique, mais debout malgré tout. La vieille église-halle où Pauline avait fait sa communion solennelle avait à peine changé et, à droite de la nef, la sculpture monumentale de la *Mise au tombeau*, qui impressionnait tant Pauline quand elle assistait à la messe, venait d'être restaurée. À un kilomètre de là, dans une rue dont la vie s'enfuyait comme presque tout à Saint-Mihiel – commerces en faillite, écoles fermées, fenêtres grisâtres derrière lesquelles des vieux épiaient d'un œil inquiet ma 106 à l'aile rafistolée d'une bande de chatterton –, on avait réussi à préserver l'hôtel particulier où Pauline, déguisée en servante, avait couru prévenir les amis de sa mère.

J'ai cru que les habitants de la ville la connaissaient et qu'ils avaient voulu honorer sa mémoire. J'ai vite compris qu'il n'en était rien. Dans cette petite ville résignée à sa sortie de l'Histoire, personne n'avait entendu parler d'elle. Un peu plus tard, j'ai découvert l'église transformée en immeuble de rapport où Pauline vivait du temps qu'elle jouait les funambules. Un amoureux des vieilles pierres l'avait restaurée. J'aurais bien voulu le rencontrer, lui parler d'elle et de ses exploits sur les toits, mais il était absent. J'ai quand même passé le porche de l'ancienne église et j'ai eu ma dose de traces. Les appartements aménagés après la Révolution avaient été détruits, cependant le dessin de leurs cloisons était toujours visible, et l'extrémité des poutres qui soutenaient les plafonds restait fichée dans les murs.

Dans le village de Sampigny, j'ai aussi retrouvé la maison natale de Pauline. Une haute bâtisse Renaissance, retapée de fraîche date et déjà abandonnée. Des prospectus et des courriers en souffrance s'accumulaient sous sa porte vitrée.

Je me suis rabattue sur les caves. Elles donnaient sur des souterrains, avait raconté Pauline, et c'est par là que son père s'était enfui. Je m'y suis aventurée : d'après Pauline, leurs galeries abritaient de très anciennes sépultures que les villageois avaient violées pendant la Révolution. Les voûtes, malheureusement, avaient donné des signes de faiblesse. On avait érigé un pilier de béton pour les soutenir et muré l'accès aux souterrains. Le lien entre passé et présent n'était cependant pas tout à fait rompu. Des jeunes partageaient la fascination de Pauline pour ce lieu fantomatique et devaient s'y réunir souvent : une impressionnante pyramide de canettes de Kronenbourg 7.2 blonde intense se dressait au pied du pilier.

Ils tenaient sûrement à ce mémorial de canettes vides : ils l'avaient empilé avec un soin maniaque. Leur façon, sans doute, d'éterniser les moments où ils se retrouvaient pour écluser de la bière et fumer du *shit* sans avoir leurs parents sur le dos. Autres temps, autres jeux, autres traces.

À mon retour de Saint-Mihiel, l'idée m'effleure d'aller à Beauvais. J'y renonce. Ce voyage ne servirait à rien. Lorsque Pauline aborde cette époque de sa vie, son récit se resserre sur un seul personnage, sa mère. Plus aucune indication sur les lieux où elle a vécu.

Mme Geuble, il faut dire, n'y va pas de main morte. Comme à Saint-Mihiel, elle compte financer son train de vie sur les travaux d'aiguille de ses filles. Elle déchante vite. À Beauvais, en matière de broderies, la concurrence est rude. Pauline et Félicité ont beau manier le crochet du matin au soir, elles ne gagnent pas un sou. Elle est alors saisie d'une inspiration qui lui fait l'effet d'un trait de génie : marions Pauline. Peu après, comme par enchantement, un beau garçon apparaît, courtise sa fille et demande sa main.

Pauline est flattée. Mais pas emballée. Elle trouve son prétendant beau gosse, sans plus ; et comme elle s'est juré de se marier par amour, elle confie ses doutes à ses cousins. Quelle idée ! se récrient-ils à l'unisson. Ce jeune homme est un parti magnifique, il faut sauter sur l'occasion. Toujours pas convaincue, elle s'en remet à sa mère, certaine qu'elle ne la poussera jamais à épouser un homme qu'elle n'aime pas.

C'est là qu'on mesure au mieux l'emprise de la mère sur la fille. Et la détresse de Pauline, sa candeur. Pas un instant elle ne soupçonne qu'elle est le jouet d'un complot familial, et encore moins que Mme Geuble puisse en être l'instigatrice. Lorsqu'elle lui confie son inquiétude, sa mère feint de tomber des nues et lui fait la même réponse que ses cousins : mais enfin, quelle chance inouïe ! Pauline, aussitôt, cesse d'hésiter, accepte l'offre de son providentiel soupirant, se fiance et s'attelle à son trousseau.

*

Ses admirateurs, à la fin de sa vie, se sont extasiés sur son audace et sa clairvoyance. Elle a invariablement répondu : dans les instants cruciaux, les humains ne sont que des pantins. Ce sont des forces obscures qui décident de nos vies.

Je ne partage pas cette vision fataliste. Il me faut cependant constater qu'à Beauvais, Pauline ne doit son salut qu'à un extraordinaire coup de chance, à croire qu'en effet, une mystérieuse puissance s'en était mêlée. Elle est à quelques jours de ses noces lorsqu'un parent qui ignore tout de son projet de mariage et se trouve par hasard en ville frappe à la porte de Mme Geuble. Elle le reçoit.

Pauline est là. L'homme est préoccupé, au point qu'il se sent tenu de s'expliquer. Quelques instants plus tôt, en sortant d'une confiserie, il est tombé sur un ami perdu de vue. Il l'aimait beaucoup, il avait été effondré de découvrir qu'il se ruinait au jeu et reste si troublé de cette rencontre qu'il lâche son nom à Mme Geuble : Antoine Liber. Le fiancé de Pauline.

La mère et la fille gardent leur sang-froid. Ni l'une ni l'autre ne soufflent mot du mariage qui se prépare. Leur visiteur n'a pas pris congé que Pauline se jette aux pieds de Mme Geuble. Pour une fois, c'est elle qui fond en larmes et fait du chantage : si on l'oblige à épouser cet Antoine Liber, elle se suicidera.

De façon surprenante, sa mère la laisse dire et, quand Pauline est à bout de supplications et de sanglots, elle lui déclare qu'il est inutile de faire tout un drame de la révélation de leur visiteur, il est évidemment hors de question qu'un joueur entre dans la famille. Le mariage est annulé.

Autrement dit : ce gendre à plumer cherchait lui-même une belle-mère à plumer. Il a pensé que Mme Geuble était riche – forcément, son train de vie, ses bijoux, ses robes. Mauvaise pioche, l'intrigant vient d'être démasqué, bon débarras et vivement qu'on passe à autre chose.

Et comme toujours avec Mme Geuble, l'« autre chose » ne se fait pas attendre. Elle file à Paris et lorsqu'elle en revient, elle brandit à Pauline un contrat de travail qu'elle a signé avec le patron d'une « maison de commerce ».

Commerce de quoi, on n'en sait rien. Tout ce qu'il ressort de ce qu'elle raconte ce jour-là à sa fille, c'est qu'elle lui promet monts et merveilles. Pauline la croit sur parole et le jour où elle prend la diligence de Paris, elle est convaincue que son avenir dans la capitale sera radieux.

Puis, pendant plus de six ans, on perd sa trace, ou presque.

Chaque fois que je relis les lignes où Pauline raconte ces années-là, je vois surgir la même image : celle d'une lune en fuite entre les nuages. De loin en loin, un éclat de vérité, Pauline est aussi franche et lumineuse qu'au moment où elle a relaté son enfance et son adolescence. L'instant d'après, elle se voile, se fait glissante, fuyante, finit par se laisser engloutir par les ténèbres avant de ressurgir, aussi claire.

Elle a quelque chose à cacher, c'est flagrant : à peine trois paragraphes pour relater six ans de sa vie. Au moment où elle dicte ce passage à sa fille, elle me fait l'effet d'un suspect en garde à vue. Une phrase de trop et on saura. Il n'y a peut-être pas grand-chose à savoir, mais il vaut mieux jouer du flou.

Cette époque-là serait-elle honteuse ? Entacherait-elle sa légende ? Si c'était ce que savait Dumas ?

Elle prétend qu'elle a quitté Beauvais le 17 février 1817 et qu'elle est partie pour la Russie le 17 septembre 1823, à l'expiration du contrat conclu par sa mère. Ce premier engagement la liait pour trois ans, précise-t-elle aussi. C'est donc qu'elle était libre en février 1820. Pourquoi n'a-t-elle rejoint Moscou que trois ans et demi plus tard ? Qu'a-t-elle fait entre-temps ?

Elle n'en dit rien. Elle se borne à indiquer qu'elle a travaillé chez un certain Monnot, que des « marchandises » lui passaient entre les mains et ajoute, tout aussi nébuleuse, que c'étaient là « des obligations qui étaient loin d'être simples ».

Le nom de Monnot figure en bonne place dans les almanachs des années 1820 recensant les noms et les adresses des commerçants parisiens. D'après ces répertoires, Monnot avait fondé une fabrique de tissus dans le quartier du Sentier. Pauline, elle, n'indique ni son adresse ni son secteur d'activité et il est facile de comprendre pourquoi : c'est la mode.

Le mot lui écorche la bouche, elle ne le prononce qu'une seule fois, et dans un autre chapitre. Ce silence, de nos jours, semble incompréhensible. Mais à l'époque, l'univers de la mode est suspect. Tout le monde le sait : pour travailler dans les boutiques et les sordides arrière-cours où se fabriquent et se vendent les prodigieuses créations du commerce des apparences, il faut, telle la Fantine des *Misérables*, n'avoir d'autre choix. On n'y rencontre que de malheureuses filles du peuple ou, comme Pauline, des adolescentes déclassées que leurs parents n'ont pas réussi à caser. Autant de proies faciles pour les mâles qui rôdent aux alentours des ateliers de couture et des magasins de colifichets.

Quel château d'illusions Pauline a-t-elle échafaudé autour des mots « maison de commerce » qu'avait prononcés sa mère ? Mme Geuble l'a-t-elle grossièrement abusée ou s'est-elle bernée toute seule, dans sa joie d'échapper enfin à l'enfer familial ? Elle doit déchanter quand elle débarque de sa diligence. Ladite maison de commerce est sise à la lisière de l'ancienne Cour des Miracles, dans un lacis de rues étroites, et c'est une petite usine textile où s'affairent des filles qui portent la longue robe grise des ouvrières.

Sa mère n'a cessé de lui répéter qu'elle était d'une lignée aristocratique et son aïeule de lui seriner qu'elle descendait d'un roi de France, mais qu'elle le veuille ou non, elle doit enfiler cette blouse grise. Jusque-là, elle a tiré l'aiguille dans la maison familiale, à l'abri des regards. Rien de tel dans ce grand atelier. Elle travaillera sous la surveillance étroite d'un contremaître ; et tous les jours sauf le dimanche, confondue avec des dizaines d'autres filles dans cette robe de misère, elle va s'échiner douze à quinze heures par jour à rebroder des châles et des tissus de luxe, tout ça pour une nourriture infecte et quelques piécettes – le plus gros de son salaire, comme celui de ses compagnes, sera reversé à sa famille. Et si elle l'ignore encore, les ouvriers de Monnot ne tarderont sûrement pas à la dessaler : ces jeunes tâcheronnes, en allusion à la couleur de leur blouse, on les appelle les grisettes.

Pauline n'a pas dû être longue à comprendre pourquoi les hommes le prononcent d'un œil égrillard : s'ils tentent leur chance avec elles, c'est censé marcher. Un petit dîner, un billet de théâtre, un foulard, des chaussures neuves, et ils emballent. Selon les jours, c'est sordide ou charmant. Ça dure ce que ça dure. C'est léger. Je te prends, je te laisse, quelle importance ? Chacun y trouve son compte. La fille, de quoi améliorer son ordinaire. Et l'homme, du plaisir pour trois fois rien.

*

Monnot est vraisemblablement une relation de Mme Geuble, Pauline loge chez lui. Il l'a à l'œil, sa femme aussi. Ils lui interdisent de sortir sans leur autorisation.

Tout Mme Geuble est là. Sans le moindre état d'âme, elle a précipité sa fille dans un monde semi-prostitutionnel. Mais elle ne désespère pas de lui trouver un riche parti, et il ne faudrait pas qu'un malheur survienne, grossesse ou maladie honteuse. Donc une seule solution : l'enfermement.

Autre trait qui parachève le portrait de sa génitrice : Pauline, aux termes du contrat négocié avec Monnot, n'est autorisée à sortir de Paris qu'une fois par an, le 15 août. Le motif de cette brève libération conditionnelle est admirable : c'est la fête de Mme Geuble. Impensable que Pauline soit absente ce jour-là.

*

Lorsqu'elle dicte ces lignes à sa fille, Pauline perd pied. Elle n'en peut plus de se réfugier dans des déclarations évasives. Sa nature franche reprend le dessus, elle casse le morceau : les Monnot étaient des gens brutaux, avides, grossiers, incultes. Des Thénardier du textile. Mais elle n'est pas Cosette. À plusieurs reprises, elle est à deux doigts de leur faire connaître le fond de sa pensée. Elle se contient. L'emprise de sa mère, toujours.

Elle évoque aussi de longues périodes d'abattement. Bouclée dans sa chambre, elle pleure des soirées entières. Elle ne retrouve un peu d'entrain que les dimanches après-midi, quand les Monnot l'autorisent à se rendre dans une famille de la noblesse parisienne – une de ses tantes, la veuve de l'oncle mort à Borodino, y a trouvé une place de gouvernante. Tout le monde n'a pas la chance d'avoir eu une famille royaliste, Pauline maîtrise les bonnes manières et les usages du monde. Dès sa première visite, elle conquiert la maison.

Sait-on qu'elle est ouvrière ? Probablement pas. En digne membre de la tribu Geuble, la tante a dû inventer un bobard, et Pauline joue le jeu. Une fois la conversation terminée, son carrosse redevient citrouille, elle rentre chez les Monnot, renfile sa blouse grise puis, le soir venu, recommence à se morfondre dans la solitude de sa chambrette jusqu'au dimanche suivant.

Mme Geuble, décidément, ne recule devant rien. Pauline se laisse faire, elle estime que sa sœur Félicité suivra son exemple. Avec la même froideur, elle la précipite dans l'enfer de la Maison Monnot.

La cadette est loin d'avoir l'endurance de l'aînée. Au bout de six mois, elle craque. Le *burn-out* tourne au drame : Félicité réussit à mettre la main sur du poison et l'avale. La dose était sans doute trop faible, elle s'en sort. Les Monnot ne font pas de sentiment, ils la renvoient chez sa mère.

On ignore ce qu'elle est devenue. De sa sœur, Pauline ne dira plus un mot.

*

J'en suis convaincue : ce moment tragique est décisif. Pauline prend conscience de l'emprise de sa mère et entrevoit le sort qui l'attend si elle ne s'en libère pas.

Mais comment rompre ? Elle est mineure. Elle ne pourra disposer de son destin avant l'âge de vingt et un ans – vingt-deux, dans son cas, puisqu'elle ignore son âge véritable. Une fois majeure, si elle veut jouir de sa pleine et entière liberté, elle devra transgresser la sacro-sainte prescription du quatrième commandement, « Tu honoreras ton père et ta mère », qui autorise les pires abus d'autorité – les parents, en son nom, peuvent régenter la vie de leurs enfants jusqu'à leur mort.

Dans ses confidences, pas un indice sur la façon dont elle s'y prit pour briser ce tabou. Ruse, menace, chantage, intimidation, négociation ? Ou a-t-elle décidé de rester à bonne distance de sa mère en se bornant à lui envoyer chaque mois une partie de son salaire ?

Impossible de trancher. L'éclipse, cette fois, est totale. Pauline, par un extraordinaire tour de passe-passe narratif, parvient à escamoter le récit des années suivantes. On la retrouve en 1823, au moment où elle s'apprête à partir pour la Russie. Là, soudain, elle redevient prolixe et parfaitement limpide. Non sans fierté, elle précise qu'elle vient de signer un contrat de trois ans avec un Français émigré de longue date en Russie, Demoncy, le propriétaire d'un magasin de luxe parmi les plus prestigieux de Moscou, qui lui a offert le poste le plus important de son magasin : « Première demoiselle ». Autrement dit, elle va diriger son équipe de vendeuses.

Ce détail n'a rien d'anodin. C'est une façon d'indiquer qu'en six ans, elle a fait beaucoup de chemin et en effet, elle peut s'en vanter : pour être bombardée à vingt-trois ans à ce poste clé, il faut qu'elle se soit fait remarquer par un exceptionnel éventail de talents. Sens du commerce, bien sûr, mais aussi maîtrise accomplie des techniques de la couture et parfaite connaissance des textiles. Les clientes moscovites sont exigeantes. Avec elles, on ne saurait confondre un crêpe de soie avec une bourre de soie, ni de la peluche bombée avec de la peluche soufflée. La vendeuse doit aussi avoir du goût, de la distinction et ce je-ne-sais-quoi, l'allure, sans lequel, en France, il n'est point d'élégance. Donc plus du tout grisette, Pauline, en cet été 1823 où elle signe son nouveau contrat de travail. En trois ans et demi – ceux qui manquent à son CV –, la provinciale naïve et mal dégrossie qui débarquait de Beauvais et prenait pour parole d'Évangile tous les boniments de la tribu Geuble s'est métamorphosée en maîtresse femme et représentante accomplie du grand chic parisien. Il n'y a qu'un lieu à Paris où elle a pu faire cet apprentissage et se tailler une réputation d'oiseau rare : une boutique de mode.

*

L'opacité du récit de Pauline me réduit ici aux hypothèses. Je ne serais pas autrement surprise qu'elle ait travaillé dans la boutique du plus célèbre couturier de Paris, Leroy.

Monnot, à qui elle se dit toujours liée par un contrat quand elle décide de partir pour la Russie, apparaît dans certains répertoires de commerçants sous le nom « Monnot-Leroy ». Les deux hommes auraient été en affaires. Leroy, peut-être, s'est assuré l'exclusivité des deux produits phares de la Maison Monnot que s'arrachaient les *fashion victims* de l'époque : les châles imitation cachemire et les gazes de soie ultratransparente qu'elles jettent sur leurs décolletés pour mieux troubler les hommes. Vu les talents de négociatrice que Pauline démontrera en Russie et tout au long de son équipée sibérienne, il n'est pas interdit d'imaginer qu'elle a profité des remous créés par la tentative de suicide de sa sœur pour obtenir de Monnot qu'il la place dans la boutique de son associé.

C'est un coup très habile : on ne peut pas imaginer meilleure école. Grâce à son inventivité et à son sens des affaires, Leroy règne sans partage sur la mode parisienne. Roué, féroce, jamais en manque de formules assassines, doté d'un sens politique hors pair et d'un cynisme équivalent, ce personnage mi-Versace mi-Karl Lagerfeld a réussi à habiller successivement les égéries des Révolutionnaires, les maîtresses des Bonapartistes, la cour de Napoléon – dont Joséphine de Beauharnais, qu'il a failli ruiner et qui est morte après avoir pris froid dans l'une de ses robes de soie ultrafine – et s'attaque désormais à la noblesse et aux grandes fortunes européennes, avec une prédilection affichée pour les aristocrates russes qui, les hommes comme les femmes, raffolent de ses créations. Chez Leroy, ils sont sûrs d'avoir leur content de lamé, doré, soyeux, luxueux, précieux. Quand ils ressortent de sa boutique, ils sont cousus d'or, littéralement. Leroy les connaît bien, d'où l'installation de ses salons rue de Richelieu, dans le quartier des parvenus, de l'argent et du plaisir, au beau milieu des banques, des théâtres, des cafés, des bonnes tables, des cercles de jeu et des galeries hantées la nuit venue par des bataillons de filles aux intentions aussi transparentes que leurs mousselines et leurs gazes.

Leroy a eu un autre trait de génie : il a appris à ses clientes russes que d'une année à l'autre, la mode change, et qu'en conséquence elles doivent s'abonner aux journaux de mode. Leurs rédacteurs sont à sa botte et le résultat de sa stratégie ne s'est pas fait attendre, ses ventes ont monté en flèche, à Paris, ainsi qu'en Russie. En plus de fonder une succursale à Moscou, il a mis sur pied un système de ventes par correspondance.

Comme les belles Russes, leurs maris, leurs fiancés, leurs soupirants, leurs amants ne manquent jamais de pousser la porte de son magasin lorsqu'ils séjournent à Paris. Souvent, ils ne font le voyage que pour lui. Le nom « Leroy » sur un paquet et comme par magie, les larmes sèchent, les regards s'illuminent, les forteresses les plus imprenables s'écroulent.

Rue de Richelieu, il ne reste rien de l'hôtel particulier où Leroy ruinait sa clientèle. On l'a rasé et remplacé par un immeuble moderne. La succursale française de Facebook a installé ses bureaux à quelques pas. L'argent a changé de trottoir.

Le jour où Pauline s'apprête à gagner la Russie, elle a changé de nom. Elle se fait appeler Pauline Paul. Elle a dû s'inventer cette nouvelle identité quand elle a quitté l'usine de Monnot pour entrer dans une boutique. Les vendeuses de mode, comme les actrices et les courtisanes, choisissaient fréquemment des pseudonymes. Des « noms de guerre », comme on disait à l'époque.

Celui que Pauline s'est choisi, c'est criant, est très facile à retenir et sonne bien mieux que Pauline Geuble. Elle n'a pas voulu l'avouer. D'après elle, c'est pour protéger ses frères qu'elle a changé d'identité. Ils étaient entrés dans l'armée, prétendit-elle, ils comptaient devenir officiers. Si leurs supérieurs avaient appris que leur sœur travaillait dans une boutique de mode, ils auraient soupçonné que leur famille tirait le diable par la queue.

Elle aurait pu préciser : ç'aurait fait très mauvais genre. Elle s'en est abstenue et on la comprend. Le souci des apparences, dans la société de l'époque, comme dans la tribu Geuble, est une obsession de tous les instants. Ce détail indique aussi qu'en cette année 1823 où elle s'apprête à quitter Paris pour la Russie, elle n'est plus tout à fait une anonyme. Elle s'est fait un nom, sous un autre nom, et peut-être une autre vie.

Laquelle ? Un amant ? Plusieurs ? Un pour la bagatelle et un autre pour le confort matériel, comme souvent dans le Paris du temps ? Difficile à dire. Dans les centaines de magasins de mode qui viennent de fleurir entre la rue Saint-Honoré, le Palais-Royal et la rue de Richelieu, les frontières du désir sont des plus incertaines.

Contre quelques pièces glissées sous un tissu, un homme peut facilement obtenir les faveurs d'une vendeuse voire, si les affaires sont mauvaises, un après-midi entier dans les bras de la patronne. La fille, sans qu'ils aient eu besoin d'échanger un mot, le rejoindra quelques minutes plus tard au fond d'une cour qui conduit, par un escalier dérobé, à un petit salon tranquille.

Dans ces boutiques, cependant, on trouve aussi, laborieuses et muettes, des filles qui ne lèvent jamais les yeux de leurs étoffes et des demoiselles de magasin aux cuisses de satin qui s'en vont danser le dimanche dans des bals canailles et restent chastes quoi qu'il arrive. « C'est un des mystères de Paris, sourit un jour un habitué de ces magasins de mode. Et tout son charme… »

*

J'en resterai là sur cette affaire. Je me moque que Pauline, pendant ces années obscures, ait ou non jeté son bonnet par-dessus les moulins, comme on disait en ce temps-là. Et ça m'est tout aussi égal qu'elle ait fait cascader sa vertu pour l'argent, le plaisir, l'amour ou le seul amour de l'amour. Je préfère me dire : « Si elle l'a fait, tant mieux ». De cet intermède parisien, je ne retiens que la Pauline qui signe le contrat de Demoncy puis court chercher son passeport pour la Russie : affranchie, enfin, de la tyrannie de sa mère, indépendante, débrouillarde, maligne en diable. Elle a vécu, elle en a vu de toutes les couleurs, elle sait qu'elle en verra encore, elle s'en moque. Elle a retrouvé confiance en elle, c'est ce qui m'importe. Elle me plaît, moi, cette fille qui, dix ans avant que George Sand ne se mette en pantalon pour cavaler comme bon lui semble avec ses amants, décide en vingt-quatre heures de tenter l'aventure de la Russie et rit au nez de ceux qui s'effarent : « Moscou, tout de même... Vous n'avez pas peur ? » En cet été 1823, Pauline est devenue Pauline. Et plus que jamais, j'ai envie de la suivre.

Au nombre de ceux qui cherchent à la dissuader de partir, le ministre des Affaires étrangères en personne : Chateaubriand, dit « l'Enchanteur », au motif que sa prose, depuis son entrée en littérature en 1801, plonge ses lecteurs dans un état second. Lorsque Pauline dépose une demande de passeport pour la Russie, il la convoque au ministère.

La démarche est étrange. En 1823, les relations entre les deux pays sont au beau fixe et nombre de Français s'en vont chercher fortune à Saint-Pétersbourg et Moscou où la noblesse et les familles fortunées, francophones et toujours aussi francophiles en dépit de l'invasion napoléonienne, ne cessent de recruter du personnel français, gouvernantes, précepteurs, professeurs d'escrime, cuisiniers, coiffeurs. Les exportations françaises restent florissantes. En plus des parfums et des articles de mode, on vend là-bas autant de Veuve Clicquot et de Château Lafite qu'avant la retraite de Russie. La colonie française, pour l'instant, y prospère et coule des jours heureux.

Quant à Chateaubriand, on voit mal ce qui le pousse à s'intéresser au sort d'une demoiselle de magasin. Cette année-là, il ne sait plus où donner de la tête. Il s'est entiché d'une jeune femme de trente ans plus jeune que lui, très belle et très capricieuse. Cette incartade a froissé sa maîtresse en titre, Mme Récamier, qui lui bat froid. Il a aussi perdu dans l'affaire son meilleur ami, et pour cause : c'est à lui qu'il a soufflé la jeunette. Pour couronner le tout, il a une guerre sur les bras, une expédition militaire en Espagne dont il vaudrait mieux qu'il sorte vainqueur : son Premier ministre veut sa peau.

Pauline, sans s'en apercevoir, livre la clef de l'énigme dans le récit qu'elle donne de ses échanges avec Chateaubriand. En vieux renard qu'il est, l'Enchanteur, dès qu'elle se retrouve devant lui, au lieu de la questionner sur les motifs de son départ, la flatte. Il est épaté, déclare-t-il, de la voir partir si loin et dans un pays aussi froid. Quel courage !

Elle le voit venir. On dirait même qu'elle s'est préparée à l'entrevue. Elle rétorque du tac au tac que lui non plus, il n'a pas l'air de craindre les voyages – claire allusion aux aventures de Chateaubriand chez les Indiens d'Amérique et à ses longues pérégrinations en Orient. Si elle ne l'a pas lu, elle s'est renseignée et n'entend pas se laisser impressionner.

L'Enchanteur sourit. À cette seule réplique, il l'a jaugée. Il n'a pas affaire à une petite vendeuse de fanfreluches mais à une maîtresse femme résolue à partir quoi qu'il arrive. Pas de temps à perdre, mieux vaut abréger. Il se lève.

Toujours aussi séducteur, il la prend par le bras, la raccompagne vers la sortie et, sur le pas de la porte, laisse tomber d'une bouche pincée : « Je vous souhaite beaucoup, beaucoup de courage, mon enfant ! »

Comme il l'escomptait, Pauline est interloquée. La porte se referme, l'entretien est terminé, il n'a pas dû excéder cinq minutes. Chateaubriand, contrairement à ce qu'elle affirmera plus tard, ne l'a pas convoquée parce qu'il voulait comprendre ce qui la rendait si intrépide. Il s'est acquitté d'une corvée.

Qui lui avait demandé d'intimider Pauline ? Monnot ? Ce n'est qu'un commerçant du Sentier. Mme Geuble ? Peu probable. Elle ne disposait pas d'un réseau assez puissant pour solliciter un ministre et lui demander d'intervenir dans une affaire familiale. Leroy ? Possible, s'il habille sa ou ses maîtresses. Demoncy, le nouvel employeur de Pauline, est un rival potentiel ; si sa nouvelle demoiselle de magasin fournit ses clientes moscovites en copies des modèles que Leroy présente dans les journaux de mode parisiens, il torpillera sans difficulté son système de ventes par correspondance. Enfin, il n'est pas absurde d'imaginer qu'un amant épris de Pauline ait supplié Chateaubriand de la convaincre de rester à Paris. Dans tous les cas, la demande d'intervention émanait d'une personnalité influente : on ne dérangeait pas aussi aisément le ministre des Affaires étrangères, surtout cette année-là.

Chateaubriand était un excellent manœuvrier, il a été à deux doigts de réussir. Son avertissement l'a ébranlée, Pauline l'avoue. Et elle n'a jamais pu oublier l'œil féroce qu'il a vissé sur elle quand il l'a mise en garde.

Au sortir de cette entrevue, confesse-t-elle aussi, elle a vacillé et regretté le coup de tête qui l'avait conduite à accepter l'offre d'embauche de Demoncy. Puis elle s'est reprise et a décidé une bonne fois pour toutes de quitter la France. L'effet, affirme-t-elle, d'une « force irrésistible ».

J'ai bien envie de la gratifier de majuscule, cette puissance énigmatique qui, cet été-là, convainc Pauline que quelque chose l'attend en Russie. Elle lui attribue des pouvoirs quasi divins, pas question de lui désobéir. Un psychanalyste, de nos jours, sous cette appellation flatteuse, débusquerait des réalités plus banales : la soif de liberté et plus crûment, le désir – elle n'a sûrement pas oublié les Cosaques qui logèrent sous le toit de sa mère. Les fringants princes russes qui hantaient les boutiques de mode n'ont pas pu non plus la laisser de marbre.

Pauline maintient sa demande de laissez-passer et Chateaubriand, qui se moquait comme de l'an quarante qu'elle parte ou qu'elle reste, donne l'ordre à ses services de le lui accorder.

Elle ne peut pas s'en aller tout de suite : le contrat qui la lie à Monnot n'expirera pas avant le 17 septembre. La date est un peu tardive. Après l'équinoxe d'automne, les tempêtes en Baltique sont fréquentes et meurtrières, plus aucun navire ne prend la route du Nord. Mais la

Force Irrésistible, selon Pauline, est toujours à l'œuvre : elle trouve une couchette sur le dernier navire en partance pour Saint-Pétersbourg, un petit bateau danois qui lèvera l'ancre à Rouen. Mieux, au moment où elle boucle ses malles, elle voit affluer chez elle toutes sortes de lettres de recommandation destinées à lui faciliter la vie en Russie. C'est donc en toute sérénité qu'elle se rend à Beauvais pour faire ses adieux à sa mère, dernier obstacle avant la liberté.

Elle s'attendait à une crise de larmes. Elle ne l'évite pas et la séquence lacrymale est plus longue que d'habitude. Sans doute pressée de partir, elle croit pouvoir s'en tirer en soupirant : « Je reviendrai dans trois ans... » – c'est la durée de son engagement chez Demoncy.

À ces seuls mots, Mme Geuble, jamais à court d'élans mélodramatiques, part d'un grand cri : « Non, je ne te reverrai jamais, tu te marieras à un Russe ! »

Et elle rafraîchit la mémoire de Pauline : du temps de Saint-Mihiel, quand avec ses amies elles ont joué au jeu du mari idéal, elle l'a bien dit, oui ou non, qu'elle épouserait un Russe ?

Sa fille reste interdite. Oui, elle l'a dit. Et leur échange s'arrête là.

Pauline est venue avec un ravissant petit chien dont elle ne se sépare plus et qu'elle a curieusement appelé Kom – « boule » en russe. Elle se sent tenue de le lui offrir pour la consoler de son départ. C'est un cadeau de prix et, depuis quelques mois, le comble du chic. Dans les rues de Paris, pas une élégante qui ne serre contre son cœur un de ces adorables chiens miniatures. Mme Geuble sèche immédiatement ses larmes.

*

Là encore, un psy ferait ses choux gras de ce face-à-face mère-fille. « Tu te marieras à un Russe », dirait-il, n'est ni plus ni moins qu'une injonction à se trouver un époux dans le pays que Pauline s'apprête à rejoindre. Et une façon de lui dire : « Restes-y ! »

La métamorphose de sa fille en femme séduisante, maîtresse de sa vie, n'a sûrement pas échappé à Mme Geuble. Elle sonne la fin de son propre règne. D'où le cadeau de Pauline, ce petit chien au nom russe, qui signe son début de réussite sociale. Elle y tient énormément, mais elle redoute encore plus sa mère et son emprise : qui sait si, avant son départ, dans un de ces gestes spectaculaires et imprévus dont elle est coutumière, Mme Geuble ne va pas contrecarrer son désir de Russie ? Avec ce chien du dernier chic, Pauline préfère lui laisser croire qu'au jeu de la séduction, elle a encore ses chances et que son règne est loin d'être fini.

*

Elle n'est pas encore débarrassée de sa tyrannique génitrice. Au bout de quelques jours sous le toit de Mme Geuble, le petit Kom dépérit. Mme Geuble est à bout de nerfs : Pauline qui s'en va, Félicité qui a voulu mourir, le chien qui s'y met, la coupe est pleine.

Elle opte pour une solution drastique : dehors le chien, retour à l'envoyeur. Si Pauline y tient, qu'elle l'emmène en Russie. Et comme il est hors de question qu'elle se charge de la basse besogne, elle convoque l'aîné de ses fils, Georges, vingt-deux ans, et lui confie le soin de restituer à sa sœur le canidé suicidaire.

À l'instant où il retrouve Pauline, Kom reprend goût à la vie.

En ce début d'automne, Pauline ne s'est jamais sentie aussi sûre d'elle. La Force Irrésistible ne flanche qu'une fois, à Rouen. Le bateau lève l'ancre, elle voit la ville disparaître dans un méandre de la Seine. Elle dégringole l'échelle qui mène à sa couchette, s'y écroule et éclate en sanglots.

Le lendemain, à l'embouchure du fleuve, le bateau est éperonné par un autre navire. Une fausse manœuvre. Le temps de rentrer au port, de réparer l'avarie et d'obtenir un dédommagement, il s'écoule un mois.

Elle pourrait y voir un mauvais présage et, pourquoi pas, renoncer. Il n'en est rien. Le navire est bloqué à quai mais Pauline, en esprit, est déjà partie. Finie la France, derrière elle sa famille. Et comme il faut malgré tout aider la Force Irrésistible à réaliser ses mystérieux desseins, elle emploie ses journées à accélérer les pourparlers entre les pilotes. Le premier, celui du navire où elle a embarqué, ne parle pas un mot de français. Saint-Mihiel, après la retraite de Russie, a été occupée par les Prussiens et les

Autrichiens, elle baragouine l'allemand. Le capitaine danois aussi. Elle s'improvise interprète, l'affaire s'arrange.

Les réparations traînent en longueur. Cela ne la décourage pas. Adolescente, quand elle avait fait ses premiers pas dans le métier de dentellière, elle avait découvert comment narguer l'ennui : jouer les trompe-la-mort. Elle recommence. Plusieurs fois par jour, elle emprunte la planche étroite et flexible que les matelots ont installée entre le bateau et le quai. Dix-huit mètres de long, les eaux du port par en dessous ; à mi-parcours, la planche tressaute violemment, Pauline rebondit, retombe sur ses pieds, marque une pause puis, du même pas d'acrobate, rejoint le bateau et repart dans l'autre sens.

Elle ne sait pas nager, on la met en garde. En pure perte. Elle l'adore, ce petit jeu où elle s'en sort toujours. Bisque-bisque-rage, la vie lente, les années mornes, la chiennerie du monde. Et peur de rien, comme avant. Elle fut Pauline qui marche sur les toits, la voici Pauline qui vole au-dessus de l'eau, d'ici quelques jours elle deviendra Pauline qui se joue des tempêtes et dans trois ans, elle sera Pauline qui défie l'immensité de la Terre.

Le bateau appareille et comme c'était prévisible, essuie un ouragan au large de la Norvège. Et plus rien. Nouvelle éclipse. On retrouve Pauline deux ans et demi plus tard. Elle vit à Moscou et s'est éprise d'un jeune aristocrate. Il est riche, beau, et fou d'elle. Elle résiste.

III

Lui

Ivan Alexandrovitch Annenkov, vingt-trois ans, célibataire.

Corps d'athlète, allure folle, excellent cavalier, français impeccable, l'un des plus beaux partis de Russie. Par son père, « gentilhomme d'ancienne race », autrement dit, vieille noblesse. Pas la plus ancienne de l'Empire, mais XVe siècle tout de même. Anna Ivanovna Annenkova, sa mère, est loin d'être aussi bien née. Sa fabuleuse fortune, cependant, vaut largement un rang princier : cinq mille serfs sur ses terres de la moyenne Volga, un palais à Moscou et une splendide résidence d'été aux portes de la capitale. À sa mort, Ivan sera l'unique héritier de ces richesses incommensurables ; son père et son frère viennent de mourir.

Un échantillon parfait de la jeunesse dorée de Moscou. Le cynisme en moins : il est hypersensible et droit. Dans son beau regard de myope – il chausse souvent des lunettes cerclées d'or –, pas une seule trace d'arrogance ni de mépris. Au contraire, comme un reste d'enfance. Et beaucoup d'humanité. Il se dit d'ailleurs qu'il n'a jamais pu supporter la barbarie des châtiments dont sont victimes les serfs. Ça ne l'empêche pas de posséder quatre cent dix-huit de ces esclaves liés corps et biens à la personne de leur maître. Ils travaillent sur les terres que sa mère lui a abandonnées en guise d'argent de poche et Ivan, comme la plupart de ses amis, encaisse sans état d'âme les très confortables revenus de ces lointaines propriétés qu'administrent des intendants. Il n'a dû les rencontrer qu'une ou deux fois. D'un côté les idées, de l'autre, le mode de vie.

Sur ce point, pas de différence avec les jeunes de son milieu. Depuis un demi-siècle, ils sont éduqués par des précepteurs français qui leur font découvrir Montesquieu, Voltaire, Diderot, Rousseau. Là où Ivan se distingue, c'est qu'il les a lus ligne à ligne et qu'il continue, sincèrement convaincu qu'à moins d'appliquer leurs idées comme on l'a fait en France, la Russie court à sa perte. Pour autant, il ne s'est jamais rebellé contre les siens. L'année de ses dix-sept ans, sa famille lui a demandé d'abandonner ses études à l'université de Moscou et d'entrer comme son père dans un régiment d'élite de la garde impériale. Il s'est exécuté sans faire de vagues et, sitôt dans l'armée, il a joué le jeu, ponctuel, discipliné, bon camarade. Une excellente recrue. En moins de quatre ans, il est passé du rang de porte-étendard à celui de lieutenant et dirige désormais le régiment.

Dans ce parcours sans tache, un seul écart : un duel qui l'a opposé à un lieutenant de hussards.

L'affaire était obscure et son rival, qu'il a tué d'un coup de pistolet, n'était sans doute pas blanc-bleu : en guise de punition, le tsar l'a mis aux arrêts pendant trois mois puis a classé l'affaire. Ivan ne s'est pas remis d'avoir tué son adversaire et il lui arrive de sombrer d'un moment à l'autre dans une tristesse insondable. Il devient fuyant, impénétrable, incapable de prendre une décision, surtout lorsqu'il s'agit de voyager. On le voit souvent partir à la dernière minute.

Cela n'inquiète personne. Ses accès de mélancolie sont brefs et il ne tarde pas à redevenir le lieutenant que ses hommes ont toujours connu, attentif, chaleureux.

*

Mais le connaît-on vraiment ? Au moment précis où le tsar l'a placé à la tête d'un des quatre régiments chargés de sa sécurité, Ivan a adhéré à la Société du Nord, un groupe clandestin qui projette un coup d'État et l'instauration d'une constitution. C'est un ami, Piotr Svistounov, qui l'a sollicité. Il s'est rallié.

Plus déconcertant, quand ce même Svistounov lui demande de le suivre dans un autre groupe clandestin, la Société du Sud, bien plus radical puisque ses dirigeants envisagent ni plus ni moins d'imposer une république égalitaire et d'assassiner le tsar, Ivan accepte encore. À peine adoubé, sa religion est faite : comme celui de sa rivale du Nord, le complot est voué à l'échec. Il pourrait le dire, il se tait.

Seule marque de son scepticisme : il espace ses rendezvous avec les conjurés. Mais lorsque Svistounov ou d'autres membres de la Société du Sud lui demandent d'abriter leurs réunions, il le fait volontiers et, comme naguère à la Société du Nord, il suit leurs conciliabules avec la plus grande attention.

Il faut reconnaître qu'ils sont passionnants. Les hommes qui ont fondé et animent ces sociétés secrètes sont d'une culture et d'une trempe exceptionnelles.

Voit-il dans ces discussions le prolongement des cours de son précepteur français ? Se persuade-t-il qu'il ne s'agit là que d'un débat d'idées et que les conspirateurs n'oseront jamais s'en prendre à la personne du tsar ? En tout cas, il a nécessairement noté qu'en général, ils ont été recrutés par un frère, un beau-frère, un oncle, un neveu, un cousin ou comme lui, par un ami. Et il ne lui a sûrement pas échappé non plus que nombre de comploteurs ne font guère de différence entre leurs réunions clandestines et leurs réceptions mondaines. Un soir, une réunion politique et le suivant, un bal. Parfois dans le même palais.

Il arrive aussi que les conspirateurs se rencontrent pendant ces fêtes dans une pièce verrouillée à double tour. Mais le lendemain, si l'un d'eux, comme lui, pressent qu'il n'est pas si simple de transformer en quête du Graal une vie somme toute plutôt creuse, nul conjuré ne lui reprochera de regagner les salons dorés où l'on danse, on flirte, on joue, on vide des caisses de champagne, on écoute du Mozart, on déclame du Pouchkine et du Byron. Le conditionnement social prend le dessus et c'est avec la plus parfaite bonne conscience qu'on abandonne les discussions sur la réforme du servage pour reprendre la valse effrénée des mondanités. On se remet à faire le paon, badiner, folichonner, polissonner. Et l'on reboit, et l'on redanse, cette fois pour oublier qu'on ne sait plus du tout où on en est.

Certaines nuits, ça ne marche pas. Le Château Lafite était bouchonné, les musiciens mauvais, on a perdu aux cartes et la femme qu'on voulait mettre dans son lit a dit non. Qu'est-ce que ça change ? Au sortir de la fête, lorsqu'on s'affale sur les coussins de sa calèche ou de son traîneau, on a toujours la ressource de se dire : rien de grave, on aura bientôt changé le monde. Et de toute façon, il y aura bal demain.

Ivan, comme les autres, semble s'accommoder de ces va-et-vient. On continue à remarquer ses accès de mélancolie. On ne s'en alarme pas. Il a l'art de se faire aimer, on se l'arrache, on l'invite partout.

Puis il tombe sur Pauline. Où ? Quand ? On ne l'a jamais su. Dans le magasin de Demoncy, semble-t-il. Qu'importe, l'essentiel est ailleurs. D'un seul coup, son cœur lui paraît trop grand pour un monde trop vide. Il ne voit plus qu'elle, ne veut plus qu'elle et se met à dériver dans un univers inconnu.

Pauline, depuis la mort de son père, a un sens aigu des fractures. Lorsqu'un bouleversement se produit dans sa vie, elle sait tout de suite s'il est ou non irrémédiable. Pour elle, le temps est un chemin et lorsqu'elle s'engage sur une route dont elle pressent qu'elle sera sans retour, elle a un mouvement réflexe : elle note la date de l'événement.

Dans son manuscrit, pourtant, pas la moindre mention du jour où elle a rencontré Ivan. Elle se borne à indiquer : « Six mois avant les événements du 14 décembre 1825. » L'air de dire à Olga : « Calcule toi-même. » Aurait-elle encore des choses à cacher ?

Je ne crois pas. C'est tout bonnement qu'elle ne se souvient plus du jour où Ivan et elle se sont vus pour la première fois. Lui, au premier regard, a saisi qu'il vivait un instant définitif. C'était elle, il n'y aurait plus qu'elle. Tandis que Pauline ne l'a remarqué qu'au moment où, le voyant revenir deux, trois, quatre fois dans son champ de vision, elle a été intriguée, flattée, puis, sans qu'elle s'en aperçoive, troublée. La force qui la porta vers lui fut irrésistible mais la dérive, insensible. Elle n'a jamais su quand elle a commencé.

Lorsque Ivan se met à la poursuivre, elle doit rougir, bafouiller peut-être, pâlir, rire trop fort, ou mal, car chez Demoncy, tout de suite, on l'avertit : pas pour vous, cet homme-là, mademoiselle Paul, vous n'êtes pas du même monde, un abîme vous sépare. Et tous pareils, les Russes, ils vous servent le grand jeu et ensuite, quand ils ont eu ce qu'ils veulent, ils vous laissent tomber.

Pauline opine du chef et répond ce qu'il faut : oui, je sais.

C'est vrai, elle sait. Mais comment arrêter un rêve qui s'est mis en marche ?

Ivan revient au magasin. On la met encore en garde. Ça la secoue. Elle chancelle. Finie la belle inconscience, pour la première fois de sa vie elle s'inquiète : « Si je tombais du toit ? »

*

J'aime ce moment où Pauline vacille, j'aime la voir divisée, tout à coup, hésitante, misérable.

J'aime surtout qu'elle s'en ouvre à Olga lorsqu'elle aborde cette période de sa vie car, pour parler net, depuis quelques chapitres, elle commençait à m'agacer, avec ses airs de superwoman. Cela me soulage, qu'elle l'avoue franchement : sans ce passage par l'enfer du doute – il dura à peine trois semaines mais lui parut une éternité, c'est dire à quel point elle fut ébranlée –, elle n'aurait pas pu aimer Ivan. Son irruption dans sa vie a chamboulé jusqu'à l'idée qu'elle se faisait d'elle-même. Elle s'est enfin vue comme elle était : une étrangère, une petite vendeuse de rien du tout, sans famille, juste quelques amis, debout douze heures par jour derrière un comptoir à faire risette à la clientèle. Le dimanche, un peu de répit, la messe, un bal. Et pendant ce temps-là, la jeunesse qui s'en va, vingt-cinq ans déjà et toujours pas mariée.

Rentrer en France ? Rester en Russie ? Avec qui ? Lui ? Non, surtout pas lui. Ces histoires-là n'arrivent que dans les livres.

Et voilà que le lendemain, Ivan réapparaît, miraculeux, dangereux, l'incarnation de la Force Irrésistible. Lui, encore lui, toujours lui, qui jure comme la veille qu'il rendra possible leur amour impossible.

*

Il a dû voir qu'elle flanchait : il l'a demandée en mariage. Et comme elle a dit non avec l'air de dire oui, il ne l'a plus lâchée.

C'était facile : il vivait à moins de cent cinquante mètres du magasin de Demoncy. Il pouvait aussi entrer dans la boutique sous n'importe quel prétexte : le Tout-Moscou s'y fournissait en vêtements, les hommes comme les femmes ; et dans les galeries voisines, Demoncy proposait quantité de produits d'importation dont raffolaient les Russes de la haute société, parfums, cosmétiques, porcelaine, cristaux, vins fins, épices, confiseries, chocolats. Il ne pouvait pas se permettre de refouler le soupirant de Pauline. Trop riche, trop en vue.

Ivan en a-t-il profité pour étourdir Pauline de lettres, de bouquets, de cadeaux ? Elle ne le précise pas. Elle laisse seulement entendre que sa cour assidue a fait jaser et que, cette fois, Demoncy l'a fermement mise en garde.

D'abord de biais. En deux ans et demi chez lui, elle s'est rendue indispensable. Mais comme elle n'a pas clairement découragé Ivan et qu'il lui a proposé le mariage – elle a dû naïvement en parler à ses amis –, on a fini par lui asséner la vérité qui lui avait échappé, tant sa cour l'avait grisée : Ivan Alexandrovitch Annenkov n'est pas libre de l'épouser. Une seule personne peut en décider, Anna Ivanovna, sa mère. Et mieux vaut ne pas s'y frotter. Avec son argent, elle peut tout. Et malheur à qui se trouve sur son chemin. Il suffit d'entrer chez elle, on a compris.

Rien que son palais. C'est le vieil Ivan Varfolomevitch Iakobi, le grand-père d'Ivan, qui l'a conçu. Un phénomène, à l'image de sa fille Anna. Quand il a voulu épater Moscou par sa fortune aussi colossale que mal acquise – il administrait alors la Sibérie où, vu la distance, cinq mille sept cents kilomètres entre Irkoutsk et Saint-Pétersbourg, il pouvait se livrer à loisir au racket et à la corruption –, il a acheté un terrain au cœur du quartier du luxe et a commandé à son architecte une demeure qui soit une ode aux lignes courbes. À l'angle de deux rues passantes, l'homme de l'art a donc édifié une rotonde monumentale, l'a couronnée d'une demi-coupole puis, dans sa partie centrale, il a aménagé un escalier en forme d'ellipse ; et comme son client n'avait pas encore son content de sinueux et flexueux, il a agencé dans la rotonde trois étages de pièces ovales, circulaires ou semi-circulaires. Le grand-père Iakobi n'a toléré les lignes droites que dans les deux ailes du palais. Pour le reste, la Maison Annenkov ne se distingue pas des grandes demeures aristocratiques de Moscou : vestibule majestueux, enfilades de salons lambrissés d'or et salle d'apparat gigantesque.

Ce décor somptueux, Anna Ivanovna le déserte depuis des années. Elle passe le plus clair de son temps dans sa chambre. Pas dans un lit ou sur un divan. Trop commun. Au milieu de la pièce, elle a fait édifier une estrade, sur laquelle a été placée, en son centre très exactement, une étroite couchette surmontée d'un baldaquin.

Une lubie parmi des dizaines d'autres. À la Maison Annenkov, tout le monde en connaît l'origine. Anna Ivanovna vit dans la peur et pire encore, dans la peur de ses peurs. C'est ce qui la rend si redoutable.

*

La première de ses terreurs est d'avoir froid. Une angoisse pathologique : elle est née et elle a grandi en Sibérie, à Irkoutsk, près du lac Baïkal. Là-bas, en hiver, il fait communément moins vingt, avec des pointes à moins quarante, mais c'est plus fort que tout, elle a la hantise de grelotter. Même à Moscou, où les hivers sont plus doux, et même au plus fort de l'été.

Elle a cependant trouvé la parade, un protocole d'une précision et d'une complexité inouïe, ce qui n'étonne plus ses domestiques. En matière de rituels conjuratoires, l'imagination d'Anna Ivanovna est sans limites. Parmi les cent cinquante serviteurs qui peuplent son palais, elle a sélectionné six jeunes filles. Deux critères : leur physique – elles doivent impérativement être très belles – et leur âge : pas moins de seize ans, pas plus de vingt. Leur tâche est simple : chaque matin, avant que leur maîtresse n'ouvre l'œil, elles doivent se répartir ses vêtements et sous-vêtements, les enfiler et, dès qu'Anna Ivanovna décide de sortir de son lit, les lui tendre pour qu'à son tour elle les passe. Elle ne supporte pas le moindre contact avec un textile qui n'ait été préalablement réchauffé par un corps jeune et ardent.

Comme on s'en doute, lorsqu'elle sort, sa frigophobie redouble. Là encore, elle a trouvé le remède : elle ne pose jamais ses augustes fesses sur les coussins de sa voiture sans qu'ils aient été attiédis par le monumental postérieur d'une Allemande recrutée à ce seul effet.

La deuxième phobie d'Anna Ivanovna est plus banale : elle a peur du noir, comme les enfants. La cérémonie qu'elle a inventée pour la conjurer, en revanche, force l'admiration : elle a demandé qu'on installe autour de sa couchette six vasques d'un marbre si fin qu'il en est translucide. Trois à sa droite, trois à sa gauche, disposés en arcs de cercle rigoureusement symétriques. À son ordre, ses suivantes y placent des lampes à huile qui brûleront toute la nuit.

Ce rituel accompli, les malheureuses ne sont pas au bout de leurs peines ; elles doivent procéder à une autre liturgie, l'habillage d'Anna Ivanovna, un cérémonial aussi millimétré que le Coucher du Roi à la cour de Louis XIV. Fourreau de soie colorée, pour commencer, ensuite peignoir blanc, avec dentelles ou broderies, cela dépend. On peut alors lui tendre son bonnet de nuit, ses bas de soie, couleur chair, c'est obligatoire, puis, allez savoir pourquoi, des souliers de bal aussi immaculés que le peignoir. Quand on a fini d'en nouer les lanières de soie, on est encore loin du compte : Anna Ivanovna ne s'allongera pas sur sa couchette avant que ses suivantes ne l'aient délicatement recouverte d'une cape ou d'un châle du Cachemire – surtout pas de draps ni de couvertures, elle pousserait des cris d'orfraie. Après quoi on lui tend une fourrure, où elle se pelotonne avec fièvre.

Ce répit est bref. Quelques minutes plus tard, une nouvelle peur s'empare d'Anna Ivanovna, celle de mourir dans son sommeil. Donc nouvelle cérémonie qui, elle, va durer toute la nuit. Des femmes, par petits groupes, se relaieront autour de l'estrade avec obligation de se parler à mi-voix sans jamais s'interrompre. Le sommeil de leur maîtresse est si léger qu'à la première plage de silence, elle se réveille.

Ce qui corse l'affaire, c'est qu'on ne sait jamais d'avance à quelle heure Anna Ivanovna décidera de procéder au rituel de l'endormissement. Elle peut se coucher avec les poules comme veiller jusqu'à l'aube. Il arrive qu'elle décide de dîner à trois heures du matin. Il faut réveiller ses quatorze cuisiniers et dresser une table en catastrophe. Selon les nuits, elle dîne seule ou en compagnie de ses parasites favoris. Jamais plus de trois. Elle ne leur adressera pas un mot de tout le repas et ils devront rester muets sous peine d'essuyer une de ses légendaires crises de fureur.

On ignore si elle brutalise son entourage. Ça n'étonnerait personne, les aristocrates sont encore nombreux à sortir le fouet à la première contrariété. En revanche, il est certain qu'avec l'âge, les phobies d'Anna Ivanovna se multiplient. Entre autres, elle a interdit qu'on lui annonce la moindre mauvaise nouvelle. Du coup, à la mort de son fils cadet, Grigori, tué en duel, tout le monde s'est tu. Elle a appris le drame incidemment, un an plus tard. On redoutait une colère, on a eu droit à un gloussement : « Ça fera un plus bel héritage pour mon fils aîné ! »

Elle n'avait jamais aimé Grigori. Mais elle ne s'est pas davantage attachée à Ivan. Si elle lui donne un ordre, il est contraint, comme ses chaufferettes vivantes et ses chuchoteuses nocturnes, de se soumettre dans la seconde. Il a aussi l'obligation de paraître devant elle en grand uniforme.

Est-ce la « sévérité infinie » dont parlent les familiers de la Maison Annenkov quand ils évoquent la façon dont Anna Ivanovna traite son fils ? Ou l'aurait-elle frappé pendant son enfance et son adolescence ? Ceux qui la connaissent restent très discrets sur ce point. Il est en tout cas certain qu'Anna Ivanovna, lorsqu'elle explose, ce qui arrive souvent, peut se montrer très violente.

Pour l'instant, à la Maison Annenkov, tout est calme. Son fils ne se risque pas à la contrarier, même quand il apprend qu'elle commence à dilapider sa fortune. Elle raffole des bijoux, c'est sa marotte. Aucune femme dans Moscou n'en détient une aussi belle collection et ses suivantes doivent la lui présenter chaque matin, dès qu'elle est habillée. Selon son humeur, elle en choisit telle ou telle pièce.

D'ordinaire, elle se contente de porter ses joyaux en la seule présence de ses domestiques. Mais de temps à autre, la lubie lui prend d'en mettre plein la vue à la noblesse de la ville et elle organise un bal, rien que pour le plaisir de voir ses invités crever d'envie quand elle fait son entrée dans ses salons d'apparat, toute caparaçonnée d'or, perles et pierres précieuses. Puis on ne la voit plus pendant des jours. Elle s'est repliée dans sa chambre et n'en ressort que pour recommencer à dévaliser les magasins.

Pas seulement les joailleries. Elle ne cesse d'enrichir sa garde-robe. Pour l'instant, elle se fournit dans un magasin anglais, au motif qu'on y trouve ce qu'il y a de plus cher à Moscou ; la seule idée qu'une robe ou un tissu de luxe puisse appartenir à une autre femme lui est insupportable. Elle se les approprie avec une sorte de fureur jalouse, mais s'en désintéresse dès qu'elle les a payés et ils finissent au même endroit : deux immenses salles de la Maison Annenkov, l'une où l'on entrepose les fourrures, et l'autre qu'on destine aux robes – cinq mille, dit-on, dont un bon nombre qu'elle n'a jamais portées.

Pourquoi ces lubies ? De quoi Anna Ivanovna, avec ses rituels, cherche-t-elle à se protéger ? Personne ne s'est interrogé.

En cette fin juin, qu'elle le veuille ou non, Pauline est contrainte de prendre ses distances avec Ivan. Comme tous les ans à la même époque, Demoncy transporte son stock, sa famille et son personnel loin de Moscou, dans la ville de Penza, qui accueille une foire où il a pris l'habitude d'écouler ses invendus.

Un marché de troisième ordre, fréquenté surtout par des marchands de blé. Pour se déplacer dans cette petite cité de province – à peine treize mille habitants, une simple agrégation d'isbas d'où émergent quelques constructions de pierre –, il faut que Demoncy soit sûr de son affaire. Sans doute s'est-il constitué à Penza une clientèle fidèle. C'est là, à six cent cinquante kilomètres de Moscou, que surgit Ivan.

*

Il fait grande impression quand il s'engage dans les allées du marché : il est escorté d'une suite considérable et voyage dans un superbe équipage. Ivan Alexandrovitch Annenkov dans toute sa splendeur.

Le destin, maintiendra Pauline jusqu'à la fin de ses jours. Ivan devait acheter des chevaux pour son régiment ; on lui avait dit qu'à Penza il en trouverait d'excellents, et voilà qu'il tombe sur elle. C'était écrit, elle n'y pouvait rien.

Étrange qu'Ivan soit venu acheter ses bêtes à cinq jours de route de Moscou et à mille quatre cents kilomètres de Saint-Pétersbourg, leur lieu de destination, dans un patelin dont personne ne parle jamais. Je comprends que Pauline, sous l'effet de la surprise, ait été dupe de sa petite comédie. Mais trente-cinq ans plus tard, lorsqu'elle raconte l'épisode à sa fille, impossible qu'elle n'ait pas compris, après toutes les aventures qu'elle a vécues : Ivan, en venant à Penza, avait tout simplement voulu frapper un grand coup.

Stratégie banale : il l'aborde, s'extasie sur ce si heureux hasard puis, dès qu'il lui a soufflé le chaud, lui souffle le froid. Une fois ses chevaux achetés, il va enchaîner sur une tournée d'inspection des domaines de sa mère, ils ne sont pas loin. Et il aura tellement à faire pour remettre de l'ordre dans la gestion chaotique de leurs intendants qu'il n'est pas près de rentrer à Moscou.

L'instant d'avant, dans les yeux de Pauline, il était l'homme qui avait fait toute cette route pour elle. Quelques mots de plus et il devient l'homme qu'elle va perdre.

Piquée au vif, elle se jure de gagner la partie. Pauline-peur-de-rien ressuscite, doublée d'une

Pauline qu'on n'avait pas soupçonnée jusqu'ici : stratège, manœuvrière, capable d'échafauder un plan de bataille et de déclencher l'assaut sur-le-champ. En un rien de temps, avec un culot monstre, elle approche le valet d'Ivan et lui graisse la patte puisqu'il lui révèle tout ce qu'il sait des projets de son maître, à commencer par le plus immédiat : le soir même, Ivan va jouer aux cartes et ça va mal tourner. Ses partenaires, des tricheurs professionnels, ont appris qu'il porte sur lui une énorme somme d'argent. La partie sera truquée, on va le plumer.

C'est la faille espérée. Sans attendre, Pauline invite Ivan à la rejoindre dans l'appartement où les Demoncy la logent le temps de la foire. Persuadé qu'elle va lui céder, il accourt. Il en est pour ses frais, mais elle l'allume assez pour qu'il en oublie son rendez-vous. Quand il s'en souvient, l'heure de la partie est largement dépassée.

La manœuvre n'en est qu'à ses débuts. Pauline doit fréquenter les théâtres, le scénario est digne de Marivaux. Le lendemain matin, sur son ordre, le valet raconte tout à son maître. À l'idée d'avoir été le jouet d'une femme, un autre qu'Ivan romprait. Elle sait où elle va. Il la rejoint, se confond en remerciements et c'est reparti comme à Moscou, il la veut, elle le fuit. Ou l'aguiche, cela dépend. On n'en sortira pas.

Le destin – si du moins il est impliqué dans l'histoire – prend alors pour instruments deux personnages inattendus : le couple Demoncy.

Excédés par ce manège amoureux qui n'en finit plus, et sans doute avertis de la soirée que leur demoiselle de magasin a passée avec le bel Ivan, ils craignent pour leurs affaires. Anna Ivanovna est puissante, elle compte beaucoup d'amis qui ont l'oreille du tsar. Un mot d'elle, et ils sont perdus.

La position des commerçants français en Russie est soumise, comme le reste, à l'arbitraire impérial et ils ont tous en mémoire ce qui s'est passé après l'invasion de Napoléon et l'incendie de Moscou : par représailles, le tsar a ordonné la déportation de quarante Français. Demoncy faisait partie du lot et il a échappé de peu à la confiscation de ses biens.

Le couple lance à Pauline un ultimatum des plus clairs : soit elle rompt avec Ivan, soit elle prend la porte. Pas question de se compromettre avec une intrigante qui cherche à mettre le grappin sur l'héritier d'une des plus grosses fortunes de Russie.

On s'attend à ce que Pauline plante là les Demoncy. Mais eux aussi, pour la garder, ont leur plan. Ils escomptent que leur ultimatum blessera son orgueil. Ils savent qu'elle ne supportera jamais qu'on dise qu'elle l'a suivi pour son argent.

C'est parfaitement calculé. Dès le lendemain, Pauline éconduit son soupirant.

Rideau ? Pas du tout. Ivan estime qu'il a encore une scène à jouer, celle des adieux. Le 3 juillet – cette fois, Pauline note la date –, il se présente à elle, blême à faire peur, et lui déclare qu'il s'en va. Il semble très abattu. La soignante en elle se réveille, cette petite fille qui, à sept ans, assista jour et nuit ses parents, sa sœur, ses frères quand ils furent atteints du typhus ; et l'adolescente qui, tant de fois, apaisait sa mère pendant ses crises de nerfs, réelles ou simulées.

Ivan le perçoit-il ? Avant de tourner définitivement les talons, il hasarde : « Si vous saviez ce qui m'attend, vous prendriez sans doute pitié de moi. »

De la phrase, Pauline n'entend que ce qu'elle veut, les mots les plus énigmatiques. *Si vous saviez* : mais si, elle sait, Ivan parle de sa mère ! Et dans la seconde, elle redevient Pauline la réparatrice qui fait des miracles, la fille qui aide, console, soigne. Elle va le sortir de là, cet homme qui court à sa perte. Comment le lui refuser ? Au premier regard, il a su qu'il n'y avait qu'elle, Pauline, pour accomplir un tel exploit. Voilà pourquoi il la poursuit. Il a besoin d'elle, éperdument. Ou il va se jeter d'une fenêtre, se tirer une balle dans la tête, se pendre, n'importe quoi.

Et c'est enfin l'éblouissement, l'enchantement. Sans un mot de plus – et surtout sans s'interroger sur le tout aussi mystérieux *ce qui m'attend* – elle se jette dans les bras d'Ivan. Lui, lui, lui, et rien que lui, c'en est fait, elle a choisi, ce soir elle sera dans son lit.

*

Avec *ce qui m'attend*, Pauline le comprendra six mois plus tard, Ivan ne faisait pas allusion à sa mère, mais au complot de la Société du Sud et à sa conviction qu'il entraînerait la perte des conjurés.

L'aurait-elle suivi s'il avait été plus explicite et lui avait révélé les projets de la société secrète ? J'en doute. Pauline était une risque-tout mais strictement à titre privé. La tribu Geuble l'avait abrutie des récits de la Terreur et des épisodes tragiques qui avaient empoisonné la jeunesse de son père. Après la chute de Napoléon, elle avait vu ressusciter les vieilles haines et c'était à ces rancœurs obstinées qu'elle devait d'être devenue une déclassée. Comme tous ceux dont la vie a été dévastée par les guerres et les troubles politiques, elle n'aspirait qu'à la paix.

Aurait-elle questionné Ivan qu'elle n'en aurait pas su davantage. Dans chaque société secrète, la règle était la même : interdiction formelle de parler du complot, fût-ce à l'être qu'on aime le plus au monde.

C'est donc sur un malentendu que Pauline le suit. Alors qu'Ivan voit en elle un bouclier contre le grand vent de l'Histoire, elle ne cherche qu'à panser les plaies d'un homme dont la jeunesse est ravagée, comme le fut la sienne, par les errements d'une mère toxique. En dehors de ses talents de soignante, un seul point les rapproche : le rêve d'un amour définitif, absolu, inconditionnel.

Deux enfants du romantisme. Ils n'en ont pas conscience. Ils sont de leur temps, mais se croient hors du temps. D'où leur ivresse, en ce début d'été, quand Pauline, enfin, plaque les Demoncy, fait ses malles et court s'installer aux côtés d'Ivan à l'arrière de sa berline. De leur vie, ils n'ont jamais connu pareille extase. Ils sont deux, désormais, à défier les lois ordinaires du monde, deux à marcher sur les toits.

Au premier village, Ivan s'éclipse. Puis il réapparaît et entraîne Pauline aux abords d'une chapelle de campagne. Sur le seuil, un pope et deux inconnus.

Elle comprend tout de suite : il a demandé au prêtre de les marier et de leur trouver des témoins.

Elle refuse d'entrer dans la chapelle. Il insiste. Elle ne veut toujours pas : « Jamais sans le consentement de ta mère. »

Elle proclame que c'est au nom de leur amour qu'elle s'oppose à ce mariage. Si Anna Ivanovna l'apprend, elle le déshéritera. Comme il n'est pas habitué à vivre dans le dénuement, il souffrira mille morts et regrettera sa vie entière d'avoir défié sa mère.

Elle n'a pas à argumenter, Ivan se range à son avis. Ils remontent dans la berline.

*

Je les vois s'enfuir dans l'été. Ils enfoncent l'horizon, fendent des forêts, des champs de blé, franchissent des rivières et des fleuves, écoutent la frappe des sabots des chevaux sous le soleil de juillet, tôt levé, jamais décidé à se coucher.

Je fantasme, je sais. Je suis obligée : Pauline ne dit quasiment rien de ce voyage de non-noces. Où Ivan l'a-t-il emmenée ? Dans les domaines de sa mère, oui, du côté de Simbirsk et des rives de la moyenne Volga, mais où au juste ? Et ces terres, qu'avaient-elles d'exceptionnel, ou au contraire de banal ? Elles étaient immenses et très riches, dit Pauline, ça s'arrête là.

Enfin eux, les amants, qu'ont-ils fait de cet été radieux, à part l'amour et un enfant presque aussitôt, au plus beau du mois d'août ? On n'en saura rien. À croire qu'à la seconde où ils ont tourné le dos à la chapelle et au pope, ils se sont anéantis dans l'espace et le temps.

*

Une seule image, fulgurante, vient déchirer ce coma. Près d'un village que Pauline nomme enfin, Pétino, où Anna Ivanovna possède une propriété, ils se figent devant la façade d'un château à l'abandon.

Les volets sont fermés, Ivan et ses domestiques se précipitent pour les ouvrir. Pauline court à l'intérieur de la bâtisse et sans attendre entreprend de l'explorer. Au bout d'une enfilade de salles, elle trouve une pièce encore noyée dans la pénombre. Elle remarque un énorme tas d'objets ensevelis sous la poussière. Intriguée, elle appelle Annenkov. À eux deux, tels des enfants qui rêvent de découvrir un trésor, ils les dégagent de leur linceul de poussière.

Pauline est stupéfaite, il s'agit bien d'un trésor, un service entier de vaisselle d'argent massif. Ivan, sans désemparer, le fait peser : près d'une tonne.

À l'annonce du chiffre, il est pris de panique. Si on avertit sa mère qu'il a touché à ce monceau d'argent, s'affole-t-il, elle va piquer une crise effroyable. Il fait replacer le trésor à l'endroit exact où Pauline l'a trouvé, demande à ses gens de verrouiller la pièce et, enfin, respire.

*

Pauline, ce jour-là, mesure l'emprise d'Anna Ivanovna sur son fils. Cette découverte la rapproche encore de lui. Elle aussi a été vampirisée par sa mère.

À cette occasion, s'interroge-t-elle sur la monstrueuse fortune des Annenkov ? Pressent-elle qu'au-delà d'un certain seuil, la richesse se transforme en malédiction ? Je n'en ai pas l'impression. Avec Ivan, elle a choisi l'aventure ; et l'aventure, elle le sait depuis qu'elle a décidé de partir pour la Russie, c'est se percher sur la crête mouvante du présent et surfer artistement d'instant en instant. À un moment ou à un autre, elle en est consciente, la vague va la ramener au rivage. Quand ? Comment ? Ivan va-t-il l'épouser ?

Impossible qu'elle n'y pense pas. Mais, elle le dit elle-même, il faudra des mois avant qu'elle n'obtienne la bénédiction d'Anna Ivanovna et ce ne sera pas une mince affaire. Alors chaque chose en son temps. D'autant qu'elle possède à présent une carte qui peut s'avérer essentielle : elle est enceinte.

Quelques semaines plus tard, l'automne est là. Le vent se lève, se met à souffler du nord ou de l'est, les bouleaux, comme dans les romans russes qui s'écriront plus tard, frémissent puis jaunissent, les premières neiges gercent les chemins. Il est temps de rentrer à Moscou.

Des huit femmes qui prirent la route de la Sibérie, Pauline fut l'une des seules à voir venir la catastrophe. Elle n'a jamais oublié les circonstances dans lesquelles cette intuition l'a traversée. Ivan et elle, comme au début de l'été, étaient assis à l'arrière de la berline. Ils n'allaient pas tarder à entrer dans Moscou. Plus la ville approchait, plus Ivan était nerveux. Et si sombre, si fermé qu'elle s'est fait la réflexion qu'Anna Ivanovna ne pouvait pas suffire à déclencher un tel abattement. Il y avait autre chose, mais quoi ? Il aurait fallu le questionner. Elle n'a pas osé.

À leur arrivée, les événements se précipitent. Ivan l'a à peine installée dans l'aile du palais qu'Anna Ivanovna lui a abandonnée, que la nouvelle de la disparition du tsar parvient à Moscou. Alexandre Ier est mort dans son lit dix jours plus tôt, d'un coup de froid.

L'accablement d'Ivan redouble. Pauline est de plus en plus perplexe. Le tsar a un successeur, son fils Constantin, aucune guerre ne se profile, pourquoi un tel effroi ?

Elle n'ose toujours pas l'interroger mais elle l'épie et elle n'est pas longue à s'apercevoir que des groupes de jeunes officiers, presque chaque soir, quand la maison dort, rendent visite à son amant. Ils s'enferment et discutent jusque tard dans la nuit. Elle ne s'embarrasse pas de scrupules : elle écoute aux portes.

*

De ce qui se dit dans la pièce, elle ne perçoit que des bribes. À force de tendre l'oreille, elle finit par saisir de quoi il retourne : Ivan et ses amis sont impliqués dans un complot. Contre qui ? Dans quel but ? Elle l'ignore. Mais elle en est certaine : dans l'affaire, il risque sa peau.

Comment le sortir de là ? Lui parler, c'est avouer qu'elle l'a espionné – pas très glorieux. Se taire, c'est le laisser courir à sa perte sans savoir dans quel guêpier il s'est fourré, et par conséquent se priver de tout moyen de l'aider. Elle choisit la franchise, s'enferme à son tour avec Ivan et le supplie de lui révéler l'entière vérité.

Tenu par son serment, il refuse. Mais elle lui en impose assez pour qu'il lui dévoile l'essentiel. Il s'agit bien d'un complot. Il appartient à une société secrète, la conjuration court à l'échec et il est convaincu qu'il va finir en forteresse. Ou, pire encore, en Sibérie.

La réplique de Pauline-qui-aide-qui-console-qui-soigne-et-qui-sauve ne pouvait pas se faire attendre, elle lui répond du tac au tac : « Où que tu ailles, je te suivrai » et, comme le 3 juillet lorsqu'ils quittèrent Penza, les deux amants traversent un long moment d'extase. Elle est la madone à l'enfant, il est l'enfant de la madone, nouvelle plongée dans l'infini.

*

Cette fois-ci, le répit est bref. Début décembre, Ivan lui annonce qu'il doit impérativement rejoindre son régiment à Saint-Pétersbourg et quelques jours plus tard, il fait ses malles.

L'a-t-elle définitivement rassuré ? A-t-il pris ses distances avec ses amis, les a-t-il convaincus de la folie de leur projet ? Il ne parle plus ni de forteresse ni de Sibérie et lui assure qu'ils seront très vite réunis.

Elle en est persuadée. Mais prudente, elle note la date de leur séparation : le 2 décembre au soir.

La scène se déroule comme dans un roman de l'époque : les deux amants s'étreignent avec passion dans le vestibule de l'appartement et comme le temps presse, Ivan, le cœur brisé, finit par se détacher de Pauline, qui, tout aussi désespérée, le regarde sortir et s'engouffrer noblement dans sa berline, laquelle s'évanouit aussitôt dans la nuit. Dumas n'aurait pas fait mieux.

Quelques minutes plus tard, la réalité, ironique comme elle sait l'être, vient tempérer ces élans romantiques : Pauline s'aperçoit qu'Ivan a oublié sa bourse – on notera au passage que, même en plein désarroi, elle n'omet pas de veiller au grain.

C'est une femme de décision : elle trouve tout de suite la solution. Ivan a laissé une calèche et un cocher à sa disposition ; elle va le poursuivre et le rattraper.

La voici donc, enceinte de cinq mois et toujours intrépide, qui s'apprête à plonger dans la nuit glaciale de décembre quand Ivan, à bout de souffle, ressurgit dans le vestibule : il s'est aperçu de son oubli.

Et le film se rembobine. Nouveaux soupirs, nouvelle étreinte éperdue dans l'entrée de l'appartement, puis Ivan, une seconde fois, abandonne Pauline la mort dans l'âme et redisparaît dans la nuit glacée.

IV

La vie, mieux que le roman

Le romanesque est partout, on dirait. Constantin, le nouveau tsar, ne veut pas être tsar. Dès qu'il a appris la mort de son frère, il a écrit à son cadet qu'il lui abandonne le trône. C'était le vœu de leur aîné défunt et il préfère couler des jours paisibles à Varsovie avec la femme qu'il aime. Il se contentera des titres qui sont les siens depuis dix ans, Constantin Pavlovitch Romanov, grand-duc de Russie et vice-roi de Pologne. Il semble aussi qu'il se rappelle l'assassinat de Paul, leur père, contraint à abdiquer par huit officiers qu'il venait de régaler à sa table, puis étranglé par ces mêmes soldats. La place est libre pour son frère Nicolas. Lequel se souvient comme lui du meurtre et refuse.

Le peuple est anxieux. Il aimerait que Constantin sorte de sa tanière polonaise et se déplace à Saint-Pétersbourg. Nicolas est du même avis. Il ne souhaite pas passer pour un usurpateur et voudrait le convaincre d'accepter la couronne. Pour le conduire à changer d'avis, il lui envoie des émissaires.

Constantin s'obstine. Il ne veut pas du pouvoir. Il n'entend pas non plus sortir de Varsovie. Il estime qu'un simple courrier dans lequel il signifiera son abdication fera l'affaire.

Nicolas s'affole. Il ne se sent pas de taille. Le peuple ignore tout de lui et les hauts gradés de l'armée ne l'aiment pas. Il renvoie des messagers à Varsovie. Les négociations traînent en longueur. Plus on insiste, plus Constantin s'entête.

Pour la première fois de son histoire, la Russie n'a pas de tsar. Les membres des sociétés secrètes y voient l'occasion rêvée d'en finir avec le régime. Ils entrent en ébullition. Certains, les plus jeunes, s'emballent, transgressent le serment qui les oblige au silence, et se lancent dans une campagne sauvage de recrutement. Lorsque Annenkov arrive à Saint-Pétersbourg, la rumeur est partout : un soulèvement est imminent.

Et toujours pas de tsar, Constantin reste muet. Nicolas, lui, vit replié derrière les façades rococo du Palais d'Hiver. Militaire dans l'âme et maniaque de l'ordre, il n'en peut plus de tourner en rond en attendant la décision de son frère. Dans la nuit du 11 au 12 décembre, saisi d'un de ces accès de fureur froide dont il est coutumier, il tranche, annonce qu'il accepte le trône et demande qu'on organise sa prestation de serment.

*

Les conjurés, lorsqu'ils apprennent la nouvelle, se réunissent chez l'une des têtes du complot, le prince Obolensky. Annenkov se rend à la réunion sans illusions. Il le sait depuis l'été : la ligne qui va l'emporter sera celle de Pestel, le chef de la Société du Sud, qui estime impossible d'instaurer une république en Russie sans assassiner le tsar. Il dispose d'un atout maître : il a réussi à rallier à son projet la personnalité la plus charismatique de la Société du Nord, le poète Ryleïev, un homme qu'aucun conspirateur ne se risquera à contrer, il suffit qu'il prenne la parole pour que tout le monde s'enflamme. Une phrase, parfois une simple image et la liberté est là, au bout de l'épée. On la dégaine et le servage est aboli, les Russes naissent libres et égaux en droit, chacun peut parler, penser, écrire, publier, voyager comme bon lui semble.

Ce soir-là, pourtant, un début de contestation se fait jour. Pestel est absent, retenu, dit-on, en Ukraine, et l'assistance compte beaucoup de militaires chevronnés, qui lèvent un lièvre : et si la troupe ne suivait pas ? Aux yeux des troufions, pour la plupart illettrés et d'une ignorance crasse, le tsar est un dieu. L'idée d'une république, voire d'une monarchie parlementaire, leur est inconcevable.

Justement ! rétorquent les autres. On leur fera croire que Nicolas a comploté contre son frère et lui a volé sa couronne. Ils se soulèveront comme un seul homme et le peuple qui, comme les hommes de troupe, ne comprend rien à rien, suivra aveuglément.

Annenkov, pour une fois, intervient. Il ne mâche pas ses mots. Il ne faudra pas compter sur lui. Il connaît ses hommes, jamais ils n'oseront s'en prendre à la personne du tsar.

Il est si soulagé d'avoir parlé qu'il va jusqu'au bout de sa pensée : cette révolte est une erreur colossale. Les conjurés courent à leur perte.

On ignore ce que lui a répondu Ryleïev, mais on sait de façon certaine que d'autres conjurés ont tenu des propos analogues et qu'ils furent effarés de la façon dont le poète balaya leurs objections : « Oui, nous avons peu de chances de succès ! Mais il faut un début à tout ! »

L'enthousiasme que souleva sa réplique les atterra encore plus. On ne pouvait rien contre le charisme de Ryleïev. Il croyait tant en son étoile et il avait un tel talent pour l'incantation qu'on le suivait, même quand il alignait des mots creux. Ce soir-là, par surcroît, son fan-club était dans la salle, de jeunes officiers qui crevaient d'ennui et n'en pouvaient plus de consumer leur énergie dans d'absurdes parades militaires. Ils rêvaient de gloire, de grandeur, de conquêtes et ils en étaient réduits à jouer les soldats de plomb entre le Palais d'Hiver et les quais de la Neva. Ryleïev avait illuminé leurs existences. Ils lisaient les mêmes philosophes, s'enivraient des mêmes poètes, Goethe, Schiller, Byron, Pouchkine ; et lorsqu'ils ne portaient pas l'uniforme, ils s'habillaient comme lui : habits noirs sanglés à la taille, chemises sans jabot, poitrail offert aux balles et boulets tout droit sortis de leur imagination.

La mort, la vraie, est déjà en maraude. Quelques heures plus tôt, un espion a remis à Nicolas un rapport dans lequel il expose par le menu le plan des conjurés.

Sa teneur n'étonne pas le futur tsar. Un an auparavant, une taupe a infiltré la Société du Sud, réussi à entrer dans les bonnes grâces de Pestel et réuni un monceau d'informations compromettantes. Elles ont été transmises à la police impériale l'été précédent.

D'autres délateurs ont suivi. Le tsar défunt avait eu le temps de prendre connaissance de leurs rapports. Il s'apprêtait à diligenter une enquête quand la mort l'a surpris.

Dès l'annonce de son décès, les dossiers ont été rouverts : Pestel vient d'être arrêté. Il est vain de s'aveugler : Nicolas se prépare à un choc frontal. Deux jours plus tôt, dans la nuit du 11 au 12 décembre, au moment où il a choisi de monter sur le trône, il en a défini l'enjeu dans son journal : « Après-demain, je serai empereur de toutes les Russies ou je ne serai qu'un cadavre. »

*

La date de sa prestation de serment est rendue publique dans l'après-midi du 13 décembre. Les chefs de la conspiration décident sur-le-champ d'une nouvelle réunion.

Ivan a fait son choix, il ne s'y rend pas. Il reste auprès de ses hommes à la caserne. Ses critiques, cependant, ont porté. Il n'est plus question d'assassiner le tsar, mais de lui imposer une constitution. La ligne de la Société du Nord l'a emporté.

Le plan échafaudé par les chefs de la conjuration est sommaire. Ils n'ont rien organisé, ils se sont bornés à imaginer. Et à ce scénario idéal, ils croient dur comme fer. Ils le voient.

Quelques heures avant l'aube, leurs régiments se masseront au pied de la monumentale statue équestre que Catherine II a fait édifier au centre de la place du Sénat en hommage au fondateur de la ville, son ancêtre Pierre le Grand. Ils seront six mille, peut-être moins, mais de toute façon Nicolas prendra peur. On refusera de lui prêter serment et l'un des meneurs lira une déclaration solennelle dans laquelle, entre autres, on exigera une constitution. S'il s'y oppose, on passera à l'attaque. On prendra le Palais d'Hiver.

Le fantasme balaie la raison, le plan est approuvé à l'unanimité. Il ne reste plus qu'à désigner un chef. Il est tout trouvé : le prince Troubetskoï, l'un des plus brillants soldats de l'Empire, héros des guerres de Napoléon et auteur de la fameuse constitution.

En toute logique, on devrait se séparer. Cependant, comme la veille, les conjurés n'ont pas approuvé ce scénario que des voix s'élèvent pour le critiquer. Ryleïev prend aussitôt feu et flamme : « Comment pouvez-vous juger ? Un soulèvement n'est pas une parade militaire ! » Est-ce sa pose, sa voix ? L'hystérie redouble et chaque meneur se sent obligé d'y aller de sa phrase destinée à entrer dans l'histoire.

Troubetskoï : « Les circonstances nous indiqueront ce qu'il faut faire ! »

Alexandre Bestoujev : « La tactique d'une révolution est contenue dans le mot *oser* ! Il faut un sacrifice ! »

Ryleïev : « Les fourreaux sont brisés, nous ne saurions cacher nos sabres ! »

Ryleïev encore : « Nous sommes décidés à mourir ! »

Obolensky : « Nous mourrons ! »

Comme il semble difficile de surpasser une parole aussi définitive, qu'il est déjà deux heures du matin, et qu'il faudrait prendre un peu de repos avant une journée qui s'annonce mouvementée, on lève la séance.

La neige, dehors, ne s'est toujours pas décidée à tomber. Avant de sortir, un conjuré s'attarde et confie ses doutes à Ryleïev. Peine perdue. L'heure est tardive, le poète est fatigué. Il se contente d'un mot trivial : « Le vin est tiré. »

Les récits de la journée du 14 décembre se recoupent. Tous évoquent le violent vent d'est, la température qui dégringole subitement jusqu'à moins dix et la neige qui, à la fin de la nuit, a transformé la place du Sénat en patinoire.

Dès le lever du soleil, la vérité éclate : de la pièce de théâtre qui va s'ouvrir, les insurgés n'ont rien choisi. Ni la mise en scène – ils ont disposé leurs régiments à l'endroit imposé par le protocole militaire –, ni le tempo : le plan est soumis à l'horaire établi par Nicolas pour sa prestation de serment et son entrée solennelle dans la cathédrale voisine ; c'est à ce moment-là que Troubetskoï doit faire sa déclaration.

Or à neuf heures du matin, le chef des conjurés est invisible. Et pas davantage à midi quand Nicolas enfile son grand uniforme, enfourche son cheval et, raidi dans sa toute neuve grandeur de tsar, décide de se montrer à son armée.

La pièce n'a pas pu commencer. Et les officiers mutins ont vu trop grand. Lorsqu'ils ont fait le compte des soldats prêts à les suivre, ils n'en ont pas dénombré plus de trois mille. C'est peu. Ils scandent en chœur le mot « Constitution ! » et les habitants de la ville, attirés par les cris, se mêlent à eux et les imitent. C'est assez pitoyable : la plupart des manifestants sont convaincus qu'il s'agit là du nom de la femme de Constantin.

Le temps presse, l'heure de faire la déclaration est venue. Mais Troubetskoï ne se montre toujours pas et en son absence, aucun conspirateur n'a le courage de le remplacer. Pas un officier non plus pour ordonner la charge contre le Palais d'Hiver.

Informé que la voie est libre, le nouveau tsar poursuit sa progression. Rien ne semble l'arrêter, pas même d'apprendre qu'un inconnu vient d'abattre un de ses généraux. S'il a peur, il n'en montre rien. Il fend la foule, tête haute, regard polaire. Si impérial qu'il parvient à s'approcher de la place. La masse des insurgés, pourtant, ne cesse de grossir.

Sur la neige désormais bien verglacée, les sabots des chevaux dérapent. Le scénario de l'insurrection aussi. Il est bientôt quinze heures, la lumière baisse. La cyclopéenne statue de Pierre le Grand ressemble à un spectre et les perspectives enneigées se brouillent. On ne sait plus ce qui est près, ce qui est loin, ni ce qu'il faut faire. Charger ? Hurler ? Tirer en l'air, tirer pour tuer ? Faute de chef, on fait un peu tout à la fois, en se disant qu'on a faim, qu'on a froid et que Troubetskoï ne viendra pas.

Des habitants accourent pour distribuer du pain et de la vodka aux soldats. De nouveaux coups de feu éclatent et Obolensky, qui a enfin compris que Troubetskoï ne se montrera pas, prend la tête des opérations. Pour éviter que le tsar ne puisse faire donner son artillerie, il commande de boucher les issues.

Trop tard. En parcourant sans rencontrer de résistance le petit kilomètre qui sépare le Palais d'Hiver des abords de l'insurrection, Nicolas a gagné la partie. Il a ordonné que la place soit cernée et, depuis un bon moment, ses canons sont en ligne, leurs gueules prêtes à cracher la mort.

Une heure plus tard, des centaines de cadavres jonchent le sol. Nicolas a tourné bride. Dès qu'il a donné l'ordre de tirer, il a rejoint son palais au grand galop et s'est rendu dans une chapelle où il a remercié le Ciel de lui avoir accordé la victoire. Ses prières bouclées, sans souffler une minute, il a investi son bureau et raide, méthodique, tsar jusqu'à la moelle, il s'est attelé à la tâche : punir les insurgés jusqu'au dernier.

Sur l'esplanade, le massacre continue. On ne fait pas dans le détail, on abat indifféremment civils et militaires. Les survivants n'ont qu'une issue, rejoindre les îles qui s'étirent de l'autre côté du fleuve. Ils se ruent sur les glaces de la Neva, qui se fendent sous leur poids et les engloutissent.

Dans la nuit, Nicolas ordonne qu'on se débarrasse des cadavres. Le lendemain matin, c'est chose faite. En dépit des efforts des fossoyeurs, il reste quelques traces dérangeantes des événements : les flaques de sang, qui ont gelé. On fait place nette, au propre et au figuré ; on achemine de pleins charrois de neige fraîche, on les déverse sur le verglas rougi, puis on les tasse et on les étale.

Les rapports sur la fin de l'émeute, longtemps, furent tenus secrets. Il fallut des décennies avant que l'on puisse dénombrer les victimes de la canonnade. D'après les dernières estimations, 1 271, dont 971 civils.

Pas un mort dans le régiment d'Ivan. Ainsi qu'il l'avait annoncé, il n'a pas participé au soulèvement. Ses hommes non plus. À l'aube du 14, ils se sont positionnés à l'emplacement qui leur a été assigné : à sept cent cinquante mètres du Palais d'Hiver, devant l'aile nord de la Maison Lobanov, un des plus somptueux palais de Saint-Pétersbourg. Ils n'ont plus bougé.

Lorsque Ivan, l'année de ses soixante-dix ans, céda aux instances de sa petite-fille Elena et consentit à lui dire comment il avait vécu ce fatal 14 décembre, il avoua sans détours n'avoir rien vu de l'émeute, sauf l'arrivée du tsar à cheval. Il le trouva très agité, et d'une pâleur spectaculaire. Il n'en tira aucune conclusion, ajouta-t-il. Resté à son poste, il rentra à la caserne avec ses hommes quand son supérieur l'ordonna. C'est là, vraisemblablement, qu'il est informé de la boucherie qui s'est déroulée devant le Sénat. Il est sans illusions. Le tsar ne fera pas de quartier. Son arrestation n'est qu'une question d'heures.

Il se trompe. Pour Nicolas, il n'est que menu fretin. Le tsar, dans l'immédiat, se concentre sur les meneurs et sa police, forte des rapports des taupes, les appréhende sans la moindre difficulté. Ils sont emmenés au Palais d'Hiver où Sa Majesté Impériale, qui vient de se découvrir un tempérament de grand inquisiteur, se charge des interrogatoires.

Troubetskoï est de ces prises faciles. On le découvre terré chez son beau-frère, à l'ambassade d'Autriche. Dans la nuit qui a précédé l'insurrection, il a saisi, enfin, qu'elle courait à l'échec. L'idée de s'en prendre au tsar l'a épouvanté, il a quitté précipitamment son appartement sans penser à détruire les documents qui les accablaient, lui et ses amis – le plan de l'émeute, la liste des conjurés et leurs attributions, rien que ça. Puis il a couru à l'ambassade et s'est enfermé dans une chambre. Il y est resté prostré pendant une dizaine d'heures, incapable d'un seul mot, d'un seul geste. Il n'a retrouvé ses esprits qu'à l'arrivée de la police.

*

Annenkov n'est pas inquiété, loin de là. On lui demande de maintenir sous bonne garde un petit groupe de mutins.

Il ne s'aveugle pas. Depuis la caserne, on entend le fracas des fourgons cellulaires qui sillonnent les rues. La police, jour et nuit, perquisitionne, fouille, embarque et les fourgons ont tous la même destination, le Palais d'Hiver. Il va être découvert, c'est couru.

En effet, le 19 décembre, sur le coup de onze heures du soir, il est arrêté et conduit au Palais d'Hiver. On commence par le faire patienter dans l'angle d'une grande salle d'apparat où s'agite une foule de généraux et de courtisans aussi fébriles que s'ils attendaient une audience ou un bal. Puis derrière lui, une porte s'entrebâille : le tsar, qui lui demande d'entrer.

Il s'exécute. Nicolas verrouille la porte et, comme s'il était le plus sûr de ses amis et qu'il devait lui livrer des informations confidentielles, l'entraîne dans l'embrasure d'une fenêtre.

Ivan remarque que son visage est aussi livide qu'au moment où il est passé devant son régiment. Ses premiers mots, relève-t-il aussi, sont ceux d'un homme qui sait où et comment frapper. Le tsar connaît sa faille : son duel. D'entrée de jeu, il lui demande – en français, la langue de la cour – pourquoi il ne s'est pas suicidé après avoir tué son adversaire et, sans attendre sa réponse, le crible de questions : « Faisiez-vous partie de la Société du Sud ? Comment s'est-elle formée ? Qui participait ? Qu'y faisait-on ? »

Ivan garde son sang-froid, choisit d'être à la fois évasif et sincère, lâche quelques généralités sur les sujets dont débattaient les sociétés secrètes. Il ne peut poursuivre. Nicolas, soudain, change de ton. Chaque phrase lui fait l'effet d'un coup de couteau.

Extrait de l'interrogatoire d'Ivan Alexandrovitch Annenkov par Nicolas Ier au Palais d'Hiver dans la nuit du 19 au 20 décembre 1825.

« Étiez-vous chez Obolensky le 12 décembre ? Dites la vérité, le gouvernement sait tout.

— J'y étais.

— Qu'y disait-on ?

— Nous avons parlé des abus, de la nécessité de mettre un terme au mal.

— Quoi encore ?

— Rien de plus.

— Si vous connaissiez l'existence de cette société, pourquoi ne l'avez-vous pas dénoncée ?

— Comment le pouvais-je ? Je savais peu de choses, ma participation était réduite. J'ai été absent tout l'été pour les besoins de la remonte[1]*. Enfin, il est pénible, c'est un déshonneur, de dénoncer ses camarades.*

---

1. L'achat de chevaux pour le compte d'une armée.

— Vous n'avez aucune idée de l'honneur ! Savez-vous ce que vous méritez ?

— La mort, Sire.

— Vous croyez que l'on va vous fusiller, que vous allez vous rendre intéressant ? Eh bien non ! Je vous ferai croupir en forteresse ! »

Le *verbatim* a été livré par Ivan lui-même, lors du récit qu'il confia à Elena. Jusque-là, il avait toujours refusé d'évoquer les événements du 14 décembre. Mais Pauline sut le convaincre. Elle tenait à ce qu'il laisse une trace, lui aussi.

Il se souvenait de tout. Il a raconté à sa petite-fille qu'au début de l'interrogatoire, les intonations de Nicolas étaient brutales et son débit haché. Il contenait sa colère, mais il respirait mal. Il suffisait d'un rien pour qu'il explose.

Ce rien, d'après Ivan, fut le mot *déshonneur*. Aussitôt, Nicolas s'est mis à hurler en le foudroyant d'un regard si meurtrier qu'il s'est cru en danger et, par réflexe, a fait un pas en arrière. Le tsar, dans l'instant, a mis fin à l'entretien et Ivan s'est retrouvé dehors, où, tout aussi abruptement, des soldats l'ont conduit dans le bureau d'un haut gradé pour un autre interrogatoire.

Une heure plus tard, le tsar le convoque de nouveau. Il est aussi cordial qu'au moment où il l'a attiré dans l'embrasure de la fenêtre, chaleureux même, puisqu'il déclare : « Il faut vous garder six mois enfermés, tous, j'espère que vous aurez rejeté ces bêtises de vos têtes et que vous vous consacrerez à votre service. »

Ivan pense qu'il a échappé au pire. Mais sitôt dehors, des soldats, sabre au clair, s'emparent de lui. Après une nuit sous bonne garde, on le jette dans un fourgon, direction la forteresse de Vyborg.

Elle n'est pas très éloignée de Saint-Pétersbourg – cent cinquante kilomètres à peine. Pas non plus de celles où on croupit, il y est bien traité. Il estime que ce n'est qu'un mauvais moment à passer et se console en rêvant à Pauline. Pas une seconde il n'imagine que sa parentèle pourrait profiter de son emprisonnement pour tenter de mettre la main sur sa fortune.

Or l'un de ses cousins, Nicolas Nikolaïevitch, est très bien en cour au Palais : c'est l'aide de camp du grand-duc Michel, le frère du tsar, et il dispose d'une information capitale : la plupart des propriétés qu'Anna Ivanovna détient dans la moyenne Volga le sont à titre d'usufruit. Elle en perçoit les revenus, mais les domaines appartiennent à son fils. Si Ivan vient à mourir, c'est lui, son cousin, qui en héritera.

*

Le cousin manœuvre à la perfection. Ivan n'a pas séjourné trois mois à Vyborg qu'on l'extrait de sa cellule pour le conduire à Saint-Pétersbourg, au Palais d'Hiver, où il subit de nouveaux interrogatoires.

L'officier commence par lui apprendre qu'il va passer en jugement. Il n'a pas besoin de préciser à Ivan où il sera incarcéré dans l'attente de son jugement, il l'a déjà deviné : dans l'île-citadelle qui fait face au Palais, l'une des prisons les plus redoutées de l'Empire, la forteresse Pierre-et-Paul.

On l'y conduit sitôt l'interrogatoire fini. Il est enfermé dans une courtine où Pierre le Grand, une bonne centaine d'années plus tôt, a fait aménager une longue série de cellules. Les rumeurs les plus sinistres courent sur ces cachots. Il se dit que la Neva les envahit lorsqu'elle entre en crue. Une rivale de la Grande Catherine y serait morte noyée.

On l'assure que sa cellule sera sèche. La porte de sa geôle ne s'est pas refermée qu'il voit des gouttes d'eau sourdre d'un tuyau. « Mon premier sentiment, confia-t-il à Elena, fut d'avoir été descendu vivant dans une tombe. »

*

Ces cellules ont été détruites à la fin du XIXe siècle. J'ai pu m'en faire une idée grâce au croquis d'un des conjurés découvert dans un musée de Saint-Pétersbourg. La pièce où s'est représenté le prisonnier est plus spacieuse que le réduit évoqué dans le récit d'Ivan. Contrairement à lui, cet homme a largement de quoi se tenir debout sous la demi-voûte qui forme le plafond de son cachot. Mais il porte la même tenue, une camisole informe et des savates grisâtres.

Il s'est dessiné assis sur un tabouret, tête basse, et il a légendé son croquis d'un vers de Dante. Cette citation ne laisse aucun doute sur l'état d'esprit du détenu, un homme cultivé, de toute évidence. Ce sont les mots qui, d'après le poète, accueillent les damnés aux portes de l'Enfer : « Vous qui entrez ici, laissez toute espérance. »

Dans les jours qui suivent son incarcération, Ivan est extrait à plusieurs reprises de son cachot. Le rituel est toujours identique : on lui bande les yeux puis on le conduit dans le bâtiment où siège la commission d'enquête. On ôte son bandeau au dernier moment, face à la dizaine de militaires chargés de le questionner.

Il n'est pas très disert. Cela doit agacer. Pour son ultime interrogatoire, la commission est réduite à deux membres éminents, des aristocrates de très haut rang : le comte de Benkendorf et le prince Golitsyne, un ancien ministre du tsar défunt, un fanatique de la lutte contre la franc-maçonnerie et les sociétés secrètes en général. Ivan connaît le premier depuis son plus jeune âge, le second est un familier des extravagantes réceptions de sa mère. Forts de cette proximité, les compères, d'entrée de jeu, lui font savoir qu'il ferait mieux de tout avouer.

On se vouvoie, les manières sont des plus courtoises, et l'on s'exprime dans ce français élégant et suranné qui est de mise dans l'entre-soi de l'aristocratie russe. Pour autant, la méthode est grossière et les propos, faciles à sous-titrer : allez, mon gars, on est quasiment de la famille, tu peux tout nous dire, passe à table une bonne fois pour toutes, on va te tirer de là et ça va bien se passer.

Ivan refuse de répondre. Devant son mutisme, les deux hommes, là non plus, ne se distinguent pas par une créativité éblouissante. Ils gardent leur calme et leur beau français, puis se répartissent les rôles. Golitsyne joue le bon flic – « Je vous veux du bien, dites la vérité » – et Benkendorf, le mauvais : « C'est à vous de voir, si vous n'avouez pas, on vous laissera en forteresse, vous savez maintenant ce que c'est, un tombeau où on est enterré vivant. » Et comme Ivan ne desserre pas les dents, il essaye le chantage : « Notre souverain est miséricordieux. Si vous parlez, il vous pardonnera, sinon... » Il ne termine pas sa phrase. Air archiconnu. Mais en matière policière, Ivan est un bleu, il panique.

À sa décharge, il y a de quoi. Le soir de son incar-cération, pour protester contre ses conditions de détention, il avait entamé une grève de la faim. Au bout de trois jours, on l'avait prévenu : à l'étage inférieur, au ras du fleuve, il y a des culs-de-basse-fosse, des oubliettes bien humides et bien sombres. D'autres ont cru bon, comme lui, de faire les malins. Ils y ont été enfermés et ils ont vite changé de ton.

Le texte des aveux d'Annenkov a été rédigé bien avant l'interrogatoire. Benkendorf le lui tend et lui demande de le parapher. Épouvanté par ses menaces, incapable d'un seul mot ni, du reste, d'aucune pensée, il signe.

*

La dernière séquence de ce simulacre d'instruction judiciaire est plus raffinée. Le lendemain, le commandant en chef de la forteresse pénètre dans sa cellule. Ivan s'imagine qu'il vient le libérer, mais l'autre se prend la tête entre les mains, lui apprend qu'on l'a piégé et s'écrie : « Qu'avez-vous fait là, mon bien cher monsieur, pourquoi vous êtes-vous nui à vous-même ? » Et il conclut qu'il doit désormais s'attendre au pire.

Il s'y prend de biais. Il annonce à Ivan qu'en raison de son crime, il n'aura plus droit à un seul verre de thé. C'était un militaire du genre délicat.

Lorsque Pauline commence à raconter ce qui lui est arrivé entre le 3 décembre 1825 et la mi-avril 1826 – du départ d'Ivan à la naissance de son enfant –, Olga est stupéfaite. Sa mère ne lui a jamais parlé de cette période de sa vie et son récit se fait subitement chaotique. Un fleuve qui divague. Elle ne cesse de s'égarer dans des digressions sur des événements qui se sont passés bien plus tard. Dès qu'elle s'en aperçoit, elle revient en arrière, retrouve le cours initial de son histoire mais très vite, elle s'en écarte de nouveau.

Où est l'avant, où est l'après ? Olga s'y perd. Et comment interrompre sa mère : elle veut tout dire, son débit est torrentiel. C'est à croire qu'un verrou, pendant trente-six ans, lui a interdit l'accès à la mémoire de ces semaines terribles et que ce verrou vient de sauter. D'un seul coup, elle retrouve tout, revit tout, pêle-mêle, la détresse, l'angoisse, la révolte, la bascule incessante de l'attente, un jour l'espoir, le suivant le désespoir. Ses souvenirs s'enchevêtrent, se recouvrent, s'éparpillent, se télescopent, s'embrouillent encore. Elle n'est plus qu'un tourbillon d'émotions.

Comment pourrait-il en aller autrement ? Elle a vécu, pendant ces quatre mois, une saison en enfer.

*

Son calvaire s'ouvre sur un moment d'effroi. Quand la nouvelle du massacre du 14 décembre atteint Moscou – trois ou quatre jours après l'émeute –, la ville est saisie d'épouvante. Une semaine durant, les habitants craignent pour leur vie. Nombre d'entre eux se terrent.

Pauline a toutes les raisons d'en faire autant, mais c'est plus fort qu'elle, il faut qu'elle sorte. Elle veut savoir ce qu'est devenu Ivan. Lors des brèves semaines où elle a vécu avec lui, elle a rencontré quelques-uns de ses amis. Elle va les voir. Avec son petit chien Kom, dont elle ne se sépare jamais, elle sillonne la ville et malgré la peur qui la talonne, observe, enregistre.

Elle n'a rien oublié de ces journées d'angoisse, elle en brosse à Olga un tableau saisissant : « Un profond abattement régnait dans les maisons. Dans les rues, on ne rencontrait que des faces sombres et accablées. Tous marchaient comme des condamnés. Personne n'osait parler à voix haute de ce qui s'était passé. Ce fut une période où la terreur, la tristesse, les larmes furent partout. »

Elle guette la moindre information sur le sort d'Ivan. Quelqu'un lui affirme qu'il a été tué pendant l'émeute. Un autre, avec le même aplomb, lui jure qu'il a été blessé. Certains ont entendu dire que le tsar l'a expédié en forteresse. Qui croire ?

Elle ne se décourage pas. Chaque matin, en dépit du froid et de ses cinq mois et demi de grossesse, elle reprend son épuisant porte-à-porte. Pour tenir, elle s'est inventé un rituel. Avant de rentrer, elle va prier à l'église catholique où se rassemble le dimanche la communauté française. Ça la calme.

Elle n'est pas ressortie qu'elle se met à trembler. Pour regagner l'appartement d'Ivan, elle doit traverser un carrefour où se croisent deux artères très passantes, Kouznetski most et Neglinnaïa. Le magasin de Demoncy se situe à l'angle de ces rues, mais elle se fiche bien de tomber sur lui ; maintenant qu'elle a choisi de suivre Ivan, il est sorti de sa vie. Sa hantise, c'est de voir passer un fourgon cellulaire. Depuis une semaine, les descentes de police se multiplient. On arrête tous les jours des dizaines de suspects. On les jette dans ces chariots vert sombre qu'on entoure aussitôt d'hommes en armes et qui ressemblent à des corbillards.

Personne ne sait où l'ont conduit les détenus. En Sibérie ? Dans une des innombrables et funèbres forteresses de l'Empire ? Face à un peloton d'exécution ?

À l'approche du carrefour, elle perd ses moyens. Il arrive qu'elle ne voie pas de fourgons.

Ça n'empêche rien, elle continue de trembler et elle dort mal. Le pire n'est pas d'ignorer le sort d'Ivan. C'est d'imaginer que ce sort soit le pire.

L'été dernier, j'ai refait le parcours de Pauline entre l'église et le carrefour. Je n'en attendais pas grand-chose. Je ne cherchais qu'à me représenter ce secteur de Moscou où Pauline avait vécu et qu'on appelle encore « le quartier français ».

Ce moment me revient comme s'il datait d'hier. La canicule étouffe Moscou. Mon ami K. me guide. Il connaît le coin comme sa poche. Notre périple commence par l'église située, comble d'ironie, à deux pas du lycée Alexandre Dumas. Par un réseau de petites rues, il m'entraîne dans l'avenue qui mène au carrefour. Sur notre chemin, il me désigne des immeubles modernes : « Des bureaux des services de renseignements, le FSB, ou d'autres encore plus confidentiels. Il y en a pas mal dans les environs. »

Je finis par lui poser une question idiote : « Comment vous savez ça ? Il n'y a pas de plaques sur les immeubles. » K. éclate de rire : « Ces services-là évitent de se signaler... Mais à Moscou, tout le monde sait où ils se trouvent ! Et dans ce quartier, depuis Staline, l'espionnage, le renseignement, c'est comme la mode : une activité traditionnelle… » Il pointe une construction à deux étages. Avec sa façade fraîchement badigeonnée de rose pastel, elle est ravissante. Certaines fenêtres semblent anciennes. Pauline a-t-elle connu cet immeuble ? Y a-t-elle vécu, pourquoi pas ?

K. sent que mon imagination bat la campagne, il me devance : « Du temps de Pauline, il y avait ici une librairie française. Ivan l'a probablement fréquentée, tous les Russes cultivés s'y fournissaient en livres. Elle a fermé après la révolution d'Octobre et Staline, dans les années trente, en a fait une antenne de sa police politique. En venant ici, vous avez sûrement vu l'ancien siège central de cette police. On ne peut pas le manquer, l'immeuble est monumental ; c'est la fameuse Loubianka, du nom du quartier où on l'a édifié. Pendant des années, dans ses caves, les nervis de Staline ont torturé et exécuté en toute impunité. Mais la Loubianka avait de nombreuses annexes et, entre autres, ce bâtiment rose. Ici, pas d'assassinat, pas de torture, rien qu'un service d'accueil destiné aux familles des suspects que l'on venait d'arrêter. Quand un de vos proches avait été emmené par la police et que vous vouliez savoir où il se trouvait, vous veniez faire la queue ici. Lorsqu'au guichet, on vous répondait : "Votre parent est détenu sans droit à la correspondance", vous saviez qu'il n'était ni en prison ni au goulag. C'était la formule consacrée pour vous signifier qu'on l'avait exécuté. »

*

Aucun document ne prouve que Pauline soit entrée dans cet immeuble rose en compagnie d'Ivan. Ni, comme la rumeur en a couru, qu'avant de devenir sa maîtresse, elle ait habité ici, dans une chambre louée par le libraire. Je la rejoins ce matin par procuration : l'entremise d'un récit ultérieur, celui que vient de me faire K., qui n'a d'autre rapport avec son destin qu'une expérience émotionnelle, celle de la terreur politique. Cependant mon pas se fait flottant. Je ne suis pas pétrifiée, non, par ce que je viens d'entendre, j'ai lu *L'Archipel du Goulag* et bien d'autres chroniques de l'ère soviétique. Je ne ruisselle pas non plus de ces fameuses coulées de sueur glacée qui sont censées vous dégouliner dans le dos quand on vous raconte des horreurs. Difficile, de toute façon, il fait 35 degrés à l'ombre. Les mots de K., simplement, réveillent l'angoisse que j'ai ressentie à la lecture des pages où Pauline relate la période où elle est restée sans nouvelles d'Ivan. Quelque chose en moi commence à appréhender, non plus de manière rationnelle, mais sensible, tangible, ce qu'est un régime de terreur.

Début janvier, Pauline prend une décision radicale. Elle cesse son porte-à-porte, convoque le valet d'Ivan, lui fourre dans les mains une grosse liasse de billets et lui ordonne de se rendre à Saint-Pétersbourg pour savoir si oui ou non, Ivan a été incarcéré. Et, dans l'affirmative, où.

Le valet n'est pas plus chanceux qu'elle. Il ne parvient à recueillir qu'une rumeur : Ivan aurait été transféré dans une forteresse. Laquelle, aucune idée.

Elle commence à manquer d'argent. Pour financer le voyage du valet, elle a mis en gage ce qu'elle a de plus précieux : les diamants qu'Ivan lui a offerts lorsqu'elle l'a suivi, et la collection de châles du Cachemire qu'elle s'était constituée lorsqu'elle travaillait chez Demoncy. Elle ne peut plus entretenir les domestiques d'Ivan. Mais elle se refuse à les congédier. Puisqu'il est innocent, pense-t-elle, on va le libérer. Une affaire de semaines. Elle ne voit qu'une solution, travailler à domicile.

Elle se présente chez un rival de Demoncy. Ses doigts de fée sont célèbres dans Moscou, elle est embauchée et travaille, dents serrées, jusqu'à son huitième mois de grossesse où, coup de théâtre, le meilleur ami d'Ivan frappe à sa porte. Il a des nouvelles de lui. Il se trouvait au Palais d'Hiver avant son transfert à la forteresse Pierre-et-Paul. Ivan lui a demandé de la rassurer.

Il ne suit pas son conseil. Il ne cache pas à Pauline que le sort de son amant est inquiétant. Il sera condamné, c'est évident. En attendant, il manque de tout, d'argent, de linge, de vêtements chauds. On l'a même privé de ses bottes. Quant à sa mère, inutile d'en attendre grand-chose. Toujours aussi emmurée dans ses phobies, elle lui refuse tout secours. Elle voudrait écrire à Ivan. Impossible, l'avertit son visiteur. Seule la famille y est autorisée.

Le mot « impossible » réveille son goût du défi. Avant de fermer le colis que l'homme se propose de lui transmettre, elle brode « Pauline » sur chacun des vêtements qu'elle a rassemblés. Puis, désormais certaine qu'il n'est pas près d'être relâché, elle déménage dans un petit appartement situé dans une ruelle proche de la Maison Annenkov.

Elle se sépare finalement des domestiques d'Ivan. À cette occasion, son valet lui révèle qu'Anna Ivanovna, qui jusque-là n'avait pas porté le moindre intérêt aux amours de son fils, lui a offert une somme énorme ; elle voulait savoir s'il l'avait épousée. Il l'a rassurée. Et il a ajouté qu'elle serait bientôt grand-mère.

Il ne lui a rien appris, elle le savait depuis longtemps. Il a empoché l'argent et n'a plus entendu parler d'elle.

*

Peu avant la mi-avril, Pauline est prise des premières douleurs. Tous ses amis lui ont tourné le dos, sauf une vieille institutrice française qui l'a prise en affection, Mme Charpentier. Le 11, lorsqu'elle accouche d'une petite fille, cette femme est à ses côtés. C'est elle qui s'occupe de l'enfant quand Pauline, victime d'une infection, reste plusieurs semaines entre la vie et la mort.

Une des jeunes suivantes d'Anna Ivanovna l'apprend. Elle ne connaît pas Pauline, mais son histoire la bouleverse. Au risque de voir s'abattre sur elle les foudres de sa maîtresse, elle se rend à son chevet. Elle revient plusieurs fois. Un jour, profitant de ce que Pauline s'est assoupie, elle place au pied de son lit un portrait d'Ivan.

C'est le seul qu'on ait gardé du jeune homme qu'il fut, celui d'un magnifique officier au regard tendre et d'une grande bonté. Selon la mode du temps, le peintre lui a fait prendre une pose un brin dandy. Il a négligemment jeté sa luxueuse pelisse sur son épaule gauche et artistement ébouriffé ses cheveux, comme pour laisser entendre qu'il a posé entre deux portes, avant d'enfourcher son cheval et de partir au galop.

Lorsqu'elle rouvre les yeux, c'est la première image que Pauline aperçoit. Elle fond en larmes.

Quand sa mère lui décrit cette scène, Olga, pourtant connue pour maîtriser ses émotions en toutes circonstances, pose sa plume et à son tour, éclate en sanglots. La crise est si violente que les deux femmes interrompent la séance.

Le lendemain, la jeune femme a retrouvé son front serein. Elle annule cependant leur rendez-vous rituel d'après dîner. Elle a relu ce qu'elle a consigné sur son cahier la nuit précédente. Son impression est la même qu'au moment où elle a recueilli les propos de sa mère : ils sont passionnants, mais confus. Pour que la narration retrouve sa fluidité, quelques aménagements suffiraient – une restructuration chronologique par exemple, et quelques coupes. Elle pourrait les faire sans difficulté. Elle s'y refuse. Malgré tout, elle estime que ce qu'elle vient d'apprendre est essentiel.

Elle choisit la solution la plus conforme à sa personne : une fille droite, qui n'aime pas truquer. Elle ne touchera pas au texte. Elle l'assortira simplement d'une note expliquant pourquoi elle l'a laissé à l'état brut.

Jusqu'ici, elle est restée dans l'ombre. Elle se sentait tout à fait à l'aise dans son rôle de scribe muet, attentif et impartial. Avec cette note, elle va devoir s'exposer. Ça ne lui plaît pas. Mais après ce qui s'est passé, elle ne voit pas comment faire autrement.

Elle décide donc de rédiger un insert où elle va dire la vérité, à savoir qu'elle livre le récit de sa mère tel quel, au nom de la vérité, justement. Ces quelques lignes remplaceront la séance qui, ce soir, n'aura pas lieu.

Note insérée par Olga Ivanovna Annenkova dans le cahier où elle a consigné le récit de sa mère :

Hier, je n'ai pas pu continuer à écrire. Même si ma mère évoquait un passé lointain, elle décrivait avec tant de vivacité la situation précaire qui fut alors la sienne, ses souffrances, sa détresse, ses soucis, que les larmes m'ont bientôt étouffée, et la plume m'est tombée des mains. Nous nous étions laissé entraîner par ce que nous faisions, il était très tard dans la nuit. La maison était silencieuse, tout le monde dormait, nous étions seule à seule. Elle parlait franchement, avec passion, et j'aurais donné cher pour pouvoir rendre avec plus de précision et de clarté tout ce que j'entendais. Mais ceux qui vont parcourir ces lignes comprendront sans doute comme moi ce qu'a pu éprouver une jeune femme abandonnée de tous, sans nouvelles de celui qu'elle aimait, avec un bébé sur les bras. Ils comprendront aussi combien il lui fallut de fermeté et de force de caractère pour reprendre le travail à peine sortie d'une grave maladie et travailler, non pas à ses moments perdus, pour passer le temps, mais avec persévérance et opiniâtreté afin de gagner assez d'argent pour dégager ses châles et ses diamants de la maison de prêt, puis tout vendre ensuite et, avec l'argent, partir pour Saint-Pétersbourg à la recherche de mon père.

Dans cette vingtaine de lignes, au-delà du lecteur, Olga s'adresse à Dumas. Avant le récit de la veille, elle n'avait pas vraiment compris pourquoi sa mère, quand elle entendait le nom de l'écrivain, entrait aussitôt en fureur et exigeait qu'on se taise. Grâce à sa confession, elle a mesuré l'abîme qui sépare Pauline de son avatar romanesque.

Elle a suffisamment lu pour savoir que la littérature ne va pas sans transposition ni revisitation. Et elle a assez de jugement pour saisir avec quelle légèreté a œuvré Dumas avec *Le Maître d'armes*. Il lui fallait une romance au goût du jour, bien sucrée et bien rose. Lorsqu'il a eu vent de l'histoire de Pauline, sans chercher à en savoir plus, il a échafaudé son scénario : transformons-la en Louise, soyeuse courtisane qui tire l'aiguille à ses heures perdues dans la chaleur de son délicieux boudoir. Elle s'angoissera, ça oui, quoi de plus naturel si on emprisonne votre amant – lequel, soit dit en passant, l'a bien cherché : quel crétin, ce Russe, naïf et pas plus futé que ses amis des sociétés secrètes. Mais la Louise du roman, il ne faudra pas qu'elle se tourmente trop longtemps, ça contrarierait le lecteur, qui aime les histoires tristes, à une seule condition, qu'elles finissent bien. Donc il faut qu'au plus vite l'Empereur entre en scène. Malgré l'odieuse et abominable agression qu'il a subie le 14 décembre, il s'attendrira sur les malheurs de la belle et comme il a un cœur d'or, il pardonnera, bénira les amours de Louise et ensuite, hardi petit ! installons-la sur un traîneau et lançons-la au triple galop sur les routes de Sibérie !

*

C'est au nom de la vie qu'Olga décide de mettre son grain de sel dans le manuscrit de Pauline. La vie sous la forme tragique qu'elle prit en cet hiver et ce printemps 1826, âpre, mauvaise, la vie qui ne fit pas de sentiment, mais que sa mère rendit tellement plus vaste, tellement plus forte que le mélo du roman.

V

À L'ASSAUT DE LA FORTERESSE

On l'a su dès le mois de mars : les membres des sociétés secrètes, quel que soit leur rang, seront sévèrement condamnés.

Comme les autres grandes familles de Moscou, cette annonce a secoué la Maison Annenkov. Toute à ses rituels conjuratoires et à ses achats compulsifs, la Vieille, comme la surnomment ses domestiques, a accueilli la nouvelle avec son détachement ordinaire. Une intense agitation, en revanche, a gagné sa cour de parasites, les trois clans de cousins, cousines, cousins de cousines et cousines de cousins qui se sont installés chez elle à la mort de son mari et qui poursuivent le même objectif : rafler l'héritage.

Seules leurs méthodes divergent. Le premier clan, celui des Iakobi, nourrit des ambitions du type « ver dans le fromage ». S'il s'incruste chez Anna Ivanovna, c'est pour faire main basse sur ses trésors avant sa déconfiture. Ça ne saurait tarder, elle a lourdement hypothéqué ses domaines.

Le deuxième clan a pour chef le cousin aide de camp. Celui-là quitte rarement Saint-Pétersbourg et le palais du grand-duc mais il a ses espions à Moscou. Son objectif à lui, c'est de s'emparer des domaines de la Vieille avant qu'elle ne les ait perdus.

Et comme la dynamique des nœuds de vipères est d'envenimer continûment ce qui est déjà toxique, un dernier clan joue contre les précédents : les trois cousines qui gèrent – à leur manière – le patrimoine d'Anna Annenkova. Elles profitent de ce poste stratégique pour se servir au passage.

Ces chacals en maraude dans la Maison Annenkov en sont là de leurs luttes intestines quand ils apprennent que Pauline a accouché. L'événement change considérablement la donne : la Vieille, même si son fils décède, a un héritier direct.

Des trois clans, celui des cousines est le plus astucieux. Elles estiment qu'on peut circonvenir la mère de l'enfant. On verra plus tard comment l'éliminer mais pour l'instant, on a furieusement besoin de cette Française de rien du tout. Et le plus urgent, c'est de donner au bébé une existence légale.

Rien de plus simple. Il suffit de le baptiser selon le rite orthodoxe. Le certificat du pope tiendra lieu d'acte d'état civil. Le temps que la petite Alexandra soit majeure, on se sera déjà rempli les poches.

Les trois cousines n'ont aucun mal à convaincre Anna Annenkova qu'il serait convenable de faire une visite de politesse à Pauline. La Vieille n'a aucune envie de se mettre en frais, elle les laisse à la manœuvre. Elles accourent, tout sucre tout miel, chez la jeune mère, qu'elles supplient de faire baptiser l'enfant. Méfiante, Pauline prétend préférer le rite catholique. Les autres s'acharnent, reviennent, insistent, repartent bredouilles, reviennent encore. Au passage, elles lui laissent quelques billets de la part de la Vieille. Pauline cède.

Calcul ? Sans doute. Elle ignore tout de la partie qui se joue à la Maison Annenkov. Mais avec ce geste, elle préserve les intérêts de sa fille et ceux de son amant.

Cette visite la galvanise. Tout juste convalescente, elle se lance un défi insensé : pénétrer dans la forteresse où est incarcéré Ivan et le revoir.

Le premier obstacle à vaincre n'est pas le moindre. Pour gagner Saint-Pétersbourg, comme tous les étrangers qui veulent voyager en Russie, elle doit obtenir un passeport spécial – elle, une fille qui a choisi le mauvais camp, compatriote par surcroît des écrivains qui ont inspiré les insurgés du 14 décembre, « la peste française », comme les appelle le tsar.

Mais depuis qu'elle a vaincu la maladie – la première de sa vie –, elle se sent plus trompe-la-mort que jamais. La petite Alexandra baptisée, elle se rend dans les bureaux de la police et y dépose sa demande de passeport.

Le verdict est proclamé à Saint-Pétersbourg le 9 juillet. « La grande décision », comme on l'appelle en baissant la voix, parvient à Moscou quatre jours plus tard, sous la forme de quelques feuillets qu'un émissaire du gouvernement confie à un imprimeur. À peine le jugement connu, l'effroi saisit la ville. Mêmes scènes qu'en décembre. Dans les rues, chacun rase les murs et marche en somnambule. On attend d'être chez soi pour commenter l'événement – et encore, à voix basse. Pas une grande famille qui, de près ou de loin, ne compte un condamné. Et personne n'avait imaginé des sentences aussi dures. En quelques heures, le lexique change. On ne parle plus de « grande décision », mais d'une « atroce nouvelle ».

Pauline garde son sang-froid. Elle refuse de se faire une opinion sans avoir lu le texte du verdict. Mouvement désormais réflexe, elle glisse quelques pièces dans la main d'un domestique et lui demande de pénétrer dans l'imprimerie pour lui rapporter le document.

Le serviteur s'acquitte de sa tâche avec une efficacité impressionnante. Il fait si vite qu'au moment où il tend le parchemin à Pauline, l'encre est encore humide.

Un homme qui s'occupait naguère de l'intendance d'Annenkov est venu aux nouvelles, il se charge de le lui traduire. À l'énoncé de chaque sentence, il fond en larmes et couvre d'injures le gouvernement. Il a bu mais il est sincèrement révolté. Le collège des juges – ou Nicolas lui-même, puisque ces pseudo-magistrats étaient à sa botte – a condamné cinq conjurés à la mort par écartèlement : Ryleïev, Pestel, Mouraviev-Apostol, Bestoujev-Rioumine et l'illuminé de la bande, Kakhovsky, l'homme qui, faute de pouvoir tirer sur le tsar, a abattu un de ses généraux.

Nicolas, cependant, a tenu à adoucir ce châtiment. Il a décidé qu'au lieu d'être démembrés vivants, ils seraient pendus. Plus moderne, a-t-il estimé. Depuis que sa mère, aux lendemains du massacre, lui a lancé : « Que va penser l'Europe ? », il vit dans la hantise qu'à l'Ouest on puisse le considérer comme un tyran.

Même politique à l'endroit des cent seize autres « meneurs », pour parler comme son tribunal fantoche. Pour démontrer qu'il n'est pas un vampire assoiffé de sang, mais un monarque sagace et doté d'un sens remarquable de l'organisation, il a fractionné sa haine et réparti les condamnés en onze catégories.

Puis il a consenti, de-ci, de-là, quelques réductions de peine. Du travail d'orfèvre. Il a dû y consumer ses nuits.

L'ordre alphabétique place Annenkov en tête des dix-sept prisonniers de deuxième catégorie. Il écope de vingt ans de bagne. Comme les futurs pendus, il devra s'estimer heureux. Le tsar, dans son infinie bonté, a réduit la peine à quinze ans. S'ensuivra une relégation à vie en Sibérie sous surveillance policière. « Exil éternel », dit poétiquement le jugement. Sa condamnation, à titre accessoire, est agrémentée d'une privation de tous ses droits, possessions, titres et décorations.

Il est vivant, mais civilement mort. Voué au gel de l'oubli. La bureaucratie tsariste l'a quand même doté d'un statut : « Criminel d'État ».

*

Les nouvelles de Saint-Pétersbourg parviennent à Moscou avec un décalage de trois ou quatre jours. Comme tous les habitants de la ville, Pauline, lorsqu'elle découvre le verdict, ignore que les exécutions se sont déroulées le matin même, à l'aube, à la forteresse Pierre-et-Paul.

Le bourreau avait perdu la main. Au moment fatal, trois cordes se sont cassées. Pestel s'est affalé sur le plancher de la potence. Pas une égratignure. Deux autres condamnés, Mouraviev-Apostol et Ryleïev, ont été précipités quelques mètres plus bas. Le premier a eu une jambe cassée et le second la mâchoire fracassée.

L'usage, depuis les Romains, est de voir dans les exécutions ratées une intervention divine et d'accorder la grâce aux rescapés. Le tsar, ce matin-là, se trouvait dans sa résidence d'été. Il avait réglé la cérémonie dans ses menus détails et, selon la coutume, il n'y assistait pas.

Le militaire en charge du bon déroulement des opérations n'a pas voulu prendre le risque de l'avertir de l'incident. Sa Majesté aurait été contrariée et lui, le sous-fifre, aurait eu à subir quelques désagréments de carrière. Il a donc donné l'ordre de rependre les rescapés, blessés ou pas. Ça n'a pas été sans mal. Il a fallu trouver de nouvelles cordes, et des bonnes. Une demi-heure avant d'en dénicher.

« Malheureuse Russie où on ne sait même pas pendre !» a hurlé Pestel quand le bourreau lui a repassé la corde au cou.

*

Les autres condamnés ont été dispensés du spectacle. Pour eux aussi, le tsar, toujours vétilleux, avait prévu un cérémonial. Soixante minutes avant les pendaisons, vers trois heures du matin, au moment où le soleil, en ces jours encore proches du solstice d'été, commençait à lâcher au-dessus de la Neva une première marée de lumière grisâtre, on a déverrouillé les cellules et on leur a remis leurs uniformes militaires et leurs épées, qu'on avait pris soin de limer par le milieu, avant de les conduire en grande procession au pied de la potence.

À côté d'un billot, des soldats avaient allumé un grand feu. L'un après l'autre, les détenus ont dû poser la tête sur la pièce de bois, puis on a brisé leurs épées sur leur crâne. Comme au théâtre, sans les blesser, sauf dans quelques cas où le sang a giclé – les lames avaient été mal limées. Une fois debout, ils ont été solennellement dépouillés de leur uniforme et de leurs décorations, qu'on a jetés dans le feu.

À ce rituel de dégradation, Nicolas a voulu donner un final encore plus inventif. Il avait prévu que les condamnés se retrouveraient à demi nus et que la chose pourrait choquer la petite foule massée au pied des remparts – pas grand monde, en fait, l'heure était trop matinale. Il a commandé qu'on dissimule leur anatomie sous une de ces longues et informes camisoles en usage dans les hospices, d'un gris strié de fines rayures et c'est ainsi, accoutrés en moribonds, que les officiers déchus ont été reconduits dans leurs cellules. Certains prisonniers ont choisi de voir dans cette bouffonnerie un défilé de carnaval. Ils ont joué les joyeux drilles et rivalisé de blagues jusqu'au seuil de leurs geôles.

Le vitrage qui y distillait un peu de jour était recouvert d'un enduit blanchâtre. Ils n'ont rien vu de l'exécution. S'ils ne se sont pas bouché les oreilles, ils en ont suivi le cours macabre aux roulements des tambours.

Les parasites de la Maison Annenkov auraient pu travailler au KGB ou au NKVD. En un rien de temps, ils apprennent que Pauline veut revoir son amant.

Au palais de la Vieille, aussitôt, branle-bas de combat. Certains cousins se rendent à la police et soudoient les gratte-papiers pour qu'ils bloquent sa demande de passeport. D'autres choisissent de faire le siège de son appartement et cherchent à la convaincre de rester à Moscou.

Les manœuvres d'approche varient, mais le chantage est identique : « N'y allez surtout pas, vous êtes Française, vous allez faire du tort au père de votre enfant. »

Pauline leur rit au nez : « Quel tort, puisqu'il est déjà condamné ? » Quand elle retourne à la police, elle ne rit plus : on lui refuse son passeport.

Mais dans la ville, le vent tourne, on dirait. Peu après cette rebuffade, une jeune femme se présente chez elle. Elle est Française, prétend travailler pour le chef de la police et lui propose de tout arranger.

Pauline ne l'a jamais rencontrée, elle devrait se méfier. Elle prend le risque. Son pari est payant : une heure plus tard, le document est là.

Sans plus attendre, elle confie son bébé à Mme Charpentier, fait ses bagages, recrute un domestique et bondit dans la première diligence en partance pour Saint-Pétersbourg. On la retrouve quelques jours plus tard au pied des remparts de la forteresse Pierre-et-Paul.

*

Je suis éblouie par la façon dont, en moins de deux semaines, Pauline parvient à forcer les portes de la citadelle. Elle allie l'instinct à la méthode, la passion au sang-froid, le calcul au culot. Elle navigue à vue et parallèlement observe ce qui se passe dans le micromonde de l'île-forteresse. Elle étudie sa topographie, son économie, ses stratifications sociales, analyse les rapports de force, se fait peu à peu des alliés, des amis et ainsi, tisse sa toile. Sans jamais dévier de son cap : sauver son homme.

En cet été 1826, elle a également beaucoup de chance. Lorsqu'elle arrive à Saint-Pétersbourg, elle s'est fixé un objectif prioritaire : retrouver l'officier qui, au mois de mars, lui a donné des nouvelles d'Ivan. Elle réussit en vingt-quatre heures à peine. L'homme dispose de relais dans la citadelle. Il les met sur-le-champ à son service.

Elle veut voir Ivan tout de suite, mais l'officier lui répond que la règle n'a pas changé : seules les familles sont autorisées à rencontrer les détenus. Elle n'est pas mariée, on va la refouler. Mais si elle y tient, elle peut s'introduire clandestinement dans la citadelle. C'est facile et il sait comment s'y prendre.

L'île n'était pas sévèrement gardée. Tous les jours, à sa porte principale, se bousculaient des nuées de petits tâcherons qui, moyennant deux ou trois piécettes, assuraient la basse intendance de la prison et des casemates. Il était facile de s'y mêler.

Pauline, dans ses confidences à Olga, ne s'étend pas sur la méthode employée, elle laisse seulement entendre qu'elle s'est travestie en servante. Elle suggère aussi qu'elle changeait de déguisement et qu'elle transportait sur elle le petit pactole qu'elle avait tiré de la mise en gage de ses châles et de ses bijoux. De quoi ouvrir bien des portes et acheter le silence en cas de pépin.

*

La première fois qu'elle franchit le ponton qui enjambe la Neva et mène au portail principal de la forteresse, elle n'est pas rassurée. Elle ralentit le pas. Sans l'aplomb de son domestique, qui lui commande de maintenir l'allure, les gardes la repéreraient.

Ivan, après sa condamnation, a été transféré au ravelin Alexis, une courtine située à la pointe ouest de l'île. Le domestique ne sait pas au juste où elle se trouve. À son tour, il n'en mène pas large.

Leur exploration est timide. Ils n'arrivent qu'à entrevoir un bâtiment dont les fenêtres sont occultées par des vitres opaques. Une prison, c'est sûr, mais est-ce celle d'Ivan ?

Elle ne se décourage pas. Elle se persuade qu'elle y arrivera à l'usure ; et comme l'auberge où elle s'est installée n'est pas tout près, elle prend ses quartiers à cinq minutes à pied de la forteresse, dans un hôtel situé sur la rive droite de la Neva.

Second coup de chance, presque aussitôt, un groupe d'inconnus se présente à elle : les serviteurs qui veillaient au confort d'Ivan du temps où il commandait son régiment. Le sort injuste qu'il a subi les a émus. Dès son incarcération, ils ont voulu savoir ce qu'il devenait et comme les nouvelles se répandent encore plus vite ici qu'à Moscou, ils n'ont pas tardé à apprendre que Pauline était à la recherche de son amant.

D'entrée de jeu, ils lui livrent une information capitale : l'un des membres du clan Iakobi rend régulièrement visite à Ivan. Non pour le réconforter, plutôt pour le dépouiller. Avec la complicité des plantons, il intercepte ses colis, les ouvre et s'empare des objets et vêtements qui lui plaisent. Il est allé jusqu'à voler ses lunettes. Il les arbore sans vergogne et a réussi à détourner le peu d'argent que sa mère lui avait envoyé.

Ivan n'a pas les moyens d'acheter aux gardiens de quoi améliorer l'ordinaire de ses repas. La nourriture qu'on lui sert est infecte ou réduite à la portion congrue. Certains jours, il meurt de faim.

Ces alliés inespérés sont intarissables. Pauline engrange, analyse. Leur description de la citadelle est celle d'un monde poreux. Les secrets s'y éventent et l'argent mal acquis, comme l'eau de la Neva, sourd de partout. Les portes lourdement verrouillées, l'architecture austère des casemates, les aboiements des caporaux, les défilés militaires, les guérites, les sentinelles, entretiennent l'illusion d'un univers où la moindre infraction est réprimée avec une rigueur intraitable. Dans les faits, une seule loi régit l'île-forteresse : se remplir les poches et voler ce qu'on peut. Qui se risquerait à s'en indigner ? Du haut au bas de la hiérarchie, tout le monde en fait autant.

En plus des manœuvres de Iakobi, les anciens serviteurs d'Ivan ont eu vent des manigances du cousin aide de camp. Lui aussi a rendu visite au prisonnier. Une seule fois, et pour lui poser une unique question : à qui compte-t-il léguer ses domaines ? La réponse d'Ivan l'a sûrement déçu, on ne l'a pas revu.

Iakobi, son rival, a été prévenu de sa visite. Elle l'a inquiété. À la première occasion, il a interrogé Ivan sur ce sujet brûlant. Moins abruptement que l'autre. Il s'est borné à lui demander s'il l'avait couché sur son testament.

Comme le reste, cela s'est su. Peu après, Ivan a reçu un flot de lettres. Des cousins, toujours. Les uns le suppliaient de leur léguer ses propriétés ; d'autres, aux ambitions plus modestes, se contentaient de lui indiquer l'objet qui leur ferait tellement plaisir quand il serait mort.

*

Pauline calcule : la priorité, c'est de faire savoir à Ivan qu'elle est à Saint-Pétersbourg. Pourquoi ne pas transformer Iakobi en messager ?

Avec ces domestiques acquis à la cause de leur ancien maître, elle dispose d'un service de renseignements inespéré. Elle n'est pas longue à retrouver la trace de Iakobi et à se présenter chez lui. Le personnage s'avère conforme à la description qu'on lui en a faite. Il la reçoit avec mépris et grossièreté ; il ne lui propose même pas de s'asseoir. Elle encaisse et, loin de l'affronter, le supplie. Elle implore, elle conjure, elle adjure Iakobi de remettre à Ivan la chaînette et la croix qu'elle porte autour du cou.

Ravi de la voir s'abaisser, l'autre consent. Elle détache les bijoux, les emballe dans une feuille de papier et lui tend le paquet.

Ils n'ont sans doute aucune valeur marchande. Elle gage qu'ils n'intéresseront pas Iakobi et qu'il les transmettra à Ivan.

Et la réalité, encore, se fait plus romanesque que le roman. Lorsqu'Ivan les reçoit, cri du cœur, il s'exclame : « Pauline est ici ? » Iakobi est ulcéré.

Il rétorque sèchement : « Non, elle est à Moscou », et tourne les talons.

Ivan regagne sa cellule au désespoir. Puis il examine le papier qui enveloppait les breloques, à la recherche d'un signe, d'une simple trace. Et, toujours comme dans un roman, il y découvre plus qu'un signe, plus qu'une trace : quelques mots de Pauline. Huit mois plus tôt, elle lui avait juré qu'elle l'accompagnerait où qu'il aille. Elle est beaucoup plus précise :

« Je te suivrai en Sibérie. »

Le mois de juillet, cette année-là, livre à la bonne société russe un plein charroi de nouvelles. Deux semaines après la proclamation du verdict et l'annonce des exécutions, on apprend que huit condamnés viennent d'être transférés dans un fourgon qui a pris la route d'un pénitencier sibérien. Ils ont été enchaînés comme des forçats et on ignore où ils vont échouer. En Sibérie oui, mais où, personne ne sait.

Le lendemain, un autre bruit se répand : l'épouse d'un déporté, une jeune femme d'une famille richissime et de très haut rang, Ekaterina Troubetskaïa, surnommée « Catache », vingt-six ans, sans enfants, a décidé de suivre son mari en exil. Elle doit préalablement obtenir l'autorisation du tsar, mais personne ne doute qu'elle y arrive car elle a approché la tsarine qui, bouleversée par la grandeur de son geste, a promis d'intercéder en sa faveur.

L'affaire serait en bon chemin. Voire réglée.

On en est là des nouvelles quand une autre rumeur se met à courir. Deux épouses de criminels d'État, encore mieux nées qu'Ekaterina Troubetskaïa, projettent à leur tour de suivre leurs époux en Sibérie : une des femmes les plus belles de Russie, l'épouse de Nikita Mouraviev, Alexandra Grigorievna Mouravieva, dite « Alexandrina » ou « Annie », vingt-deux ans et cousine par alliance de l'un des pendus ; ainsi que Maria Nikolaïevna Wolkonskaïa, vingt ans tout juste, princesse de son état. Une beauté elle aussi, cultivée, excellente musicienne et célèbre pour avoir fait battre le cœur de Pouchkine l'année de ses quinze ans. Celles-là sont mères. Le tsar – si du moins il leur accorde la permission de suivre leurs maris – les contraindra vraisemblablement à s'en aller sans leur progéniture. Ça ne les effraie pas, elles sont prêtes à laisser leurs enfants derrière elles.

Pauline ne les a jamais rencontrées. Un autre monde. Mais les trois femmes, au même moment, ont eu la même idée qu'elle et fait le même serment à leurs hommes.

Le jour du verdict, seul le frère du tsar, le grand-duc Michel, avait pressenti le danger. « Je redoute les épouses », avait-il averti.

Il n'avait pas pensé aux maîtresses, c'était de l'ordre de l'inconcevable.

*

Pauline s'enhardit. S'introduit une, deux, trois fois dans la forteresse. S'acharne, prend le mors aux dents, revient et re-revient, par ici ou par là, déguisée en ci ou ça, et toujours avec son petit chien. Elle soudoie, trouve des complices, noue des amitiés, rôde, explore, se faufile, ressort, prend peur, se cache, se fait pincer, chasser, se sent repérée. C'est vrai. À la citadelle, on la connaît maintenant comme le loup blanc.

Le lendemain, elle réapparaît. Exprès. En se disant qu'elle aura le commandant à l'usure et qu'il finira par lui accorder, comme aux femmes légitimes des prisonniers, la permission de rencontrer Ivan.

Et voici qu'on la repince, cette fois dans l'église de la forteresse. Iakobi – on n'en attendait pas moins de lui – a ses mouchards dans la place, il l'apprend et la dénonce au chef de la police impériale, qui transmet l'information au tsar, lequel rétorque : « Laissez-la faire. »

Pure politique. Au goût de Nicolas, on parle beaucoup trop des femmes de condamnés. Et on ne perd pas grand-chose à lâcher un peu de lest à cette obscure marchande de mode. Étrangère, un enfant à charge, pas mariée, pas de fortune, elle va vite se décourager. D'ici quelques semaines, son amant sera en route pour les confins de l'Empire, cette gourgandine rentrera dans son pays et on n'entendra plus parler d'elle.

*

Aucune trace écrite de la décision impériale. À ce que suggère Pauline, l'autorisation resta officieuse.

À quoi bon coucher sur le papier un arrangement aussi mesquin ? On lui permettait de voir Ivan cinq minutes de temps à autre, et encore, quand l'administration le voudrait bien. Elle devrait payer pour le voir : on n'allait tout de même pas chambouler l'économie de la forteresse pour un homme et une femme qui ne pouvaient pas se passer l'un de l'autre. Au contraire, une mine d'or, cette affaire.

L'endroit choisi pour les rencontres entre les amants fut un jardin situé le long d'un canal qui séparait la pointe ouest du reste de l'île. Tous les jours, pendant un petit quart d'heure, Ivan était autorisé à y prendre l'air sous bonne garde.

Pauline, lors de ces rendez-vous, n'eut d'yeux que pour lui et elle s'en trouva chaque fois si bouleversée qu'elle ne prêta qu'une attention distraite à ce qui l'entourait. « Il y avait un canal, ou une petite rivière, je ne sais plus », soupira-t-elle quand elle se souvint de ces minutes si intenses et si courtes.

Ce canal a été comblé il y a des années, mais il figure sur les cartes anciennes que j'ai vues au musée de la forteresse. Si Pauline ne l'avait pas mentionné dans son récit, je n'aurais pu situer le lieu de leurs retrouvailles.

Lors de mon voyage à Saint-Pétersbourg, j'avais visité la citadelle. Comme dans tous les sites touristiques, on m'avait remis un plan. D'après lui, je pouvais gagner la pointe de l'île en empruntant une longue rue en coude. Celle, sans doute, qu'emprunta Pauline.

Je m'y suis engagée. Elle était bordée de bâtiments d'époque, rouge brique ou blanc crémeux, tous impeccablement récurés et jalonnés de réverbères façon Paris 1900. Au bout, après un passage sous une voûte et un élégant fronton, la rue débouchait, non sur le jardin évoqué par Pauline, mais sur un immense terre-plein aménagé en parking.

Les alignements de voitures ne s'interrompaient qu'à l'approche du rempart, devant deux conteneurs rouillés et des monceaux de déblais. Aucune superposition possible avec la carte du musée. On avait construit, comblé, détruit, la topographie était devenue illisible. Et pas moyen d'accéder au ravelin où Ivan avait été incarcéré. Un propret bâtiment néoclassique en interdisait l'accès.

C'était un jour sans. Un de ces moments où l'émotion des traces se résume à une minuscule satisfaction intellectuelle. J'avais retrouvé l'emplacement du canal et du jardin, les amants étaient passés par là, et c'est tout. Dans ce panorama banal et froid – réfrigéré, même, puisque la température frisait les moins quinze – je ne retrouvais rien de ce qui transpirait à chaque ligne du récit de Pauline : l'ivresse qui l'habitait à l'approche du jardin, la joie indicible qui s'emparait d'Ivan dès qu'il la voyait franchir la voûte et son exaltation à elle, tout aussi inexprimable.

Dans son récit – par inadvertance, je pense, tant sa mémoire de cet été-là fut obscurcie par la passion –, Pauline avait laissé tomber quelques indications. L'endroit fut choisi, dit-elle, parce qu'on n'y croisait jamais personne. Les gardes ne sortaient des casemates qu'au moment de la relève. Elle précisa que le jardin se situait tout près de ces casemates, qu'il n'était pas très grand et qu'un portillon le séparait du canal. À la lire, il ne semble pas qu'il ait été verrouillé.

Si j'écris « il semble », c'est que les souvenirs de Pauline sur ce qui s'est passé dans la forteresse ne brillent pas par leur clarté. Ils fourmillent de détails ultraprécis, et soudain s'enchevêtrent ou se font nébuleux. Non qu'elle ait, cette fois, quelque chose à cacher. Tout simplement, elle ne voit pas l'utilité de revenir sur des points connus de ses amis décembristes et des femmes qui, comme elle, fréquentèrent la citadelle. Ses réminiscences, du coup, se télescopent et son récit devient embrouillé. Je m'y serais moi-même perdue si je n'avais pu recouper les indications qui lui avaient échappé avec des représentations anciennes de la forteresse, gravures, peintures, et les souvenirs des codétenus d'Annenkov.

Et surtout, j'ai longuement arpenté l'île. Les policiers et les juges d'instruction le savent : il suffit souvent de confronter un dossier à un lieu, d'inscrire son corps dans l'espace où se sont déroulés les événements qu'on veut éclaircir pour qu'ils deviennent lisibles. Enfin j'ai eu de la chance. L'hiver avait découragé les touristes ; la citadelle était quasiment vide et la neige, en estompant les inévitables marques de la modernité, encourageait le jeu de la reconstitution. Je suis retournée plusieurs fois dans l'île-prison. À mesure de mes vadrouilles, les pièces du puzzle se sont assemblées. Puis j'ai relu ligne à ligne le texte de Pauline et le scénario de ses rencontres avec Ivan est devenu limpide.

*

Lors de leur premier rendez-vous, le plus mémorable, Ivan entre dans le jardin en compagnie d'une sentinelle en armes et de l'adjudant de la place, Vassili Ammont.

Pauline manque de défaillir. Sept mois plus tôt, elle a quitté un fringant officier vêtu d'un uniforme à épaulettes d'argent et coiffé d'un shako somptueusement emplumé. L'homme qui s'avance dans le jardin marche tête basse, à petits pas, tel un vieillard. Il porte un calot de forçat, son corps amaigri est noyé dans le coton gris du costume des prisonniers. Comme Iakobi lui a volé ses lunettes et qu'il est très myope, il passe devant elle sans la voir. L'adjudant comprend la situation. Il fait signe à Pauline de s'approcher. Au même moment, des soldats jaillissent de la casemate qui borde le canal – c'est l'heure de la relève. Terrorisée, Pauline reste clouée sur place et laisse son amant s'éloigner.

Elle parvient à se reprendre. À son habitude, elle a emmené son chien. Elle le lâche. Kom n'attendait que ça, il se met à gambader. Elle l'appelle. Ivan reconnaît la voix de Pauline, se retourne, plisse les yeux.

De retour à son hôtel, elle recommence à raisonner. Vu son état, elle doit faire parvenir à Ivan de toute urgence un supplément de nourriture. Impossible sans passer par le commandant. Cela va lui coûter une fortune. Elle devra espacer leurs rencontres « officieuses ».

Elle dispose désormais d'informations précieuses. Elle connaît l'endroit et l'horaire de sa promenade quotidienne et, elle vient de l'apprendre, certaines épouses de prisonniers, frustrées par leur régime de visites – une heure par semaine en présence d'un tiers –, s'introduisent elles aussi en catimini dans l'île-prison pour approcher fugitivement leurs maris. Le tsar le sait mais il ne bronche pas : la peur de l'opinion, qui soutient de plus en plus ouvertement les femmes des rebelles du 14 décembre. Pourquoi n'en ferait-elle pas autant ? Elle n'est ni princesse ni comtesse et n'a ni leurs moyens ni leurs soutiens. Ça passera ou ça cassera, on verra.

Le lendemain, elle est à la forteresse. Les jours suivants également. Sa stratégie n'a pas changé, elle se déguise, se faufile, aborde les uns et les autres, glisse des pièces, des billets, voit à qui elle peut raconter son histoire et fait si bien qu'elle rejoint un jour le petit jardin au moment précis où Ivan prend l'air.

Cette fois, elle ne manque pas son coup. Dès qu'elle le voit près du portillon, elle bondit sur lui, l'embrasse comme elle ne l'a jamais embrassé et détale. Le soldat qui surveillait le détenu en reste si stupéfait qu'il ne songe pas à brandir son arme.

Vingt-sept ans depuis le mois de juin, Pauline, et la même agilité, la même insolence qu'à quinze. Alors fini de jouer les casse-cous. Quand elle risque sa peau, ce n'est plus pour la frime, c'est pour un baiser. Un seul, un baiser de dingue, rien que trois-quatre secondes. Si fou, ce baiser, qu'Ivan recommence à croire en l'amour. Et pourquoi pas, à la liberté.

*

Elle a maintenant ses habitudes à la forteresse. À force de la parcourir de long en large, elle la connaît comme sa poche. Son histoire, décidément, chamboule les cœurs et lui ouvre beaucoup de portes. L'adjudant Ammont, par exemple, lui a présenté sa femme et la reçoit dans l'appartement étriqué qu'il occupe dans l'une des casemates. C'est là que se déroulent leurs négociations. Ils se rencontrent souvent.

Elle connaît tous les soldats de vue. Elle parle toujours aussi mal le russe ; lorsqu'elle doit parlementer avec eux, elle s'exprime par signes. Ils lui répondent dans leur langue, qu'elle comprend en revanche parfaitement. Ça les distrait de leur routine et comme elle est avenante et qu'elle leur glisse une pièce, ils sont ravis de la voir arriver.

Les détenus l'ont eux-mêmes repérée. Un jour, dans le petit jardin près du canal, l'un d'entre eux la hèle. « Madame, n'avez-vous pas vu passer une très jolie femme ? » lance-t-il anxieusement à Pauline dans un français parfait. Il avait un rendez-vous clandestin avec sa femme, mais elle n'est pas venue. On se croirait dans un salon.

Lorsqu'elle ressort de la citadelle, elle doit traverser le terre-plein où se sont déroulées les exécutions. La potence n'a pas été démontée. Chaque fois, elle a l'impression que les cinq pendus lui montrent le chemin.

Une de ces hallucinations fréquentes aux alentours du fleuve à l'approche de l'automne, quand la lumière transparente et rase brouille la frontière entre l'imaginaire et le réel ? Ou l'effet des récits qui circulent sur l'exécution ? Elle accélère le pas.

*

Pour vivre, elle coud. Elle confectionne des robes et des chapeaux pour une ancienne actrice qui s'est lancée dans la mode, Mlle Xavier. Sans doute un travail à mi-temps, puisqu'elle est presque tous les jours à la citadelle. L'atelier est situé sur la rive gauche de la Neva, du côté de la perspective Nevski. Elle est si pressée de rejoindre la forteresse qu'elle n'emprunte pas le pont de bateaux qui permet, l'été, de passer sur l'autre rive ; il est trop éloigné. Elle préfère la traverser en barque. Elle s'est assuré les services d'un vieux batelier qui lui est tout dévoué.

Elle s'est aussi liée d'amitié avec une Allemande. Une femme qui lui ressemble, hardie, déterminée. Comme l'adjudant Ammont, elle veut l'aider et il lui semble capital, pour la survie d'Ivan, que les deux amants puissent échanger des lettres. Elle se propose de monter un système de correspondance clandestin. Déguisée, elle approchera des soldats, leur graissera la patte et leur demandera de faire passer au prisonnier les billets de Pauline. Ils récupéreront les réponses d'Ivan.

Pauline est emballée. L'Allemande est sûrement aussi ficelle qu'elle : cette petite poste secrète fonctionne à merveille et les amants ne cessent plus de s'écrire.

On finit par soupçonner un soldat. Il ne parla pas, même quand on le roua de coups. La résistance au régime n'était pas le seul fait des Décembristes.

*

Pauline a beau se tuer à la tâche dans l'arrière-boutique de Mlle Xavier, elle se retrouve sans un sou. Cela se sait. Un riche Français décide de lui offrir son aide. Il a donné des cours d'escrime à Ivan et a gardé un excellent souvenir de son élève. Très introduit à la cour, il y a appris que les intrigues du cousin aide de camp sont pour beaucoup dans sa condamnation. Comme l'adjudant Ammont et les domestiques d'Ivan, il a été révolté. Pauline, émue, accepte son offre, à la condition de le rembourser.

Elle a dû se confier à lui. Et l'impressionner. Les jours suivants, son bienfaiteur n'a que son nom et son histoire à la bouche et le résultat de ses bavardages ne se fait pas attendre : la rumeur se répand dans Saint-Pétersbourg qu'une jolie Française a vendu tout ce qu'elle possédait pour suivre son amant en Sibérie. Le bruit ne tarde pas à gagner Moscou : en septembre, un voyageur l'évoque dans une lettre adressée à un ami parisien. Pauline fait ses débuts dans la célébrité.

Le généreux visiteur qui l'a sortie de sa mauvaise passe s'appelle Augustin Grisier. Un des meilleurs fleurets d'Europe ; une fois rentré en France, il donnera des cours d'escrime au Tout-Paris, dont Dumas. C'est ainsi que, toujours aussi fasciné par Pauline quinze ans après leur rencontre, il racontera son histoire au romancier.

Ou ce qu'il en savait.

*

Avec le mois de novembre, on entre dans ce qu'on appelle ici « la saison des chemins ». Les premières neiges sont tombées, on ressort les traîneaux, on y attelle des chevaux et on les lance au grand galop sur les routes. On glisse, on vole, c'est le moment idéal pour voyager.

Dans leur cellule, les prisonniers s'inquiètent. Ils sont convaincus que Nicolas va en profiter pour les expédier soit en Sibérie, soit en forteresse, selon son bon plaisir, car il n'est pas du tout certain qu'il respecte les attendus du jugement.

Par un de ces jours d'angoisse et de lumière rare, un Allemand – peut-être un ami de la messagère – approche Pauline. Il suggère de faire évader Ivan et se propose de lui vendre son passeport.

L'homme ne va pas plus loin et au seul mot d'évasion, l'imagination de Pauline s'enflamme.

Elle croit à un coup de chance et ses amis de la forteresse lui assurent qu'elle peut tenter l'aventure : elle l'a constaté elle-même, la citadelle est une passoire. Il suffit d'oser.

Oser, le mot lui convient encore mieux qu'évasion. Elle échafaude un plan. Sitôt Ivan exfiltré, elle l'embarquera sur un navire de commerce en partance pour l'étranger et ils fileront.

Où ? Elle ne sait pas encore, mais ils fileront. Et leur enfant ? On verra le moment venu. Un seul point est sûr : le coût de l'expédition. Il sera exorbitant. Rien que pour son passeport, l'Allemand exige une fortune.

Qu'à cela ne tienne, elle va retourner à Moscou et taper Anna Ivanovna.

Pauline ne dit pas un mot de son projet à Ivan : elle sait qu'il refusera. Elle préfère le mettre devant le fait accompli et lui ment effrontément. Elle lui explique que son voyage en Sibérie sera ruineux et qu'elle ne pourra l'entreprendre sans l'appui financier de sa mère. Il faut à tout prix qu'elle la rencontre, plaide-t-elle.

Annenkov est désespéré de la voir s'éloigner. Mais il n'a pas le choix, il la laisse partir.

*

Pas très sympathique, la Pauline de ce début d'hiver. De l'audace, encore de l'audace, toujours de l'audace, pourquoi pas ? Passe encore qu'avec cette évasion, elle risque sa peau. Et Ivan ? Lui, cette aventure ne le tente absolument pas.

Elle devient présomptueuse. À force de lire la fascination dans les yeux de ceux qui l'approchent, elle s'aveugle. Elle n'envisage pas une seule seconde que l'Allemand puisse être un escroc ou pire, un agent de la police impériale. Ni qu'elle puisse être trahie par ses amis.

Bien sûr, elle promet à Ivan de revenir le plus vite possible. Elle jure de lui écrire tous les jours, l'assure que leur fidèle messagère lui fera suivre ses réponses et demande à ses anciens domestiques de prendre régulièrement de ses nouvelles. Malgré tout cela, je ne l'aime pas, cette Pauline *Wonder Woman* si sûre d'elle-même et de ses plans rocambolesques qu'elle en vient à mentir à l'être qu'elle aime le plus au monde. La réalité va se charger de la moucher.

Lorsqu'on n'appartient pas au cercle des parents et amis d'Anna Annenkova, on ne saurait être reçu sans déposer préalablement chez son concierge une lettre de recommandation. La missive sera transmise au trio de cousines qui forment un rempart entre elle et le monde. Si elle parvient à franchir ce filtre, elle sera lue à la Vieille, qui décidera d'agréer ou de refuser la demande de rendez-vous.

Ivan a confié à Pauline une lettre d'introduction en bonne et due forme. Il a pris soin de la rédiger en trois exemplaires, un pour chaque membre de la garde rapprochée de sa mère. Avec un peu de chance, une des cousines se laissera attendrir et lui remettra le courrier.

Deux d'entre elles le détruisent. La troisième, plus courageuse, l'apporte à Madame Mère. Elle essuie aussitôt la colère de la Vieille : « Comment ! » Et on le lui annonce au débotté, sans prendre de gants ? On veut sa mort ou quoi ?

Le lendemain, elle se ravise. Sur le coup de neuf heures du soir, elle ordonne à son cocher de sortir une calèche et d'aller chercher Pauline. L'homme n'a que cent mètres à faire, mais les ordres sont les ordres, il attelle les chevaux et ramène quelques minutes plus tard une Pauline fébrile, qu'on installe avec cérémonie dans une somptueuse antichambre.

Les heures passent sans qu'elle voie personne. À deux heures du matin, enfin, une porte s'ouvre et elle est introduite dans le saint des saints de la Maison Annenkov, la chambre d'Anna Ivanovna.

*

La Vieille, pour l'occasion, a inventé une mise en scène inédite – c'est dire l'importance qu'elle accorde à leur entrevue. Les rangées de candélabres ont été remisées au magasin des accessoires, remplacées par une simple veilleuse qui flageole devant un alignement d'icônes et Anna Annenkova, au lieu d'être étendue sur sa couchette, s'est installée dans un fauteuil monumental. En revanche, même tenue que les autres soirs, un somptueux fourreau d'un blanc immaculé.

Pauline s'inscrit parfaitement dans cette scénographie. Pour cet entretien qui a toutes chances de virer à la confrontation, elle a choisi une robe noire.

Aux pieds d'Anna Annenkova qui la toise, elle se confond en révérences. Elle a dû répéter, elle se sort impeccablement de ce festival de figures imposées. La Vieille veut-elle saluer sa virtuosité dans l'art de la courbette ? Elle décolle son postérieur de plusieurs centimètres au-dessus de son fauteuil-trône et se fige dans cette posture incongrue. Faut-il parler, faut-il s'approcher, lui donne-t-on congé ? Pauline ne parvient pas à interpréter cette déroutante gymnastique. Une des femmes du trio vole à son secours : « Ma cousine veut vous embrasser. » Elle fait quelques pas en direction du fauteuil et, sans savoir comment, se retrouve dans les bras de la Vieille, qui se répand en sanglots sur son épaule. Pas moyen de la calmer. Elle essaie, mais Anna Ivanovna, entre deux hoquets, souffle que ces larmes la soulagent et se remet à piauler.

Avec sa mère, Pauline a été à bonne école. Elle sait que tout a une fin, y compris les crises de nerfs. Elle endure l'épreuve sans broncher mais tout de même, elle n'en voit plus le bout.

À l'instant précis où elle perd espoir, Anna Annenkova desserre enfin son étreinte. Plus un hoquet, plus un sanglot. En quelques secondes, elle se réinstalle dans son personnage de tsarine. Échine raidie, lippe impériale, tout y est, jusqu'à la voix quand elle proclame : « Vous êtes mon ange gardien. Sans vous, mon fils aurait péri. »

*

Voilà qui arrange diablement les affaires de Pauline. Il s'agit à présent d'abattre ses cartes et elle en a plusieurs dans la manche. Ivan, en plus des lettres d'introduction, lui a confié des messages à l'intention de sa mère.

Dans l'une de ces missives, il demande de lui envoyer régulièrement de l'argent au bagne. Il sera totalement démuni et comme son statut de criminel d'État lui interdit de posséder quoi que ce soit, il ne pourra pas profiter de son aide, à moins qu'elle n'ait la bonté de faire transiter cet argent par la mère de son enfant, qui compte le rejoindre.

Pauline, qui sait que la Vieille ne daigne jamais déchiffrer ses lettres, lui lit le message à haute voix. Lorsqu'elle a fini, elle lève les yeux pour la sonder. Anna Annenkova est redevenue la femme qu'on lui avait décrite, un monstre d'insensibilité et de mépris. Elle lui oppose une face de pierre.

Alors l'audace, encore. Pauline se jette à l'eau et sans plus s'embarrasser de courbettes, lui lance que son fils n'a désormais qu'une seule issue : fuir à l'étranger. Elle ajoute qu'elle va s'en charger.

Elle n'a pas mesuré la puissance des codes en vigueur dans la haute aristocratie russe. Anna Annenkova n'a rien oublié du dressage qu'elle a reçu. Drapée dans la dignité offensée d'une héroïne de Racine ou de Corneille – dans son jeune temps, elle a dû beaucoup les lire –, elle s'exclame : « Mon fils, un fuyard, Madame ! »

Puis, très Catherine II, elle cingle : « Je n'y consentirai jamais ! Il subira son sort honorablement ! »

Il y a de la cravache dans l'air. Et pour le financement de l'évasion, ça a tout l'air d'être fichu.

Pauline encaisse. Pour autant, elle ne désarme pas. Elle lui rétorque du tac au tac : « C'était bon pour les Romains, Madame ! Mais ce temps est révolu... »

*

L'audace de Pauline tient moins à ce qu'elle dit qu'à la façon dont elle le dit. Elle est rieuse, enjouée, mutine, pareille, sans doute, à la jeune femme qui apparaît sur le portrait qu'elle avait fait réaliser par un certain Martinet quelques années plus tôt. Désinvolture, grâce, piquant, une inimitable façon de diluer l'insolence dans la gaîté ; et cette manière enfin de vous signifier, à la française – et mieux, à la parisienne –, que rien dans la vie n'a vraiment d'importance : Anna Annenkova en reste sans voix. Le lendemain soir, elle renvoie sa calèche chez Pauline. Elle veut la revoir, la fêter.

Le surlendemain, l'attelage revient. Les jours suivants aussi. Anna Annenkova est tombée amoureuse. Elle ne la lâche plus. Impossible de quitter Moscou. Avec ça, toujours pas de financement. Pas un kopeck, ni pour l'évasion ni pour la Sibérie.

Chaque fois que j'ai relu ce passage des mémoires de Pauline, j'ai eu l'impression qu'elle était restée prisonnière des griffes de la Vieille pendant plusieurs semaines. Son récit comporte pourtant des indications chronologiques sûres. Ce séjour à Moscou n'a pas excédé une dizaine de jours.

L'illusion, cependant, est tenace. Elle tient à des riens. Un mot ici, qui installe la sensation d'une durée morne et répétitive. Ailleurs un autre, qui ressuscite l'atmosphère toxique du palais d'Anna Annenkova. « Maison ensorcelée », dit Pauline. On étouffe, on s'exaspère avec elle.

Puis on la voit, la Vieille, ruisselante de diamants et de velours vêtue, lui déclarant sa flamme, l'embrassant à tout propos, proclamant qu'il lui est impossible de vivre sans elle et, pour tenter de la retenir, organisant des bals où elle l'exhibe comme un trophée.

C'est qu'à l'égal des familles les plus prestigieuses de la noblesse, les Troubetskoï, les Narychkine, les Wolkonski, les Mouraviev, elle a son héroïne sacrificielle. Personne ne sait d'où elle sort, du ruisseau sans doute, mais tout de même, quel cran.

Les jours passent et la Vieille ne lâche toujours pas Pauline. Alors, dans ce palais où les rotondes débouchent sur des ellipses et les ellipses sur des courbes qui se perdent les unes dans les autres, cette impression que le temps n'en finira jamais, lui non plus, de tourner en rond.

Seule respiration, les messages d'Ivan. L'Allemande est fiable. Chaque matin, Pauline en reçoit un. Elle répond sur-le-champ. Au bout d'une semaine, Ivan lui demande de rentrer. Il est convaincu que son départ pour la Sibérie est imminent. « Nous ne nous reverrons plus », écrit-il. Pauline réserve une place dans la première diligence et court annoncer son départ à Anna Ivanovna. Elle s'attend à un ouragan de fureur. Elle y a droit. Elle ne plie pas.

C'est la bonne méthode. Pour la seconde fois, le cœur de la Vieille se fend. Elle lui offre une énorme somme d'argent, des bijoux et en prime lui propose de se charger de sa petite fille. Pauline ne fait pas de façons, elle prend tout.

Le 9 décembre au soir – encore une date qui la marquera à jamais –, elle arrive à Saint-Pétersbourg.

Elle n'est pas descendue de la diligence qu'elle se retrouve nez à nez avec les domestiques d'Ivan. Persuadé qu'elle l'a abandonné, il a tenté de se suicider.

Elle ne les laisse pas finir, leur confie ses bagages et court au fleuve.

En cette nuit du 9 au 10 décembre et le lendemain matin, Pauline se croit soulevée par des forces surnaturelles – ce sont ses propres termes. Elle est comme anesthésiée. Elle ne sent rien, ni le froid ni la fatigue ni la douleur.

Cet épisode, une quinzaine d'heures, marquera durablement ceux qui en furent témoins. Pauline ne l'a jamais renié. Elle l'a raconté à Olga tel quel et son regard sur cette folle journée fut le même qu'à l'instant où elle se termina : l'impression d'avoir simultanément vécu et rêvé.

*

L'heure est tardive. Et on ne peut imaginer pires conditions pour traverser la Neva. Les glaces ne sont pas prises, il est impossible de franchir le fleuve en traîneau. On peut tenter l'aventure en chaloupe, mais c'est risqué. Les eaux charrient d'énormes glaçons, les courants sont violents, l'embarcation menacera de verser à tout instant. Quant aux pontons flottants, on vient de les remiser.

Pauline a encore de la chance. Quand elle parvient à la Neva, elle aperçoit, en contrebas du quai, le vieux passeur qu'elle a employé les mois précédents. Elle lui explique, par signes, qu'elle veut se rendre à la citadelle.

L'homme commence par hurler qu'il va y laisser la vie et refuse avec la dernière énergie de la prendre à bord, mais le gros billet qu'elle brandit a raison de sa terreur, il consent.

L'escalier de pierre qui descend au fleuve est recouvert d'une épaisse couche de verglas. Il lui lance une amarre et lui demande de l'attacher solidement à l'anneau fiché dans le granit du quai. Elle se laissera ensuite glisser le long de la corde.

La manœuvre est difficile et périlleuse. Pauline s'en tire parfaitement. Tout se fait comme en dehors d'elle. C'est seulement dans la chaloupe qu'elle s'aperçoit que le frottement de la corde a déchiré ses gants.

Elle les enlève. Ses paumes sont à vif. Elle saigne mais elle ne sent rien.

Elle traverse le fleuve dans un état quasi hypnotique. Rien n'atteint sa conscience, sauf les signes de croix répétés du passeur et les « Dieu ait pitié de nous » qu'il chevrote lorsque la chaloupe manque de verser. Elle ne retrouve ses esprits qu'au moment où elle voit se dresser devant elle la porte de la prison. Elle a dû entendre sonner le carillon de l'église : elle note qu'il est onze heures du soir.

La suite est un collier de séquences fantomatiques qui s'enchaînent à vitesse accélérée. Les lieux, ainsi qu'en rêve, lui paraissent à la fois familiers et étrangers. Elle semble s'y déplacer de façon automatique, comme téléguidée. Elle se voit glisser de l'argent à la sentinelle qui ne veut pas la laisser entrer. Le portail s'ouvre, elle court vers l'église, file à droite vers la casemate des officiers, gravit un escalier. Elle n'y voit rien, effraie des volées de pigeons, traverse une salle où des soldats dorment à même le sol, marche sur leurs pieds avant d'atteindre un objectif qu'elle paraissait ignorer jusque-là : la pièce où vivent Ammont et sa femme.

L'obscurité est totale, mais elle se souvient de l'organisation des lieux dans ses moindres détails et se repère dans le noir. À tâtons, elle trouve le lit. C'est son épouse qu'elle choisit de réveiller. Au son de sa voix, Ammont sursaute. Pauline, sans plus de manières, lui demande de lui amener Ivan.

Il refuse. Son amant a voulu se pendre, se récrie-t-il, on ne va pas le réveiller. Il a raté son coup, s'est écroulé sur le pavé de sa cellule. On l'a retrouvé inconscient, il faut le ménager.

Pauline ignore ces détails tragiques. Un autre jour, elle aurait été anéantie. Ce soir, elle lui rétorque froidement : « Raison de plus pour le voir ! » et sort de sa bourse un gros billet. Cinq minutes plus tard, ils sont dans le petit jardin près du canal. Ammont court chercher Annenkov. Elle se plaque contre un mur.

Lorsque Ivan surgit de la nuit, la notion du temps lui revient, assez précise pour qu'on puisse se faire une idée de la durée de leur échange : sept à huit minutes.

Elle enregistre leurs faits et gestes avec la rigueur d'un script de cinéma. Leur étreinte, pour commencer, les mots d'amour qu'ils se murmurent dans le noir, et l'exaspération d'Ammont, qui ne cesse de tirer Annenkov par la manche. Pour lui extorquer quelques instants de plus, elle détache de son cou un collier et le lui fourre dans la paume. Ammont l'empoche mais très vite, les sépare. Elle a tout de même le temps de glisser à son amant un solitaire que lui a offert sa mère. C'en est fait, ils ne se reverront plus.

Mais non : au mépris d'Ammont qui n'en peut plus de terreur, Ivan revient sur ses pas et rend le bijou à Pauline. « Garde-le, on va me le confisquer. » Elle le reprend puis en retour, avec une habileté de prestidigitateur, se défait d'un des anneaux jumeaux qu'elle porte constamment au doigt et le lui tend.

Ammont le pousse déjà dans la nuit, Ivan l'attrape à la volée. Pauline lui emboîte le pas, réussit à lui chuchoter qu'elle lui enverra l'autre anneau si d'aventure on lui interdit de le rejoindre en Sibérie.

La voici seule. L'ultime séquence n'a pas dû excéder une vingtaine de secondes.

Ammont lui avait promis de l'escorter jusqu'à la sortie de la citadelle. Ils doivent traverser le terre-plein où les condamnés à mort ont été exécutés. Rien n'a changé, les cinq potences sont là et Pauline, comme l'été passé, croit voir les spectres des pendus marcher devant elle.

Elle gagne son hôtel vaille que vaille. Sitôt dans sa chambre, elle enfile une vieille robe d'intérieur qui avait appartenu à Ivan. Elle entend alors des tintements de clochettes et des sifflets de cochers. Ils lui font l'impression d'un charivari d'enfer, elle s'effondre sur son divan et malgré sa détresse, réussit à analyser : ces chariots sont sûrement les fourgons chargés d'extraire les condamnés de la citadelle. Pourtant quelque chose lui crie que c'est impossible.

L'arrivée surprise de la femme d'Ammont la force à voir les choses en face. Juste après son départ, lui annonce-t-elle, quatre prisonniers, dont Ivan, ont été extraits de leurs geôles et enchaînés. Des chevaux attelés à des fourgons cellulaires ont ensuite surgi de la nuit et on y a jeté les condamnés. La destination exacte des voitures est inconnue.

*

Entre minuit et sept heures du matin, Pauline traverse une phase d'angoisse aiguë. Le même souvenir lui revient en boucle, une phrase d'Ivan. Il la lui a répétée chaque fois qu'ils se sont vus : plutôt la Sibérie que la forteresse. Il ne supporte pas d'être enfermé dans une cellule.

À l'aube, une idée lui traverse l'esprit : si elle demandait au cousin aide de camp où sont partis les fourgons ? Vu l'empressement qu'il a mis à faire condamner Ivan, il doit sûrement le savoir.

Dans la seconde, elle est reprise d'une frénésie d'action. Elle commande un fiacre. Elle ne songe pas à se changer. Quand sa logeuse lui fait remarquer qu'elle est affublée d'une robe de chambre d'homme, elle la repousse et s'engouffre dans la voiture.

Elle rejoint le palais du grand-duc à huit heures. Nouveau rêve éveillé. Elle ne se souviendra jamais de la façon dont elle a pu forcer le barrage des sentinelles, attifée comme elle l'était. Elle n'émerge de cet état second qu'au moment où elle pénètre dans une salle violemment éclairée. Elle voit s'y agiter une foule de militaires, y reconnaît le cousin aide de camp, fonce sur lui et, sans préambule, demande où est Ivan.

Le cousin la croit folle, prend peur, l'entraîne dans une autre pièce et pour la calmer, lui promet de lui faire savoir dans l'heure où ont été emmenés les quatre prisonniers.

Il tient parole – pas cher payé, au regard de tout ce qu'il a à se reprocher. Une heure plus tard exactement, il revient dans le salon où il a laissé Pauline : Ivan n'est pas en route pour une nouvelle forteresse, mais pour la Sibérie. Elle veut savoir où précisément. Il l'ignore, elle le plante là et se précipite chez un des amis d'Ivan, un certain Titov, qu'elle supplie d'atteler ses chevaux à un traîneau pour tenter de rattraper les fourgons au premier relais de poste.

Ils sont partis dix heures plus tôt et sont sûrement très loin. Titov pourrait s'en aviser et le lui dire, il ne bronche pas davantage que ceux qu'elle sollicite depuis la veille, il lance ses bêtes au galop sur la route Saint-Pétersbourg-Moscou.

Ils s'arrêtent au premier relais. Les fourgons, c'était prévisible, ont quitté les lieux. Titov consulte le registre sur lequel les maîtres d'équipage sont tenus de consigner leur destination et les étapes les plus importantes de leur voyage. Les militaires qui escortaient les fourgons n'ont pas manqué à leur devoir : « Omsk-Krasnoïarsk-Irkoutsk », déchiffre-t-il.

Pauline connaît-elle assez la géographie de la Russie pour savoir que plus de cinq mille kilomètres séparent Saint-Pétersbourg d'Irkoutsk ? Cette confrontation avec la réalité bureaucratique du registre, en tout cas, l'arrache à sa transe. Elle réintègre l'espace-temps de l'humanité ordinaire, et enfin, s'incline : plus rien à faire, Ivan est parti, ils ne sont pas près de se revoir – et encore, s'ils se revoient.

Sitôt rentrée à Saint-Pétersbourg, elle achète un billet de diligence à destination de Moscou, rencontre la famille de Catache, la première femme à avoir pris la route du bagne, se renseigne sur la façon dont s'est déroulé son voyage et boucle ses malles.

À la forteresse, les soldats ne l'ont pas oubliée. Juste avant son départ de l'hôtel, l'un d'entre eux vient frapper à sa porte et lui tend un message.

Il est signé d'Ivan, et très bref – il a dû le griffonner juste avant d'être enchaîné.

Malgré sa tentative de suicide, il n'a rien perdu du merveilleux français du Siècle des Lumières que lui avaient enseigné ses précepteurs. « Se rejoindre ou mourir », lui a-t-il écrit.

VI
Partir

En toute hâte, Pauline fuit l'hiver où s'assoupit Saint-Pétersbourg. Pas un regard pour les toits des palais enfouis sous la meringue des neiges, l'éclat de perle et d'opale des canaux pris par les glaces, les avenues gelées dont on ne voit pas la fin. Un seul horizon, la Sibérie.

Dès la mi-décembre, elle est à Moscou. Elle court retrouver son bébé à la Maison Annenkov et s'installe dans la chambre que la Vieille laisse à sa disposition.

Pas question de s'y éterniser. Du jour où elle apprend qu'Anna Annenkova reçoit souvent Dimitri Choulguine, le chef de la police, elle l'approche et, sans plus de façons, lui demande un passeport pour Irkoutsk.

Il tente de la décourager. Jusqu'à Irkoutsk, du moment qu'on a un passeport en bonne et due forme, pas de restriction de circulation. Pour aller plus loin, en revanche, c'est une autre histoire. Guère de chances qu'elle y parvienne. Elle devra rebrousser chemin. Pauline maintient sa demande. Il faudra attendre quelques jours, la prévient-il.

En ce début d'hiver où elle voit chaque heure la séparer un peu plus d'Ivan, le délai lui semble insupportable. Plus de portes à forcer, son énergie tourne à vide. Elle se perd en ruminations. Si Ivan était mort de froid ? S'il était mort de faim ? S'il s'était tué, si on l'avait tué ? Et les ours, et les loups ? La Vieille, qui est née à Irkoutsk et n'a pas la moindre envie de la voir partir, lui en rebat les oreilles du matin au soir.

Où est-il seulement ?

Se rejoindre, oui, ou mourir. Mais elle se meurt déjà. Elle ne dort plus, ne mange pas, tient à peine debout. Et chaque matin, de nouvelles raisons d'enrager. Après Catache, dont on prétend qu'elle a rejoint son mari, Maria, l'épouse du prince Wolkonski, et Annie, celle d'un des frères Mouraviev, sont sur le départ. La première vient d'obtenir l'accord du tsar, la seconde l'attend d'un jour à l'autre. Cinq jours après avoir reçu le précieux parchemin, Maria était à Moscou où, lors d'une grande soirée, elle a fait ses adieux à ses amis. La réception s'est déroulée dans le palais de sa sœur Zinaïda – une des fidèles clientes de Demoncy, Pauline la connaît.

Zinaïda avait réquisitionné les meilleurs chanteurs italiens et Pouchkine était venu. Grave, et même au bord des larmes, a-t-on dit. De toute la soirée, il n'a pas lâché la main de Maria. La princesse était immensément triste. À la fin du concert, elle a retenu les artistes et les a suppliés : « Chantez, chantez encore... De ma vie, peut-être, je n'entendrai plus de musique. J'ai besoin de souvenirs pour mon voyage, il sera si difficile... » Le concert a repris. C'était tragique, tout le monde savait ce qui rendait Maria si malheureuse : l'enfant qu'elle avait laissé à Saint-Pétersbourg, un an à peine.

Il a bien fallu en finir, la princesse était loin d'avoir bouclé ses malles – un vrai déménagement, deux fourgons qu'elle voulait remplir à ras bord et dont on se demandait comment ils allaient résister à cinq mille kilomètres de route. Pouchkine a abandonné la main de Maria et lui a juré ses grands dieux qu'il viendrait la voir en Sibérie.

Promesse de poète. Elle n'en a rien cru, mais ça lui a mis du baume au cœur. D'après les bruits qui courent, son départ n'est plus qu'une question d'heures.

Pauline, à cette nouvelle, s'enfonce dans ses idées noires. « Faisons une fête, nous aussi ! » décrète alors la Vieille. Elle veut du jamais vu, du somptueux, du ruineux, une réception qui surpasse celle des Wolkonski. Donc bal costumé et thème enchanteur, un conte des *Mille et Une Nuits*, « La lampe merveilleuse ». On confectionnera les costumes au palais. Rien de plus facile, il suffit de puiser dans les monceaux de soieries et de brocarts qui dorment dans ses immenses débarras. Pour l'inspiration, on la trouvera dans de vieux livrets d'opéra. Pauline, à l'image de Maria, sera la vedette du bal.

À la seule pensée des festivités, les quarante jeunes femmes qui forment la suite d'Anna Annenkova ne tiennent plus en place. Pauline, elle, regimbe. Elle ne veut pas danser. Et encore moins se déguiser.

Une des cousines, cependant, l'avertit : avec cette rébellion, elle court à sa perte. Un seul mot de la Vieille à Choulguine et pour son passeport, c'est fichu.

Elle se soumet. Ne cède pas tout à fait. Le soir du bal, elle ne danse qu'une valse, la dernière. Furieuse, Anna Annenkova ne lui adresse plus la parole. Ça n'émeut pas Pauline, qui choisit à son tour de l'ignorer.

La Vieille n'a pas son endurance. Au bout de quelques jours, elle la rétablit dans son rang de favorite.

De fâcherie en bouderie et de colère en réconciliation, le temps a passé plus vite. Quand on annonce à Pauline que Choulguine est au palais et qu'il souhaite la voir, elle est prise de court. Elle se précipite dans l'antichambre où il l'attend. Il ne s'est pas contenté de lui accorder son passeport, il tient à le lui remettre personnellement.

Elle court acheter une voiture et des chevaux, puis s'attaque à ses malles. À cet instant précis, nouvelle visite de Choulguine. Interdiction de partir, lui annonce-t-il. Ordre de la chancellerie impériale. Son passeport est annulé.

Un coup de Benkendorf, le chef de la police du tsar ? Du cousin aide de camp ? De la Vieille qui ne veut pas la voir partir ? Elle se perd en conjectures et, pour la deuxième fois de sa vie, tombe malade. La tête qui bourdonne, plus de sang dans les veines. Une seule envie : se coucher. Quelques jours plus tard, une autre annonce suffit à la faire bondir de son lit : Natalia Fonvizine – la « très jolie femme » dont un prisonnier lui avait parlé dans le petit jardin – vient d'obtenir la permission de rejoindre son mari en Sibérie.

Elle court la voir.

*

Il y faut de l'aplomb. Natalia est une légende vivante. Elle n'avait pas quatorze ans que les hommes se retournaient sur son passage. À seize, elle est tombée amoureuse d'un poète qui n'a pas voulu d'elle. De désespoir, elle a décidé de se faire nonne. On l'a rattrapée à deux pas du couvent et on s'est dépêché de la marier à un général de dix-sept ans son aîné. Bouleversé par son histoire, Pouchkine – encore lui – s'en est inspiré dans un roman, *Eugène Onéguine*. On n'en connaît pas encore la fin, il paraît en feuilleton.

Et voici que Natalia recommence à enflammer les imaginations : elle était enceinte de son second enfant lorsqu'elle a appris que son mari était compromis dans l'insurrection du 14 décembre. Elle pourrait divorcer et se remarier – dans son cas, on ferait une entorse à la loi. Mais comme Catache, Maria, Annie, elle veut à tout prix suivre son mari en Sibérie. Il y a un mois, on voyait en elle la femme la plus romantique de Russie. Aujourd'hui, c'est une sainte.

L'icône Natalia n'intéresse pas Pauline. Elle n'a qu'une question à lui poser : comment obtenir la permission du tsar ?

La très chrétienne Natalia lui répond bien volontiers : il suffit d'écrire à sa femme. La tsarine est très religieuse et a un sens aigu du sacrifice. Les suppliques de Catache et de Maria l'ont bouleversée. Elle a plaidé leur cause auprès de son mari. Il a cédé, et depuis, elle soutient ouvertement les épouses qui veulent partir. Elle ne cesse de répéter : « Si j'étais à leur place, j'en ferais autant. »

Pauline n'est pas convaincue. Elle, une mère célibataire, une vendeuse de frivolités, une Française, catholique, comment pourrait-elle toucher le cœur d'une aristocrate orthodoxe confite en dévotion ? Elle n'en dit rien à Natalia et ressort de chez elle avec une autre idée : la clef, c'est le tsar. Pas le monarque, l'homme. Directement, sans le truchement de qui que ce soit.

Seulement, où le rencontrer ? Il ne quitte son palais que pour présider les parades militaires et il y est entouré d'une nuée de généraux, de gardes, de courtisans, d'aides de camp.

Elle se raisonne. Ses chances de l'approcher sont quasi nulles. Et si elle l'aborde sans qu'il en ait été prévenu, elle risque la prison.

C'est trop tard pour la raison. Elle s'est déjà dit : « Pourquoi pas ? »

Quand Olga, interloquée, lui a demandé comment une idée pareille a pu lui passer par la tête, Pauline a invoqué les forces invisibles. Alors qu'elle écoutait Natalia, lui a-t-elle répondu, elle a entendu résonner une voix inconnue qui semblait venir du plus profond d'elle-même ; elle lui a conseillé d'aller se jeter aux pieds de l'Empereur.

Puis, craignant que sa fille ne juge l'explication un peu courte, elle a nuancé. Avant d'obéir à la voix, elle a douté. Et ça a duré très longtemps, six mois.

En réalité, dès qu'elle est ressortie de chez Natalia, l'idée d'aller se jeter aux pieds du tsar n'a plus quitté Pauline. Manifestement, elle a approché des Français – sans doute des diplomates – susceptibles de la renseigner et elle a vécu à l'affût des faits et gestes du souverain.

C'est ainsi que le 11 mai, elle apprend que l'Empereur se rendra quatre jours plus tard à deux cent quarante kilomètres de Moscou, dans la petite ville de Viazma, où il supervisera des manœuvres militaires. Pauline, ce jour-là, est le portrait craché de sa mère. Exactement comme Mme Geuble lorsqu'elle avait su que Napoléon passerait à Bar-le-Duc, elle mène son affaire tambour battant et rien ne l'arrête. Pas même l'avertissement que lui lance Anna Ivanovna lorsqu'elle la voit faire ses bagages : « Vous ne connaissez pas mon fils, Madame. Il est soupçonneux. Vous imaginez d'aller là où il y a soixante-dix mille hommes ! Il doutera de vous ! »

Il faut se méfier d'Anna Ivanovna quand elle donne dans le grandiose et parle comme un héros de Racine. Dans ces cas-là, c'est son dressage social qui s'exprime.

Mais la décision de Pauline est irrémédiable : elle partira. Au lieu de l'écouter, elle claque la porte, s'enferme dans sa chambre, et une fois seule – c'est la version qu'elle livre à Olga –, elle reçoit un nouveau signe : sur une table, elle remarque une édition de *L'Imitation de Jésus-Christ*. En l'ouvrant au hasard, elle tombe sur un texte qui la convainc qu'elle a raison. Si elle veut retrouver Ivan, elle doit absolument se rendre à Viazma et se jeter aux pieds du tsar.

« Quel texte ? » a dû lui demander l'exigeante Olga. Le récit de Pauline, jusque-là précis, se fait embarrassé : « Je ne sais plus trop. Mais le sens était celui-ci : ose, et tu réussiras. »

*

A-t-elle inventé cette histoire ? Ou le livre pieux était-il bel et bien là, sur la table, et l'a-t-elle feuilleté jusqu'à y trouver les mots qui la confortaient dans son projet ?

Pourquoi pas ? Moi aussi, quand je doute, il arrive que je me livre à des protocoles superstitieux. Je m'en remets, par exemple, au premier mot que je lirai dans la rue. Si la prédiction n'est pas à mon goût, ce sera le deuxième, voire le troisième ou le quatrième. D'autres jours, je bats, rebats et coupe un jeu de cartes et je m'obstine tant que je ne lui ai pas arraché le présage que j'attends. Ou comme Pauline, je cherche des augures favorables dans des livres que j'ouvre au petit bonheur. Des volumes de la Pléiade, le plus souvent. Centaines de pages, texte dense, typographie serrée : excellent support pour multiplier mes chances d'approbation céleste.

Je vois mal, dans ces conditions, comment remettre en cause la manipulation divinatoire à laquelle elle se livre en ce 11 mai 1827. Cela ne m'empêche pas de la trouver très téméraire lorsqu'elle passe outre l'avertissement de la Vieille. Et même assez écervelée car ce jour-là, Anna Ivanovna ne foleye pas. Aux yeux des Russes du XIXe siècle, le projet de Pauline est d'une audace effrayante, voire indécent. Ils ne badinent pas avec la chose militaire et les grandes manœuvres, comme la guerre, sont une affaire d'hommes, strictement. Sur les lieux où se déroulent les exercices, et à des kilomètres à la ronde, jamais une femme. Ou alors des servantes, des prostituées.

Pauline étouffe, enrage, il faut qu'elle bouge, qu'elle se batte, qu'elle se fasse voir, qu'elle renverse tout son passage. Au lieu de prêter l'oreille à Anna Ivanovna, elle persiste, têtue, butée, et disons-le, assez présomptueuse, elle qui s'imagine que les manœuvres du tsar sont la copie conforme de celles qu'elle avait observées au camp de Boulogne : le soir, après les répétitions de l'armée, déferlement des épouses et des maîtresses, bal, dîner, théâtre, opéra, une de ces parades mondaines dont raffolait Mme Geuble. Elle ne veut rien savoir. Il lui faut son coup d'éclat, elle veut partir, elle partira.

*

Elle a sûrement prémédité son affaire. Elle obtient sans difficulté de Choulguine un passeport pour Viazma. Aussitôt, elle convoque à la Maison Annenkov un Français de ses amis qui lui rédige avec la même célérité et dans les règles de l'art une supplique au tsar. Puis elle loue une voiture particulière et s'attache les services d'un cocher. Pas de chevaux à louer ? Elle ouvre grand sa bourse et elle en trouve.

L'avertissement d'Anna Ivanovna, cependant, a porté. Elle tente de savoir s'il y aura des Français à Viazma. On lui donne deux noms. Pallu, un homme d'âge, très vieille France, et Muller, le maître d'hôtel du tsar.

Elle est enchantée, elle les connaît tous deux. Le premier pourra lui servir d'escorte et le second lui sera encore plus précieux : sa fonction le contraint à assister à chacun des repas de Nicolas, il sait ce qui se dit à la table impériale. Elle en fera son agent de renseignements.

On ne peut imaginer meilleur plan de bataille. Et pourtant, le lendemain matin, lorsqu'elle s'installe dans sa voiture au côté de son domestique, elle prend peur.

Une peur comme Pauline-même-pas-peur n'en a jamais connu. Une peur bleue.

Depuis le départ, pas moyen d'avaler. Sauf des cuillers d'eau sucrée. Et encore, en se forçant.

Les chevaux sont lancés à pleine vitesse, la voiture double des berlines frappées aux armes de princes et de généraux, on sera sur place vingt-quatre heures avant le tsar. Largement de quoi repérer Muller et Pallu et se concerter. Rien à faire, le corps ne suit plus. Les jambes flageolent, le cœur s'emballe, les yeux voient trouble. Au barrage de police de Viazma, on lui demande ses papiers. Elle est convaincue qu'on va l'arrêter.

On la laisse passer. Bref moment de répit : dans les rues de la ville, pas une femme. À l'hôtel où elle demande une chambre, pas l'ombre d'un jupon. Alors raser les murs, courir comme on marche, marcher comme on court. Ensuite, dénicher un appartement. Le payer une fortune, vu la situation, puis se dépêcher d'envoyer un message au vieux Pallu et à son compère Muller.

Son histoire, par bonheur, est déjà leur histoire. Ils savent ce qui lui est arrivé et comment elle se bat depuis des mois, ils accourent.

Alors conjurer Pallu de ne plus la quitter d'une semelle et le presser, comme Muller, de lui dire où et quand elle pourra se jeter aux pieds de l'Empereur.

Pallu ne sait pas. Muller non plus. Il a cependant une idée : il faudrait commencer par voir Lobanov, dit-il, le seul ministre qui ait l'oreille du tsar.

Sept fois Pauline se présente chez Lobanov sans le trouver. À la huitième il est là.

*

Elle l'a dit haut et fort à Olga : c'est entre l'après-midi du 15 mai 1827 et le matin du 16, vers onze heures, que son destin a été scellé. Le reste ne serait que péripéties.

Je partage son avis. Mais je n'invoquerais pas le destin. Je dirais plutôt que ce jour-là, Pauline renoue enfin avec le réel. Sous l'effet de la peur, sans doute la plus terrible de sa vie, la gravité la rattrape. Elle saisit qu'elle est l'otage de ses pulsions. Autour d'elle, sûrement pas soixante mille hommes ainsi que l'avait clamé Anna Ivanovna, mais assez pour lui donner raison : que va penser Ivan lorsqu'on va l'avertir de cette folle équipée ? S'il y voyait, plutôt qu'un exploit, un affront ? Et après une telle extravagance, vouloir entrer dans la haute société russe ?

Cela n'échappera pas à Pauline. À partir de ce 16 juin, elle conservera tous les documents qui pourront attester que sa conduite, du départ d'Ivan pour le bagne à leurs retrouvailles en

Sibérie, fut irréprochable. Copies de ses suppliques, réponses des hauts dignitaires du Palais, passeports, sauf-conduits, attestations de police, formulaires administratifs, elle les gardera avec le plus grand soin et ils la suivront dans toutes ses tribulations, prêts à être brandis pour balayer les calomnies.

C'est d'ailleurs son réflexe, trente-quatre ans plus tard, au moment où elle aborde avec Olga l'épisode de Viazma et le récit des mois à venir : elle ressort ces archives et demande à sa fille de les intercaler dans le manuscrit. Elle va jusqu'à intégrer le *verbatim* de ses échanges avec Lobanov et l'Empereur.

Scènes impossibles à inventer, dialogues qui semblent saisis sur le vif. A-t-elle pris des notes, quand elle a mesuré les risques de ce voyage à Viazma ? On dirait.

Verbatim de l'échange du 15 mai 1827 entre Pauline et le prince Lobanov, ministre de la Justice de Nicolas Ier :

« Mon prince, on m'a dit que c'est à vous que je devais m'adresser pour savoir comment m'y prendre pour présenter une supplique à Sa Majesté l'Empereur.

— De quoi s'agit-il, madame ?

— Veuillez prendre connaissance de ma supplique, mon prince.

Le prince parcourt la supplique et reprend :

— Mais les autres dames ont reçu la permission, madame, de suivre leur mari.

— Oui, mon prince, mais elles sont leurs femmes légitimes et moi je n'ai pas droit à ce titre. Je n'ai pour recommandation que l'amour que je porte à M. Annenkov. Et c'est un sentiment dont on doute toujours...

— Mais madame, vous me feriez croire à l'avenir ! Du reste, madame, ces messieurs, dans votre pays, auraient été condamnés à mort.

— Oui, mon prince, mais ils auraient eu des avocats pour les défendre ! »

Impressionné par la verve et le répondant de Pauline, Lobanov lui demande de lui laisser sa requête.

Puis il ressort, la rattrape, lui commande d'inscrire sur sa requête : « À remettre en mains propres à Sa Majesté ».

Il va plus loin, il lui donne une feuille de route. Le lendemain, sur le coup de onze heures, elle se présentera devant le palais où réside le tsar. Il y aura des roulements de tambour et un silence de mort, elle ne devra pas s'en effrayer. Elle remettra sa requête à Sa Majesté Impériale juste avant qu'Elle ne monte dans sa calèche. Et si elle veut mettre toutes les chances de son côté, il serait bon qu'elle écrive dès à présent à son frère Son Excellence le grand-duc Michel pour l'implorer d'intercéder en sa faveur.

Pauline emploie le reste de la journée à rédiger cette seconde supplique – c'est Pallu, bien sûr, qui tient la plume. Ensuite, escortée du vieil homme, elle part en repérage autour du palais. Elle veut trouver le meilleur endroit où tendre son placet au tsar.

Il y a foule. Rien que des hommes. Elle a l'impression qu'ils parlent d'elle, qu'ils la montrent du doigt. Elle est d'autant plus épouvantée que le cousin aide de camp et Benkendorf, le chef de la police secrète du tsar, sont dans les parages. S'ils s'entendaient pour la faire expulser ? Pas seulement de Viazma, mais de Russie ? Elle s'affole.

Posté sur un balcon du palais, Lobanov l'observe. Il voit Benkendorf la désigner à un de ses sbires. Il quitte le balcon sur-le-champ, se précipite dans l'escalier et parvient à rejoindre Pauline lorsque l'homme de Benkendorf commence à interroger Pallu.

À sa vue, le policier se volatilise. Benkendorf aussi. Lobanov en profite pour souffler à Pauline que le grand-duc a lu sa supplique. Il va parler à son frère, assure-t-il, tout est en très bonne voie. Puis à son tour, il disparaît dans la foule.

Pauline sent ses jambes flancher et a le plus grand mal à regagner son appartement. Muller, sans doute averti par Pallu de son état d'extrême faiblesse, lui fait porter le même repas qu'au tsar. Elle ne peut pas y toucher et ne dort pas de la nuit. À son réveil, le trac la saisit.

*

Elle s'habille avec des gestes d'automate. Ses vêtements, fort heureusement, sont prêts depuis la veille. Élégants et d'une sobriété extrême : robe blanche, capeline assortie, châle noir – en matière d'élégance dépouillée, Chanel n'a rien inventé.

Bien avant l'heure, Pallu apparaît dans toute sa splendeur d'homme du monde blanchi sous le harnois : échine vissée au millimètre, frac noir, crinière lissée comme s'il allait au bal. Il la prend à son bras et la conduit fièrement vers la place du palais. À chaque pas elle vacille, à chaque pas il la soutient.

Vers onze heures, comme annoncé, la garde impériale fait rouler ses tambours. Sa Majesté va se montrer.

Un silence de tombeau s'abat sur la place puis l'Empereur apparaît sur le perron, colosse raide et glacial, tout à son jeu favori, la parade et la crainte.

Lobanov le suit, se penche, lui glisse un mot.

*

Tout le monde le dit : rencontrer l'œil du tsar, c'est rencontrer la mort.

Pauline le voit, cet œil, et à son tour, se croit morte. Il faudrait qu'elle fasse un pas, avance un bras, tende sa supplique. Ou que sa mère soit là, dans son dos, comme à Bar-le-Duc, pour la pousser. Mais ses muscles sont gelés.

Elle finit par s'approcher du perron. Dans un ultime effort, elle lui tend sa lettre.

Il ne la prend pas. Il lui parle. En français. Et en détachant chaque mot – comme il a dû peiner à l'apprendre, cette langue.

Il a aussi, à la fin de ses phrases, ce souffle étrange qu'a décrit Ivan, ce bref halètement qui donne l'impression qu'il est à deux doigts d'exploser.

Elle connaît les usages. Elle fléchit la nuque et le genou, courbe l'échine. Et c'est ainsi, le regard rivé aux pavés de la place, ployée de tout ce qu'elle a de vertèbres, qu'elle répond aux questions de l'homme à l'œil de mort.

Verbatim de l'échange du 16 mai 1827 au matin entre le tsar Nicolas Ier et Pauline :

« Que désirez-vous ?

— Sire, je ne parle pas le russe, je veux implorer la grâce de suivre en exil le criminel d'État Annenkov.

— Ce n'est pas votre patrie, madame. Vous seriez peut-être bien malheureuse.

— Je sais, Sire. Mais je suis prête à tout, je suis mère. »

Est-ce le mot *mère* ? Le tsar ne dit plus un mot. Dès cet instant, la scène est muette. Pauline se relève, le voit remettre la supplique à un aide de camp, incliner la tête, ficher dans le sien son regard de glace. Elle lui répond en se courbant une seconde fois, puis se redresse. La tête impériale s'incline, disparaît dans la calèche et, au moment où la voiture s'ébranle, réapparaît. L'Empereur s'est retourné. Une troisième fois, il a opiné du chef.

Il est parti déjeuner. Fidèle à sa promesse, Muller, le maître d'hôtel-espion, prend le relais. Il a préparé un menu d'exception et, à son habitude, ne perd pas un mot de ce qui se dit à table.

Ce jour-là, il doit aussi forcer sur le vin. Nicolas, déjà bien réjoui par les plats, se fait bavard.

Quelques heures plus tard, Muller déboule chez Pauline. Il triomphe : l'Empereur a parlé d'elle pendant le repas. Sa supplique l'a ému, c'est gagné.

Pas d'amours illégitimes dans les pénitenciers où les insurgés purgent leur peine, a décrété le tsar. Avant de pouvoir partir, Pauline doit attendre que l'administration impériale s'assure qu'Ivan accepte de l'épouser.

Le temps que la demande parvienne au fin fond de la Sibérie – au moins six semaines de routes cahoteuses –, que le consentement du détenu soit reçu par le commandant de la prison, qu'il soit paraphé et reparaphé par ses supérieurs, transmis à Saint-Pétersbourg, vérifié et contresigné par Benkendorf, et qu'il atterrisse enfin sur le bureau du tsar, lequel ne fait confiance à personne, et que lui aussi vérifie les moindres lignes de la paperasse impériale, il s'écoule plusieurs mois.

À quoi il faut ajouter une bonne quinzaine de jours avant que Pauline ne soit prévenue que rien ne s'oppose plus à ce qu'elle épouse son amant.

Pendant cette longue période, plus un seul coup d'éclat. La peur qui l'a saisie sur la route de Viazma ne s'est pas dissipée et comme l'avait prévu Anna Ivanovna, son entrevue avec le tsar a fait jaser. La Vieille a vent de ces ragots par le clan Iakobi. Aussitôt, par représailles, elle décide de ne plus lui adresser la parole et lui inflige quelques petites punitions. Loufoques, c'était prévisible. Pauline, par exemple, doit enfiler dès son réveil une tenue de bal, assister ainsi parée au Grand Lever d'Anna Ivanovna, et ne plus la quitter avant son Grand Coucher.

Anna Ivanovna donne des signes de plus en plus évidents de dérangement mental, mais comment échapper à ses griffes ? Elle est très liée à Benkendorf. À tout moment, elle peut exiger, et obtenir, son expulsion de Russie. Pauline ne se rebelle qu'une fois : le jour où la Vieille lui interdit d'envoyer de l'argent et une valise de vêtements à Ivan. Au lieu de lui claquer la porte au nez comme au printemps précédent, elle s'enferme dans sa chambre et entame ce qui ressemble fort à une grève de la faim.

La Vieille, au bout de quelques jours, s'alarme, lui envoie une ambassade de suivantes chargées de fruits, messages, cadeaux et autres délicatesses. Pauline reste intraitable. Pour qu'elle consente à négocier, il faut plusieurs de ces missions diplomatiques et une lettre éplorée d'Anna Ivanovna. Mais elle ne ressort pas de sa chambre avant de lui avoir arraché le droit d'envoyer à Ivan l'argent et les vêtements qui lui manquent si cruellement. La Vieille abdique.

Anna Ivanovna, de sa vie, n'a jamais rencontré une telle résistance. Elle est anéantie. Pauline en profite-t-elle pour lui ouvrir les yeux, lui révéler que sa cour de parasites ne poursuit qu'un objectif, hériter d'elle ? La Vieille, cet été-là, se persuade qu'on veut l'empoisonner, elle sait comment : en versant une substance toxique dans le verre d'eau bénite qu'elle s'impose d'avaler chaque matin. La parade est déjà trouvée : Pauline. À l'ouverture du rituel du Grand Lever, elle devra tester l'innocuité du liquide sacré. En somme, elle est promue goûteuse.

Ça pourrait donner des idées aux parasites. Ils ne la portent pas dans leur cœur et c'est une sérieuse rivale. Mais c'est le prix à payer si elle veut partir pour la Sibérie en mettant toutes les chances de son côté. Elle prend le risque.

*

Début novembre, le grand-duc Michel lui annonce personnellement, et sous couvert du secret, que son tsar de frère vient de consentir à son départ. L'ordre a été donné, les papiers sont prêts.

Le lendemain, Pauline est en effet convoquée par le gouverneur général de Moscou. L'entrée du palais est bondée. Elle n'y a pas fait deux pas qu'un fonctionnaire fond sur elle et lui remet l'autorisation de l'Empereur.

Est-ce la joie, le soulagement, la foule ? Comme à quinze ans, il faut qu'on l'entende, la voie, l'admire, la fête. Elle se met à sauter au beau milieu du hall, claque des mains, crie : « J'ai le droit d'aller en Sibérie ! J'ai le droit d'aller en

Sibérie ! » Elle en oublie que le gouverneur n'est autre que Golitsyne, l'un des deux hauts gradés qui ont extorqué ses aveux à Ivan. Justement, voici qu'on vient la chercher, il l'attend dans son bureau. Ça la dégrise dans la seconde.

À sa grande surprise, l'homme se montre charmant. Il lui annonce que le tsar va financer une partie de son voyage. Si elle refusait, Sa Majesté le prendrait mal. Quant au reste, l'inévitable paperasse à signer, qu'elle revienne demain, le temps que l'on traduise tout cela en français.

On ne peut être plus aimable.

*

Ordre du 6 novembre 1827 n° 221, ci-joint le rapport du Général de jour de l'État-Major de Sa Majesté Impériale n° 1332 sur l'étrangère Pauline Gueble, qui a supplié d'être autorisée à rejoindre sur son lieu d'exil le criminel d'État Annenkov pour l'épouser…

Règles concernant les femmes des criminels qu'on envoie aux travaux forcés…

Il ne leur sera permis d'emporter ni des sommes d'argent, ni des effets d'un grand prix… puisqu'elles s'en vont dans des lieux peuplés de gens prêts à toutes sortes de crimes, et qu'en ayant sur elles de l'argent et des objets précieux, elles peuvent s'exposer à des événements dangereux… »

« Après avoir lu tous ces papiers, j'ai l'honneur de répondre que je consens à tout, et que je pars à Nertchinsk pour épouser le criminel d'État Annenkov et y rester toujours... »

Sait-elle que Nertchinsk se situe en Transbaïkalie, aux confins de la Chine et de la Mongolie ? Et que les condamnés qu'on y expédie passent le plus clair de leur temps dans des galeries souterraines, à extraire du minerai d'argent ?

Si elle pose des questions, on ne lui répond sûrement pas. Ce qui se passe au-delà d'Irkoutsk est un des secrets les mieux gardés de l'Empire et il en existe un autre, encore plus effroyable, celui que Nicolas a confié à Benkendorf le jour où il a autorisé Catache à partir : « Je veux que le sacrifice des épouses soit un tourment éternel pour leurs maris. » En d'autres termes, le tsar n'accorde aux femmes qu'un aller simple. Il compte bien qu'elles crèvent en route. Ou là-bas, aux portes du bagne.

*

Pas plus que Catache, Maria, Annie, Natalia, Alexandra ni bientôt Elizaveta et Sandra, Pauline n'entrevoit son dessein. Au moment de son départ, comme elles, comme leurs familles, comme l'opinion, elle en est convaincue : la colère de l'Empereur ne tardera pas à s'éteindre. Il n'est pas fou, il ne peut pas s'en prendre à l'élite de la Russie, il ne peut pas exiler longtemps la fleur de sa jeunesse – certains déportés n'ont pas vingt ans. Il va revenir sur sa décision, c'est évident : ces jeunes, il le sait, sont l'avenir de son pays. Il a voulu leur donner une bonne leçon, c'est tout, et il a un cœur, la preuve : la tsarine a su le toucher. Il va les gracier, cet exil en Sibérie ne durera pas, ce ne sera qu'un mauvais moment à passer. D'ici un an, deux au maximum, les femmes qui sont parties là-bas rentreront en Russie d'Europe au bras de leur époux, telles de jeunes mariées et quand elles retrouveront leurs enfants, joyeuses et bouleversées comme toutes les mères du monde après des mois d'absence, elles s'écrieront : « Que vous avez grandi ! »

La rumeur avait repris. Et, selon un processus classique, elle avait muté. À son retour de Viazma, il se disait que Pauline avait séduit le tsar. On murmure à présent qu'elle va l'escroquer. Dès qu'elle aura empoché l'argent qu'il lui a offert pour son voyage, elle prendra ses cliques et ses claques et rentrera en France.

Une bonne âme s'empresse de lui répercuter la calomnie. Elle y reconnaît tout de suite la patte de Iakobi et prévient la Vieille.

Il n'est sûrement pas le seul à la calomnier. Mais l'incriminer, c'est bien joué. Anna Ivanovna est extrêmement flattée que sa future belle-fille ait intégré le club ultrachic des saintes femmes qui s'en vont défier les terres barbares de Sibérie. Elle compte en tirer un grand profit mondain. Organiser une fête le jour où Pauline s'en ira, par exemple. À l'annonce des infamies qu'on fait courir, elle pique une de ses plus phénoménales colères et décide de chasser Iakobi.

Il faudrait qu'elle le lui signifie. Ça la fatigue d'avance. La tâche en échoit donc à Pauline, qui s'empresse de convoquer le malheureux et, avant de lui apprendre sa disgrâce, lui vide son sac.

Anéanti, Iakobi est incapable d'articuler un seul mot et comme il a eu l'imprudence – et l'impudence – de chausser les lunettes d'Annenkov avant de se présenter à elle, Pauline en profite pour lui intimer l'ordre de les restituer.

*

Anna Ivanovna ne lui est nullement reconnaissante de l'avoir débarrassée de son cousin-vautour. Lorsque Pauline lui demande de l'aider à financer son voyage, elle refuse. La voir partir lui est insupportable.

Pauline, fort heureusement, a reçu l'argent promis par le tsar en même temps que son passeport. Et, divine surprise, une des cousines, Vadkovskaïa, et sa fille Elaguina, quand elles ont connaissance de cet affront, lui font cadeau de portefeuilles copieusement garnis. Les liasses de billets, ça saute aux yeux, sortent de la cassette de la Vieille, qui n'a rien vu, comme d'habitude.

Pauline choisit d'ignorer. Les deux femmes ont promis de prendre soin de sa fille en son absence et, malgré le départ de Iakobi, on n'a jamais autant volé à la Maison Annenkov. Le moment de lucidité d'Anna Ivanovna a été bref, elle a regagné son univers hanté de menaces et de pièges imaginaires. Depuis que son fils est parti, les salles où s'entassent les trésors de son père et de son grand-père se vident, ses finances s'en vont à vau-l'eau, les créanciers n'hésitent plus à frapper à la porte du palais. Elle ne veut rien savoir, s'obstine, mécanique, à dérouler ses liturgies conjuratoires, Grand Lever, Grand Coucher dans la chambre aux murs tapissés de rouge, absorption de verres d'eau bénite, habillage rituel et allumage de cierges en grande cérémonie aux abords de son lit. Les chuchoteuses processionnent chaque nuit autour de sa couche surchargée de fourrures, l'Allemande obèse, dès son réveil, réchauffe ponctuellement les coussins et fauteuils de son postérieur-calorifère, les laquais chaussés de pantoufles continuent à marcher sur la pointe des pieds de peur de blesser ses tympans de plus en plus sensibles, les cupides parasites redoublent de manœuvres dans les corridors et les escaliers presque aussi tordus que leurs esprits.

Pauline, certains jours, se laisse émouvoir par la détresse d'Anna Ivanovna. Elle s'en veut de l'abandonner à sa cour de rapaces. Seulement que faire ? Comment la sauver ? D'elle, elle ne sait rien, sauf qu'elle n'a pas connu sa mère, morte peu après sa naissance ; et que son père, fou d'elle au point d'écarter tout homme qui demandait sa main, l'a mariée tard, vers quarante ans – et encore, parce qu'il voyait la mort venir. Anna Ivanovna fut-elle belle, fut-elle désirée ? Que s'est-il passé avant ce mariage tardif ? Pourquoi n'a-t-elle jamais aimé ses fils ? Et à quoi tient le malaise qu'on éprouve lorsqu'on franchit le seuil de la Maison Annenkov, cette sourde impression que les lieux sont frappés d'un maléfice ?

Faute d'élucider ce mystère, et pour tromper son impatience à se mettre en route, Pauline regarde Anna Ivanovna dérouler et redérouler à l'infini ses cérémonies absurdes et se jure de ne rien en oublier. Un jour, peut-être, elle décrira ce qu'elle a vu. Un jour, peut-être, quelqu'un comprendra.

*

Elle fixe son départ au 22 décembre. La neige, pense-t-elle, sera assez tassée et verglacée pour que la voiture qu'elle s'est achetée, un carrosse monté sur patins, puisse filer à grande allure.

Quand elle prendra la route, la nuit sera tombée depuis longtemps : la Vieille souhaite que Pauline lui fasse ses adieux en présence de tous ses amis. Elle donnera une grande réception à la Maison Annenkov. Il est convenu que Pauline la quitte vers vingt-trois heures.

Ce soir-là, la femme qu'on plaint, qu'on encourage et qu'on soutient, c'est Anna Annenkova, non Pauline. Pour elle, qui s'en va sans son enfant de dix-huit mois, aucun mot de sympathie, pas la moindre attention.

Au moment des adieux, tout de même, les regards convergent sur elle : la petite Alexandra s'accroche désespérément à sa mère, qui n'arrive pas davantage à s'en détacher. Il faut en finir, on emmène l'enfant et Pauline, selon l'usage en vigueur en Russie, s'incline devant le fauteuil-trône de sa future belle-mère, puis lui demande de bénir son mariage.

La Vieille refuse. Trop éprouvant, se défend-elle, ses nerfs n'y survivront pas. Pauline tourne les talons. Anna Ivanovna fait volte-face. Elle la rappelle et, en guise de vœux de bonheur, lui annonce qu'elle va vendre un domaine et lui envoyer l'argent qu'elle en aura tiré.

Pauline n'en verra pas la couleur. Et elle ne refranchira jamais le seuil de la Maison Annenkov. Trois ans plus tard, la Vieille, ruinée, devra céder son palais. Elle finira ses jours dans un petit appartement. Au matin de sa mort, on ne trouvera rien dans ses coffres. Pas même de quoi payer son cercueil.

*

Alors qu'elle monte dans sa voiture, Pauline, exactement comme le jour où elle est partie se jeter aux pieds du tsar, sent que son corps l'abandonne : « J'étais à demi-morte », confesse-t-elle à Olga.

Elle se souvient aussi qu'en quittant la Maison Annenkov, elle est passée devant un théâtre où l'on donnait des pièces en français. La représentation était finie, les spectateurs se déversaient dans la rue et l'on devait savoir qu'elle partait ce soir-là pour la Sibérie : devant le théâtre, quelqu'un l'a reconnue et une petite foule a pris d'assaut son carrosse.

Rien que des Français. Ils l'encourageaient, s'inclinaient devant elle, se signaient, lui lançaient des vœux de bonheur. Ça lui a fait chaud au cœur. Mais comme avec la petite Alexandra, elle a dû se faire violence, partir. Elle a donné l'ordre à ses deux cochers de dégager sa voiture de la cohue, et la Maison Annenkov, si elle n'y avait laissé son enfant, aurait sombré tel un mauvais rêve dans le néant de la nuit.

Elle serrait contre elle son petit Kom. Aucun des papiers qu'elle avait signés n'interdisait les routes de Sibérie aux animaux de compagnie.

J'ai rejoint la Transbaïkalie en avion. Je suis partie comme elle, un soir, vers vingt-trois heures. Mais au solstice d'été. Au moment d'embarquer, il restait un peu de lumière à l'horizon.

J'étais épuisée. La chaleur n'avait pas désarmé et les quatre nuits passées à Moscou avaient été difficiles. Quinze jours avant mon départ de Paris, quand j'avais voulu réserver une chambre, tous les hôtels affichaient complet. J'avais dû me rabattre sur un ancien appartement communautaire où, moyennant une fortune, j'avais loué un réduit d'environ quatre mètres carrés. Pas de fenêtres, pas de climatisation et pour tout mobilier, deux étroits lits superposés. Leur charpente titubait lorsqu'on s'y allongeait ou qu'on s'y retournait.

Je ne pouvais m'en prendre qu'à moi-même. Les dates que j'avais fixées pour mon enquête à Moscou et en Sibérie coïncidaient avec celles de la Coupe du monde de football. J'appartenais à l'infime minorité d'humains à qui l'imminence de cet événement planétaire avait complètement échappé. C'est dire à quel point Pauline m'obsédait. Car je n'ai rien contre le foot et je ne doute pas une seconde que ce soit un sport passionnant. Simplement, je n'y connais rien.

Et ça se voit. L'avant-veille de mon départ pour la Sibérie, invitée par l'ambassade de France à une retransmission sur grand écran du match France-Pérou, mon voisin s'est senti un devoir de m'avertir : « Madame, nos joueurs sont en bleu. » Puis, au bout d'un temps qui m'a paru considérable, il m'a encore prévenue : « Madame, nous avons marqué un but. »

En dehors de mes mésaventures hôtelières, cette collision entre la compétition footballistique mondiale et mon enquête m'a réjouie. Elle lui a souvent donné un tour surréel. Ainsi, quelques heures avant de m'envoler pour la Transbaïkalie, tandis que j'étais retournée dans le « quartier français » pour y prendre de nouvelles photos, j'ai découvert l'emplacement de la Maison Annenkov au milieu d'une foule de fans italiens, uruguayens, brésiliens et qataris empaquetés dans leurs oriflammes nationales. Sur le coup, je me suis demandé ce qu'ils fichaient là. À la vue des boutiques qui avaient remplacé le palais, j'ai compris ce qui les avait attirés : la mode et les produits de luxe, comme du temps de Pauline. Chanel, Vacheron Constantin, Tiffany, Dupont, Montblanc, Givenchy, Balenciaga, Lalique, Gucci, je n'en finirais pas de dresser l'inventaire des marques prestigieuses qui ont installé leurs succursales dans ces rues naguère surplombées par l'orgueilleuse rotonde du palais où vécut Pauline. Si le fantôme de cette vieille *fashion victim* d'Anna Annenkova hante encore les lieux, il doit être comblé : sa demeure a été remplacée par une boutique Cartier.

De façon plus décevante, à cent cinquante mètres de là, une banque de la chaîne Alpha et un restaurant marocain ont pris la place du magasin de Demoncy. En revanche, les galeries où Ivan fit sa cour à Pauline sont intactes et, en cette fin juin 2018, elles abritaient des marques assez prestigieuses pour allécher mes fans de foot emperruqués et drapés dans leurs gonfalons. Je les ai vus, après leurs achats, se ruer dans le très branché Café Vogue situé juste en face de l'ex-boutique de Demoncy – du temps de Pauline, m'avait-on dit, s'y trouvait un restaurant réputé. Je leur ai emboîté le pas et, là encore, j'ai compris : l'endroit était peuplé de filles sublimes.

Escort girls, mannequins ou vendeuses de mode, comme Pauline ? Difficile à dire, elles étaient identiquement minces, lissées, lustrées, vernissées, botoxées, et consommaient toutes du thé vert et des pâtisseries certifiées sans gluten. Même maquillage sans défaut, mêmes sourcils tatoués au quart de millimètre. Seules différaient les tributs vestimentaires affichés sur leurs vêtements et accessoires. Les unes étaient Valentino, les autres Armani et Dior, ce qui semblait intimider les footeux.

L'heure de mon départ approchait ; je ne suis pas restée assez longtemps au Café Vogue pour savoir si leurs manœuvres d'approche furent concluantes. Mais comme je les observais avant de sortir, une question m'a traversé l'esprit : « Qu'est-ce qu'elles deviendraient, ces filles, si elles se retrouvaient comme Pauline au fin fond de la Transbaïkalie ? Et que savent-elles de la Sibérie ? »

Je connaissais la réponse. Si elles n'étaient pas nées là-bas, presque rien, sinon que le pays est immense, son climat redoutable et que, depuis toujours, on y exile ou emprisonne toutes les formes de criminels, dissidents et opposants au régime – les « déchets sociaux », comme les nomment parfois les juges et les policiers de la Russie de Poutine. Dès mon voyage à Saint-Pétersbourg, quand j'avais confié à mes amis russes que je projetais de suivre Pauline dans ses pérégrinations à l'est du lac Baïkal, ils s'étaient unanimement récriés : « C'est très loin, personne ne va là-bas... » J'ai même eu droit, par deux fois, à un « Bon courage ! » pas franchement engageant. Il ne s'était trouvé que des natifs d'Irkoutsk pour me dire : « C'est un pays magnifique. »

*

Pauline l'admet : sa première nuit sur la route, elle l'a passée à pleurer. Elle s'en voulait d'avoir laissé sa fille chez la Vieille. Et elle ignorait tout de sa destination finale. Le pénitencier d'Ivan se trouvait à l'est du lac, mais où au juste ? Nertchinsk, indiquaient les documents que lui avait remis le gouverneur général de Moscou.

Aux dernières nouvelles, cependant, Ivan avait été affecté dans un autre bagne et on avait prévenu Pauline lorsqu'on lui avait remis son passeport : on ne lui révélerait son lieu de détention qu'au bout de cinq mille kilomètres, à Irkoutsk.

Elle partait à l'aventure, moi pas. Tchita n'est pas très fréquentée par les touristes, mais la plupart des guides lui consacrent quelques pages. Trois cent cinquante mille habitants, mentionnent-ils, gare importante du Transsibérien, secteur strictement interdit aux étrangers jusqu'en 1990 en raison de sa base militaire et des mines d'uranium découvertes dans la région, et ville désormais considérée comme frontalière au motif qu'elle se trouve à 485 kilomètres de la Chine, une bagatelle en Sibérie.

Au vu des images en ligne sur Internet, ses abords sont aimables. Avec le vaste cirque de montagnes boisées qui l'environne, je lui trouve un petit air de Suisse romande. Son climat, toutefois, est rude et contrasté. Hivers très secs, très froids, étés chauds et pluvieux. Et sa sociologie n'est guère affriolante. Selon un journaliste britannique, ses banlieues sont aux mains de bandes armées spécialisées dans le vol et le racket. Le nombre de crimes et délits atteint des chiffres impressionnants, la jeunesse est abrutie de violence et de vodka, et la police est à la botte de la mafia locale. Dans les quartiers de banlieue, pas une famille qui n'ait, ou n'ait eu, un enfant derrière les barreaux – d'où les sept prisons construites au pourtour de la ville. Après un procès controversé, Mikhaïl Khodorkovski, le richissime oligarque et rival politique de Vladimir Poutine fut détenu entre 2006 et 2011 dans une de ces maisons d'arrêt. Il y vécut confiné dans une cellule d'isolement, doux régime au regard de son précédent pénitencier, le camp G-14/10, situé à quatre cents kilomètres au sud, tout près d'une gigantesque mine d'uranium et du plus grand stock de déchets radioactifs de la planète.

Comme les épouses des insurgés de 1825, sa femme Linna le rejoignit en Sibérie. Contrairement à Pauline et ses amies, elle ne s'installa pas à Tchita. Elle venait pour le week-end. En avion, comme moi. Le dimanche soir, elle rentrait à Moscou, où elle retrouvait ses enfants.

*

Quand l'appareil décolle, l'insécurité de Tchita ne me préoccupe pas outre mesure. En revanche, j'ai mauvaise conscience. Dans six heures, je serai là-bas. Le voyage de Pauline, lui, a duré près d'un mois. Le seul désagrément que j'aurai à endurer sera le décalage horaire, six heures, comme mon vol. Un hôtel confortable m'attend : pas de matchs de Coupe du monde à Tchita, je n'ai eu que l'embarras du choix. Pour le reste, les commodités ordinaires, Internet à ma libre disposition et distributeurs automatiques de billets à foison. Les lettres et les demandes d'argent de

Pauline, elles, mettaient deux, voire trois mois, avant d'atteindre Moscou.

Et je ne serai en Sibérie qu'un oiseau de passage. Trois semaines, alors qu'elle y est restée trente ans.

Pauline est une femme ultramoderne. Elle adore la vitesse.

Je ne dis pas que c'est une qualité. Je constate. Au bout de huit cents kilomètres, elle en a assez de sa voiture montée sur patins, elle trouve qu'elle n'avance pas. Ni une ni deux, elle la vend. Et la remplace par deux *kibitki*, des chariots d'osier abrités d'une capote. Ses cochers pourront les lancer à un train d'enfer sur la route qui mène aux immensités sibériennes.

Un calvaire pour les vertèbres mais vingt kilomètres à l'heure, ça l'enivre. Elle est si grisée qu'elle n'a plus qu'une idée : égaler, et pourquoi pas surpasser, les records de vitesse des militaires qui acheminent le courrier jusqu'aux confins de l'Empire et assurent la sécurité des voyageurs, marchands, soldats, dignitaires impériaux ou bagnards de haut rang, comme Ivan.

Elle les imite. Haltes dans les relais de poste réduites au strict minimum, repas brefs, nuits courtes, chevaux menés à la dure, comme ses cochers et ses deux domestiques – des serfs qu'Anna Annenkova, dans un rare élan de générosité, lui a laissés. Dès qu'ils renâclent, elle sort une flasque de sa poche et la leur tend : « Vodka ? Vodka ? » Elle répète toujours le mot. L'effet des quatre syllabes est instantané. Ils s'en sifflent une, ou deux, ou trois, et on repart.

À ce rythme, elle égale sans difficulté les militaires, Moscou-Irkoutsk en dix-huit jours. Deux de moins que la princesse Maria un an plus tôt et à la même saison. Les administrateurs impériaux sont stupéfaits.

Elle ne s'est accordé que trois jours de repos. Le premier à Kazan, le temps de vendre sa voiture, d'acheter ses *kibitki* et de grossir sa réserve de laines et de fourrures. Ensuite, pas de répit avant Ekaterinbourg, à neuf cents kilomètres. Et encore, c'était parce que ses cochers et ses domestiques, en dépit de tous ses « vodka-vodka », refusaient de continuer. Trêve de courte durée. Le surlendemain, elle décrétait une nouvelle course contre la montre. La chevauchée fantastique reprit de plus belle et les malheureux ne purent pas faire relâche avant deux mille kilomètres, à Perm où, enfin, elle se sentit fatiguée.

Vingt-quatre heures plus tard, quand elle relance son chariot à l'assaut des neiges, elle est en pleine forme. Ses domestiques, toujours pas. Moins de six cents kilomètres après, à Krasnoïarsk, ils demandent grâce. Ils ont un bon prétexte : les patins des chariots sont usés, il faudrait les remplacer. Pauline s'y oppose formellement : comment, s'arrêter alors qu'on n'est plus qu'à mille kilomètres d'Irkoutsk ? On a fait le plus gros du chemin ! Quelques heures de sommeil au relais de poste et allez, *davaï, davaï*, en avant, on se grouille, on se secoue, vodka-vodka et c'est reparti ! On oublie cette histoire de patins, on en a vu d'autres, et on s'en est sortis.

Le convoi a connu, c'est vrai, quelques mésaventures. Le chariot de Pauline a versé une fois, entre Ekaterinbourg et Perm. L'accident s'est produit en plein brouillard. Elle a été projetée sur le bas-côté de la route avec Kom et son monceau de bagages ; elle a reçu quelques sacs sur la tête. Là, coup de chance, un inconnu herculéen a surgi de la taïga et, en moins de deux, a replacé le chariot sur ses patins. L'autre voiture s'était évanouie dans le brouillard, elle a envoyé ses domestiques à sa recherche. Face au colosse, elle n'en menait pas large. À Moscou, les policiers l'avaient accablée de récits sur les femmes violées sur le bord de la route faute d'avoir été solidement escortées. Elle se l'était tenu pour dit et avait emporté un sabre. Dès que ses domestiques ont disparu, elle l'a brandi et s'est postée devant le chariot dans une posture martiale. Sidéré, l'Hercule des neiges s'est tenu coi, les domestiques sont revenus très vite. En définitive, plus de peur que de mal, comme pour l'incident suivant, à la sortie d'Ekaterinbourg, une attaque de brigands, cette fois. Ou plutôt une tentative. Les bandits n'avaient pas crié « Halte ! » que les chariots leur étaient passés sous le nez.

Quant aux loups dont Dumas fit grand usage pour pimenter son roman – il décrivit le convoi de Pauline en proie toute une nuit à une meute sans cesse plus grosse et imagina que les voyageurs, pour s'en protéger, se réfugièrent derrière leurs chariots comme des conquérants de l'Ouest américain –, il ne s'en trouva qu'un pour tenter de se mettre en travers de son chemin.

Et encore : au premier claquement de fouet, il détala la queue basse au fond de la taïga.

*

Au moment où Pauline dicte ces souvenirs à Olga, elle semble de nouveau gagnée par l'ivresse de la vitesse. À cette équipée, elle ne consacre que sept pages. Quelques lignes sur l'hospitalité des Sibériens et les prodigieuses ressources de leurs terres, mais nulle anecdote, aucune digression et pas la moindre description du pays. Rien sur les villes où elle s'arrête, sur les fleuves qu'elle franchit, ni sur l'immense Ienisseï, cinq kilomètres de large. Un maigre bout de phrase sur le massif de l'Oural. Et encore, pour dire qu'elle l'a traversé comme une fleur. Pauline n'a pas voyagé, elle s'est déplacée. Elle a couru, volé, fouettée par l'air glacé, sang qui bat, dévorant l'espace et jouissant de voir les obstacles, devant son attelage, s'effondrer les uns sur les autres comme des dominos. S'il s'était trouvé quelqu'un pour lui faire observer, comme Lao-Tseu, que la finalité d'un voyage n'est pas son but, mais le chemin vers ce but, elle aurait haussé les épaules, j'en suis sûre, et bondi dans sa *kibitka* pour la relancer sur la neige. Elle ne se connaissait qu'un seul horizon : Ivan.

À deux reprises, tout de même, elle s'est laissé dérouter – au double sens du terme : déranger et éloigner de son objectif. Lors d'une halte, un de ses domestiques réussit à la convaincre d'aller admirer une jeune fille d'une beauté saisissante dans une isba toute proche du relais de poste. Elle en revient éblouie. Un autre jour, après son accident de chariot, elle voit émerger du brouillard une colonne de criminels de droit commun qui rejoignent leur bagne. Ils sont enchaînés les uns aux autres. Pour tenter de se protéger du froid, ils se sont emmailloté la face dans des chiffons sales. D'eux, on ne voit que les yeux creux. Cette vision cauchemardesque la bouleverse, elle en oublie qu'elle est pressée d'arriver.

La nuit où elle raconte à Olga ce voyage, ces scènes lui reviennent. En dépit de son désir de faire court, elle les ressuscite avec la précision d'une image numérique, comme coupable de les avoir enfouies en elle si longtemps.

À l'approche d'Irkoutsk, sa fièvre de la vitesse retombe. Elle se laisse éblouir par la beauté du monde, l'accueille enfin.

Le froid est vif, moins vingt, moins trente. Le fleuve Angara, cependant, n'a pas gelé. Elle embarque ses chariots sur un bac, reçoit comme une fête le grand soleil qui tombe sur les eaux puissantes du fleuve et, toute la durée de la traversée, suit des yeux, pour une fois paresseuse, les bancs de brume qui s'effilochent au-dessus des tourbillons.

C'est qu'elle ne se fait pas d'illusions : elle va devoir s'armer de patience. Du précepteur français qui a escorté Catache dix-huit mois plus tôt jusqu'aux familles des femmes qui ont déjà pris la route, chacun l'a prévenue : Zeidler, le gouverneur d'Irkoutsk, et Lavisky, le gouverneur général de Sibérie, vont tout tenter pour la convaincre de rebrousser chemin. Avant de décrocher un sauf-conduit pour la Transbaïkalie, elle devra batailler ferme.

Elle fait donc le vide. Mais sitôt le fleuve franchi, elle est sur le pied de guerre et le lendemain, à midi, elle entre dans le bureau de Zeidler.

*

Il a décidé de la rendre chèvre. Ça tombe bien : elle est résolue à le faire enrager.

Leur affrontement va durer six semaines. Il veut l'intimider, elle le harcèle. Il élude, elle se jette à ses pieds. Il finasse, ergote, pinaille, ratiocine, elle en fait autant. Il lui tend des pièges, elle les déjoue. Il remet au lendemain, qui ne vient jamais. Puis au surlendemain, qui n'arrive pas davantage. Elle ne se décourage pas et reprend, inlassable, le chemin de son palais des rives de l'Angara.

Jeu du chat et de la souris. Sauf qu'il n'est pas du tout certain que Zeidler soit le chat. On dirait même qu'il trouve à Pauline, par moments, un petit air de tigresse. Lors de leur première entrevue, il cherche à lui confisquer les précieux courriers qu'elle a reçus du grand-duc Michel. Elle les lance dans la cheminée. Elle préfère les détruire plutôt que de les lui laisser.

Elle le paiera cher. Zeidler choisit de la faire passer pour une mystificatrice. Il écrit tout de suite au gouverneur général qui, à son tour, adresse un courrier à Benkendorf. Le temps que la venimeuse missive parvienne à Saint-Pétersbourg, escompte-t-il, et que le grand maître de la police de Nicolas ait répondu, les nerfs de « l'étrangère » – c'est le nom qu'il donne à Pauline – auront lâché.

Ce courrier, un chef-d'œuvre de littérature administrative : « Une couturière de nationalité française vient d'arriver à Irkoutsk [...]. Cette étrangère si brusquement apparue dans notre ville est accompagnée de deux serfs appartenant à la dame d'honneur Annenkov. La couturière m'a déclaré qu'elle avait l'intention d'épouser le criminel d'État Annenkov. Toutefois, les preuves me paraissent insuffisantes, les documents signés par le chef de la police de Moscou n'étant pas contresignés par le gouverneur de Moscou... »

Pauline s'acharne. Et ne plie pas. Un jour qu'elle a encore forcé la porte de Zeidler, elle remarque sur son bureau des lettres qui lui sont destinées. La règle veut que le gouverneur les lise avant de les lui remettre. Il peut aussi les faire disparaître si ça lui chante.

Il ne les a pas décachetées. Elle bondit dessus et s'en empare. Sur la plus épaisse des enveloppes, elle a reconnu l'écriture de sa mère.

Car, miracle, maintenant que ses malheurs l'ont rendue célèbre, Mme Geuble se préoccupe de sa fille. Et Pauline, avant de partir pour la Sibérie, lui a demandé de consulter en son nom la plus célèbre voyante d'Europe, Marie-Anne Lenormand. La pythonisse a tiré les cartes à Marat, Robespierre, Saint-Just, Napoléon, Joséphine et même au tsar Alexandre. À tous les coups, elle a vu juste. Pas question que le gouverneur ait connaissance de ses prédictions.

Elles sont encourageantes. Le cours de son destin sera très étrange, a déclaré la voyante. Mais après de longues épreuves et un grand danger, elle s'en sortira, deviendra célèbre et son amant recouvrera tous ses droits.

*

Fatigué par son entêtement, Zeidler finit par baisser pavillon. Il a compris qu'à leur petit jeu, Pauline sera la plus forte et comme la mission que lui avait confiée le Palais se bornait à tenter de la décourager, le 23 février, il lui fait remettre un passeport sans attendre la réponse de Benkendorf. Le document porte la mention de son point de chute, Tchita.

Pendant ces longues semaines, Pauline avait trouvé à se loger chez le plus riche marchand de la ville. Il l'avait soutenue, aidée. Le jour où elle obtient son passeport, il l'avertit : Tchita n'est qu'un pauvre hameau, on y manque de tout.

Elle se rue dans les magasins de la ville et les dévalise. Un vrai casse-tête pour les domestiques, quand ils doivent charger ses paquets sur ses chariots. À côté de ses bagages, déjà considérables, ils doivent caser des futailles de vin, du tissu, du cuir, des baquets, des conserves, de la vaisselle, des dizaines de bobines de fil et tout un capharnaüm de quincaillerie, batterie de cuisine, fers à repasser, jusqu'à des lots d'aiguille, des trousses de petite chirurgie et un fusil – qu'elle achète en fraude.

Puis elle recrute un ancien soldat cosaque – d'après Zeidler, les routes de Transbaïkalie sont infestées de bandits – et une servante qui, lorsqu'elle sera à Tchita, l'aidera à la cuisine. Car elle connaît Ivan, il a toujours été porté sur la bonne chère.

*

Pas moyen de rejoindre Tchita sans traverser le lac Baïkal. Ses eaux, par chance, sont gelées.

Pauline est pourtant anxieuse. Les avertissements de Zeidler ont porté : de peur d'une attaque de brigands, elle a dissimulé son argent dans son chignon. Mais elle redoute encore plus les traîtrises du lac. Il se fissure souvent de larges crevasses. La plupart du temps, les cochers les repèrent de loin, parviennent à arrêter les chevaux, posent des planches et les attelages passent sans encombre. Quand ils ne voient rien venir, les chariots sombrent corps et biens dans l'eau glacée.

Elle part tard le soir. Ses amis l'escortent jusqu'au point de passage. Ils le connaissent : c'est par là qu'arrivent, depuis des siècles, les convoyeurs de thé et de soie. Elle découvre le lac dans le matin levant. Sa splendeur l'éblouit. Pendant quelques instants, elle en oublie ses inquiétudes.

Elle se ressaisit. Non, ne pas s'attarder, Ivan est là-bas, par-delà les montagnes, qui l'attend et sans doute se désespère. Elle donne l'ordre aux cochers de se lancer à l'assaut des eaux gelées.

Elle est vraiment chanceuse : elle ne rencontre pas une seule crevasse. Elle rejoint sans encombre Possolskoïé, le relais des marchands sur l'autre rive, et passe la nuit dans un monastère qui surplombe le lac. À son réveil, la fièvre de la vitesse l'a reprise.

Elle s'est maintenant mis en tête d'atteindre Tchita pour l'anniversaire d'Ivan, le 5 mars. Elle en redevient aveugle aux paysages qui surgissent devant son attelage. Pas un regard pour la somptueuse vallée de la Selenga ni sur la beauté énigmatique de ses lacs perdus. Elle fonce comme jamais, si tendue qu'au premier obstacle, à Oulan-Oudé, lorsqu'elle apprend que la ville est vide de chevaux et qu'elle devra attendre pour obtenir de nouvelles bêtes, elle refuse de manger et pique une crise de nerfs.

Comédie ? Le lendemain, elle a des chevaux frais et reprend la route à son train d'enfer.

Puis ses yeux s'ouvrent. La magie du désert ? Plus de villes ni de villages. Elle n'en décompte que trois en sept cent cinquante kilomètres. Les relais de poste se résument à une isba cerclée de yourtes. On change de chevaux, on avale un morceau, on dort quelques heures et on repart.

Les terres sont libres, l'horizon aussi, pas l'ombre d'un bandit. De loin en loin, une tente, des gamins dépenaillés et insoucieux du froid qui suçotent, hilares, du gras de mouton sous l'œil réjoui de femmes aux nattes mêlées de coraux polis. Leurs corps sont noyés sous des épaisseurs de soies écarlates comme leurs joues, ou du même bleu que le ciel, criard, violent. De la steppe plus morte que vive jaillissent des cavaliers. Ils houspillent leur bétail depuis leur selle. Le temps d'échanger un salut, ils ont filé.

Plus on avance, plus l'air est nourri de vent. La route se fait piste, enfonce des coulées de sable fatiguées de s'en prendre à des océans de bouleaux et soudain, sans que rien ne les ait annoncés, des déserts pierreux dont la neige ne veut pas. Les caisses de marmites et de vaisselle valdinguent, les mains sous les gants se gercent, mais Pauline ne s'est jamais autant vengée de ses années immobiles. Finis les jours mangés par les travaux d'aiguille, les nuits asphyxiées d'angoisse, l'imagination qui fait du surplace, les heures maigres de l'espoir, les pots-de-vin glissés aux minables, les courbettes devant les puissants. Ce qui l'attend au bout du chemin, à part Ivan, elle l'ignore. Elle vit le poumon large, alors elle s'en fiche.

Au pied des monts Iabloniki, les cochers refusent de poursuivre. Ils sont catégoriques. Pas de neige sur les cols, impossible de passer. Elle ne s'en laisse pas conter et elle a raison : les cochers de Transbaïkalie sont comme les autres, vodka-vodka et ils continuent. La montée est infernale. Partout des amas de rocailles. Les patins des chariots sont à la peine, les chevaux ahanent. « On ne passera pas ! répètent les cochers, il faut redescendre ! » « Pas question ! » réplique évidemment Pauline.

Cette fois, à mon avis, elle agrémente ses verres de vodka de quelques roubles car ce qu'elle exige d'eux n'est pas un mince exploit : vider les chariots, les soulever, démonter les patins, remonter les roues puis recaser sa montagne de malles et de paquets dans les chariots. Elle n'a pas dû lésiner, ils s'exécutent et franchissent le col sans broncher. À leur arrivée au relais de poste, la nuit est déjà bien avancée.

Je parie que Pauline n'a pas dormi depuis le bas de la montagne, que son oreille est restée à l'écoute des chariots et des pierrailles qui crissaient sous les roues.

Au dernier relais avant Tchita, elle se pomponne – c'est le mot qu'elle emploie. Autrement dit, elle se glisse dans une de ses peaux d'avant, Pauline-la-Parisienne. C'est qu'en plus d'Ivan, au bagne, il y aura la fine fleur de l'aristocratie russe et au moins cinq de leurs épouses, si elle est bien informée. Elle retrouve donc la prison des convenances, corset, chignon, anglaises frisées au fer chaud – elle en a bien sûr emporté un. Elle choisit la plus ravissante de ses robes, échange sa toque contre une capeline et sa pelisse de voyage contre une fourrure de ville. Un nuage de poudre de riz, un trait d'eau de Cologne derrière l'oreille et elle est sur son trente-et-un.

Elle sort dans la cour. Un seul des deux chariots est attelé. Elle s'y engouffre. L'autre la rejoindra quand il sera prêt, ordonne-t-elle.

Elle tranche, organise, décide, commande. Mais ce n'est plus qu'une façade, son cœur s'est emballé.

Son nouveau cocher, un nomade, a conduit à Tchita d'autres femmes de déportés. Lorsque le village apparaît, il le lui pointe.

Elle ne voit pas le pénitencier. Elle ne distingue qu'un vieux fortin. Et quelques maisons. Elle les dénombre : dix-huit.

*

En fait, il y en a quarante-neuf. Comme dans les heures qui précédèrent sa rencontre avec le tsar, sa vue s'est brouillée.

L'émotion. Penser : « Ivan est là, tout près. » Et se dire au même moment que l'aventure est finie. Alors qu'hier elle se repaissait d'immense, d'intense, et croyait repousser à chaque tour de roue les limites du monde. Soudain le but est là, à quelques kilomètres, Tchita, la vraie, pas celle imaginée : quelques constructions de bois adossées à une grande colline et cernées par des sapinières noyées de givre.

Elle est arrivée. Elle ne bougera plus. Elle sera condamnée comme Ivan à une vie minuscule, entravée, immobile. Bien sûr il y aura l'amour. Mais le choc est rude.

Le nomade arrête la carriole devant une petite rivière pour la charger sur un bac. Elle se reprend : sa mémoire enregistre la scène. Et nouveau blanc. Rien sur la piste escarpée qui mène au village ni sur le bel édifice de rondins qui frappe tous les voyageurs quand ils entrent dans Tchita : l'église. Puis le cocher engage le chariot dans la rue qui mène au pénitencier et elle retrouve son sang-froid.

*

La confrontation à la réalité de Tchita fut violente pour tous les déportés. Aucun exilé n'a évoqué son arrivée et dans le groupe de femmes, il n'y eut que Pauline et Maria pour en parler.

La princesse n'est pas plus prolixe qu'elle. De la même façon, Maria parle du moment où son cocher, au débouché de la vallée, lui pointe les bâtiments du bagne – trois, précise-t-elle, des sortes de casernes, l'une très vaste, les deux autres, beaucoup plus petites. Contrairement à Pauline, elle ne remarque pas le vieux fortin. En revanche, la muraille de pieux qui encercle le pénitencier l'impressionne. Des poteaux « hauts comme des mâts de vaisseaux », écrira-t-elle trente ans plus tard, encore saisie par cette découverte.

Elle en restera là. Elle non plus, elle ne voudra pas se souvenir et sans la détermination d'un condamné, Nicolas Bestoujev, un ancien officier de marine qui se passionnait pour la peinture, on n'aurait presque rien su du bagne de Tchita. Le premier, il comprit que le pire ennemi des déportés était l'oubli. Il fallait témoigner. Et pour commencer, de ce qui ne pouvait pas se transmettre par les mots : l'impression que l'on éprouvait lorsqu'on se retrouvait prisonnier de cette vallée perdue, cette sensation d'avoir été projeté sur un astéroïde extrêmement lointain où tout avait les apparences de la normalité, sauf le temps, immobile, et le vide, écrasant.

Une de ses aquarelles figure la rue où, le jour de leur arrivée, s'étaient engagés les fourgons des déportés et les convois de soldats qui les escortaient, bientôt suivis, en ordre dispersé, par les chariots des femmes. Une grande allée terreuse, mal entretenue, parsemée de cailloux et labourée par les roues des carrioles, berlines, charrettes, attelages qui s'y étaient succédé.

Sur cette aquarelle, personne dehors, sauf deux soldats, le premier en faction devant l'entrée du pénitencier et le second un peu plus loin. Les fenêtres des bâtiments du bagne sont opaques et leur architecture, très fruste. Tels les éléments d'un jeu de construction, ils semblent posés à même la terre. Un chien monte la garde à côté du premier soldat. Au bout de la rue, trois sapins alignés en rang d'oignon, un grand, un moyen, un petit.

Un dernier bâtiment pénitentiaire, une guérite, la noire silhouette du second militaire, le toit rouge du fortin surmonté d'une oriflamme. Enfin une muraille de pieux. Plus d'horizon, la rue s'arrête. La vie aussi, peut-être.

Mais non, la voici, la vie qui, juste en face du portail du pénitencier et du soldat qui fait le guet, jaillit soudain. Penchée à la lucarne d'une grande et massive maison de rondins, une jeune femme agite les bras.

Le silence et le vide sont tels, dans cette rue sans âme, que Pauline peine à comprendre ce qui se passe. L'inconnue lui fait signe, mais de quoi ?

Elle choisit de continuer sa route. Ici, la seule vie qui lui importe est celle d'Ivan.

La jeune femme, cependant, redouble de gestes et se met à crier. Y a-t-il danger à continuer ? Pauline ordonne au cocher de retenir ses chevaux.

*

Comme le tableau de Bestoujev, la séquence a quelque chose d'onirique. Pauline, sitôt sa carriole arrêtée, se rend compte que la jeune femme qui s'époumone du haut de la lucarne – et non d'une fenêtre à balcon comme elle croira s'en souvenir plus tard – s'exprime en français. Du français dans cette vallée du bout du monde, elle n'en croit pas ses oreilles. Elle ne rêve pas, l'inconnue crie : venez, venez ! Elle hésite.

Il doit se passer quelque chose d'important. La lucarne, en dépit du froid, est grande ouverte et la jeune femme s'égosille de plus belle. Son français est parfaitement audible : une maison vous attend, clame-t-elle, mes amies et moi y avons préparé tout le nécessaire. Malheureusement, on vient juste d'allumer le poêle, n'y allez pas, vous allez geler, venez plutôt ici, au chaud, et je vais tout vous expliquer.

Pauline comprend enfin. La femme à la lucarne est une des princesses et comtesses qui ont rejoint leur mari. Elle renonce à gagner la prison, prend le petit Kom sous le bras et descend du chariot.

*

Le rêve continue. Elle entre dans la maison et l'inconnue se présente : Alexandra Grigorievna Mouravieva, Alexandrine pour les intimes. Ou plus simplement encore, et à l'anglaise, Annie.

Elle est très belle, gracieuse, virevoltante, aussi vive qu'une adolescente. Pauline, sans trop savoir comment, se retrouve assise en face d'elle, à siroter une tasse de thé.

Cette Annie, pas moyen de l'interrompre, un moulin à paroles. En moins de cinq minutes, Pauline sait presque tout d'elle. Son mari, Nikita, condamné de première catégorie, vingt ans de travaux forcés, a échappé de peu à la corde et son frère, son beau-frère ainsi qu'un cousin par alliance sont également détenus ici. Quant à cette maison, qui appartenait naguère à un Cosaque, c'est la mieux située de la rue car de là-haut, depuis la lucarne, on voit tout ce qui se passe dans le pénitencier. Enfin, quand les autres femmes rendent visite à leur mari, elles s'arrêtent toujours ici pour se réchauffer, à l'aller comme au retour : l'hiver, à Tchita, le froid est si vif qu'on peut s'emmitoufler autant qu'on veut, on est glacé jusqu'à la moelle au bout de deux minutes de marche.

Puis sans préavis – du vif-argent, vraiment, cette Annie – elle considère Pauline de pied en cap, s'aperçoit qu'elle s'est mise sur son trente-et-un et se fait un devoir de lui ôter ses illusions : chère madame, vous allez devoir attendre avant de revoir l'élu de votre cœur et ça ne se passera sûrement pas aujourd'hui. Auparavant, il faudra rencontrer le Gardien.

Pauline est sur le qui-vive. Quel gardien ? Et où ?

Annie sourit. « Le Gardien » est un surnom, celui dont la princesse Maria, qui ne peut pas le souffrir, a affublé Leparski, le commandant de la prison. Et désormais toutes les femmes l'appellent ainsi.

Elle ajoute : il vous fera signer des montagnes de paperasses et de toute façon, les hommes, on ne les voit qu'une fois tous les deux jours. Encore le Gardien doit-il donner son accord et il ne faut pas rêver, on ne les rencontre jamais en tête-à-tête, mais toujours en présence de sa soldatesque.

Pauline encaisse. Annie, elle, fond en larmes. Puis presque aussi vite, elle essuie ses beaux yeux bleu-vert, recommence à pépier et s'explique : ce qui l'a mise dans cet état, c'est le chien. Ça la bouleverse tellement, qu'elle ait fait toute cette route avec lui. Elle aussi, elle en avait un, qu'elle adorait. Elle n'a pas osé l'emmener. Elle se dit qu'elle aurait dû.

La logique, à cet instant, serait qu'Annie parle des deux jeunes enfants qu'elle a laissés derrière elle. Sauf que, dans ce village, rien n'obéit à la logique. La jeune femme n'en souffle mot. Le sujet doit être tabou.

De toute façon, pas le temps d'approfondir, une autre femme fait son entrée dans la pièce et Annie, de nouveau virevoltante, fait les présentations : Elizaveta Petrovna Naryschkina, l'épouse du colonel Naryschkine, condamné de quatrième catégorie, douze ans à passer au bagne. Elles partagent la maison.

La nouvelle venue est une petite brune au teint très blanc et aux yeux couleur de bleuet. Comme Annie, d'une grande beauté, quoique plus ronde. Elle ne semble pas peu fière de son nom – lui, aussi, l'un des plus illustres du pays. Pauline la trouve hautaine et désagréable. Elle se jure de l'éviter.

Quelques instants plus tard, des soldats frappent à la porte. Elle découvre l'une des lois essentielles de l'astéroïde-Tchita : ici, tout se sait dans la minute. Dès que son chariot est entré dans la rue qui mène au pénitencier, le Commandant de la prison en a été avisé. Il n'a pas été long, lui non plus, à mettre en œuvre son petit protocole d'accueil. Séance tenante, il a envoyé ses hommes inspecter l'isba que les futures compagnes de Pauline avaient tenu à lui préparer et comme il y fait désormais assez chaud, ils viennent la chercher pour la conduire là-bas.

Et Ivan ? Plus tard. Elle verra ça avec le Commandant. Il la convoquera. Sans doute demain. C'est toujours comme ça.

*

Les nouvelles franchissent presque aussi vite la muraille de pieux qui ceinture le pénitencier. Annenkov, le soir même, au début du dîner, est averti de l'arrivée de Pauline.

Il n'y croyait plus. Il en laisse tomber sa cuiller, si chamboulé qu'il en fait un malaise et manque d'aller rouler sur le plancher.

Le lendemain matin, Leparski frappe à la porte de Pauline. Il n'a rien d'un cerbère. C'est un vieux et gros militaire qui semble très à cheval sur le règlement.

Pour lui faire signer la paperasse de l'administration impériale, il ne l'a pas convoquée, il s'est déplacé chez elle. Il a supposé que le voyage l'avait épuisée. Ou il se cherche une alliée. Après tout, ils sont tous deux catholiques. Et il parle un français magnifique.

S'il a rêvé d'un rapprochement, il tombe mal. Pauline ne supporte pas son formalisme. Lui n'y dérogera pas. Le tsar a ordonné qu'à leur arrivée, lecture soit faite aux femmes du règlement qui régira dorénavant leur vie, il ne veut pas faire d'exception et entend lui énumérer jusqu'à la dernière les contraintes auxquelles elle sera soumise en tant que compagne de « criminel d'État ». Il n'a pas ouvert la bouche qu'elle le hait. Annie a dit vrai : article 1, interdiction de rencontrer Ivan sans l'autorisation expresse du Commandant. Et seulement tous les deux jours.

Donc comme elle est arrivée hier, ce sera pour demain. Elle manque d'exploser.

Elle se contient. Elle n'a pas fait tout ce chemin et enduré des gels de moins trente et parfois de moins quarante pour se faire expulser de Tchita au bout de vingt-quatre heures et de surcroît, sans avoir vu Ivan. Mais que cette vieille ganache de commandant ne se croie pas tirée d'affaire, elle lui réserve une bonne petite insolence de son cru qui lui permettra de voir à qui il a affaire.

L'occasion se présente à l'article 7, « Je ne dois jamais procurer à mon mari des boissons alcooliques telles que vodka, vin, bière, hydromel, seulement des produits comestibles ». La belle affaire ! fanfaronne-t-elle. Si les détenus n'ont pas le droit de boire du vin, il ne leur est pas interdit d'en manger. Je suis Française, dans mon pays on sait ce que manger veut dire et je suis une championne de la cuisine au vin.

Il éclate de rire et maintient l'embargo.

*

Deux heures après le départ du Commandant, un convoi de jeunes déportés sort de la prison pour se rendre à la séance hebdomadaire de bains de vapeur. À leur retour, comme ils ne sont pas enchaînés et qu'ils passent devant chez Pauline, un des jeunes gens s'approche de la fenêtre ouverte et lui crie qu'Annenkov, d'ici peu, se rendra lui aussi aux bains, il passera devant chez elle.

Elle demande sur-le-champ à son domestique de faire le guet. Un quart d'heure plus tard, le serviteur aperçoit Annenkov. Elle jaillit de la maison, se poste en haut du perron.

C'est bien Ivan. Blême, les joues creuses, affaibli, affaissé, nuque frêle, comme cassée, perdu dans une pelisse élimée à la doublure en lambeaux et tenant un paquet de linge sous le bras. L'ombre de l'homme qu'il était du temps qu'il était Lui.

Il la voit à son tour. Il voudrait la toucher. Au mépris des soldats qui le talonnent, il s'approche.

Dans son français d'un autre temps, il s'impatiente : « Pauline, descends plus vite et donne-moi ta main... » On dirait une vieille chanson.

Elle se précipite. Il tend un bras. Elle aussi.

À l'instant précis où les amants vont s'étreindre – « se rejoindre », selon les termes du serment qu'ils s'étaient fait – un soldat ceinture Ivan et, de tout ce qu'il a de forces, le repousse dans la rue. Ce monde est décidément trop brutal pour l'amour, Pauline s'évanouit.

L'épuisement. Et l'imagination. Depuis leur séparation, elle a passé quatre cent cinquante-deux jours, et autant de nuits, à s'inventer leurs retrouvailles et voilà que la réalité, en un quart de seconde, pulvérise ses fantasmes. La dernière fois qu'elle avait vu Ivan, c'était dans le jardin près du canal. Mais l'avait-elle seulement vu ? Il faisait nuit noire.

Son serviteur Andreï se tient à ses côtés. Il la rattrape avant qu'elle ne roule au bas du perron.

Elle revient à elle. Du reste, quelqu'un l'appelle, l'homme qui marche derrière Ivan.

Tchita est vraiment une bien étrange planète. Elle le reconnaît tout de suite, lui aussi, alors qu'elle ne l'a pas revu depuis la forteresse. C'est le mari de Natalia, Mikhaïl Fonvizine, le prisonnier anxieux qui lui avait demandé : « Madame, n'avez-vous pas vu passer une très jolie femme ? » Curieusement, le scénario se répète : son épouse, vient-il d'apprendre, est arrivée la veille, l'aurait-elle croisée, va-t-elle bien ?

Elle l'a vue, le rassure. Ce bref échange achève de la ramener à la réalité. Elle oublie la brutalité du soudard qui s'en est pris à Ivan, réunit dans un sac le linge et les vêtements qu'elle avait achetés pour lui avant de quitter Moscou et court les déposer à la prison.

Le lendemain, lorsqu'Ivan réapparaît au pied du perron, il les porte. Il est encadré d'un officier et d'un garde. Leparski a encore contrevenu au règlement du pénitencier, il a décidé que les amants, pour leur premier rendez-vous, ne se retrouveront pas à la prison, mais chez elle.

Il a commandé à l'officier qui escorte Ivan de ressortir sitôt entré. L'homme a également reçu l'ordre ne pas revenir avant deux heures. Le garde, lui, ne bougera pas de l'antichambre. Si les amants veulent s'enfermer dans une pièce, il ne doit pas les en empêcher.

C'est la première fois que Pauline voit Ivan enchaîné. Il a beaucoup de mal à marcher : les fers dans lesquels on a enserré ses chevilles sont reliés par une chaîne trop courte et les autres, celles qui pendent de sa taille, pèsent très lourd. Quand il s'avance vers elle, il doit les soulever. Elle est bouleversée. Aujourd'hui, cependant, elle ne s'évanouit pas. Elle se jette à ses pieds, couvre ses fers de baisers.

Elle a fait du chemin depuis la veille. Elle ne l'aime plus comme elle se l'est imaginé, mais comme il est. Et de la Tchita réelle, elle est prête à s'accommoder. Faire avec, ce n'est pas nécessairement se soumettre. La contrainte, la limite, pas de meilleure invite à la réinvention du monde.

VII

La bande de Tchita

On l'avait bien dit à Pauline : Tchita ne ressemble à rien et on n'y trouve rien. Pas l'ombre d'une échoppe. Un simple semis de maisons de bois toutes cernées de palissades. Et une seule rue, celle qui mène au pénitencier. Large, droite, en impasse.

Cinq cents mètres avant qu'on s'y engage, une église de rondins. Au fond, derrière les bâtiments de la prison, un fortin qui s'entête à attendre des armées mortes depuis des centaines d'années.

De temps à autre, un nomade à cheval déboule entre les maisons. Il agite des peaux de mouton, des balles de thé. Des portes s'ouvrent. Il en vend quelques-unes et s'en va comme il était venu, à bride abattue. En Chine, en Mongolie ? Ça n'intéresse personne. Toutes les frontières sont incertaines, même les césures du temps.

Dès l'arrivée de Pauline, Ivan a demandé à Leparski de fixer une date pour leurs noces. Il lui a répondu que ça ne pourrait pas se faire avant un mois. C'est Carême, aucun prêtre voudra les unir.

Pauline ne sait plus où elle en est, ni qui elle est. Sur les paperasses que lui fait signer le Commandant, on la nomme Pauline Gueble au lieu de Pauline Geuble. Et si elle tient à épouser Ivan, elle doit prendre un prénom russe. Quelqu'un, sans doute le pope, a décidé que ce serait Praskovia. Elle déteste ce prénom. Après son mariage, on y adjoindra celui de son père, Georges, russifié et féminisé. Praskovia Iegorovna, ainsi l'appellera-t-on quand on lui signifiera du respect.

On n'en est pas là. Ses nouvelles compagnes, tant qu'elle n'est pas mariée, lui donnent du « Mademoiselle Paul » comme du temps où elle était vendeuse.

Les soldats et les gens du village, eux, vont au plus simple. Ils l'appellent *chouzhestranka* – l'étrangère. C'est l'un des mots russes qu'elle connaît le mieux.

*

Elle reste à distance des femmes. Elle a mesuré cet écart de la même façon qu'elle manie ses ciseaux, avec précision. Assez près pour la politesse, assez loin pour décourager les questions.

Elle préfère écouter, observer, se faire son idée. C'est facile, les femmes s'expriment toujours en français. Les sentinelles et les gardiens n'en comprennent pas un traître mot. Parler français, ici, c'est résister.

Elles sont sept. La vie ne plagie pas seulement les romans. Les contes aussi.

Toutes princesses ou comtesses. Et toutes moins de trente ans, sauf Sandra, trente-huit. Les plus jeunes sont Natalia et Maria, vingt-trois, et Annie, vingt-quatre. Les trois autres ont à peu près son âge : Catache, vingt-huit ans, Alexandra, vingt-sept, Elizaveta, vingt-six.

Sur les sept, quatre ont laissé de jeunes enfants en Russie d'Europe. Catache n'en a pas, Sandra et Elizaveta non plus. Elles rêvent pourtant d'être mère. Leurs enfants naîtront serfs, il leur sera interdit de porter le nom de leur père et ils dépendront du bon vouloir du tsar mais elles ont toutes signé les yeux fermés.

La première femme à débarquer dans ce trou perdu fut Sandra. Elle est arrivée au mois de mai de l'année passée. Puis à la fin de l'été, le chariot d'Annie a surgi dans la rue qui mène au pénitencier, bientôt suivi, au plus beau de l'automne, par la carriole de Catache et Maria, qui ne venaient pas de Moscou mais de Nertchinsk où, pendant une dizaine de mois, elles avaient vu leurs maris dépérir dans les mines. Le tsar craignait qu'une mort prématurée ne fasse d'eux des martyrs. Lorsqu'il a su que les prisonniers déclinaient, il a demandé qu'on les transfère sous des cieux plus cléments. Ses conseillers lui ont suggéré Tchita. Climat excellent, ont-ils soufflé, et des mines à foison. Nicolas a trouvé la combinaison idéale. Là-bas, les déportés s'épuiseront, mais à petit feu et quand ils mourront enfin, on les aura complètement oubliés.

Hormis le froid – l'hiver, jusqu'à moins quarante –, la vallée de Tchita est en effet très saine. Peu de neige, beaucoup de soleil. Sur l'autre point, les conseillers du tsar se sont trompés. Ni dans les montagnes environnantes ni dans les steppes qui courent jusqu'à la frontière mongole, pas une seule mine. Ils disposaient d'un remarquable réseau de mouchards mais leurs indicateurs, en matière de géologie, étaient nuls.

*

Maria et Catache sont très proches. À Nertchinsk, elles ont partagé la même maison et le même enfer. Les fenêtres de leur isba étaient seulement protégées d'un parchemin en peau de poisson. Durant l'hiver, elles ont vu leurs cheveux geler. L'été, elles ont été dévorées par des nuées de punaises. Elles n'avaient jamais fait de lessives de leur vie, il a fallu qu'elles apprennent.

À la fin de leur séjour, faute d'argent, elles ne se sont plus nourries que de bouillie de sarrasin et de kvas, une bière à base de pain fermenté. Elles n'avaient pas emporté d'aiguilles ; pour réparer les chemises et les pantalons de leurs maris, elles ont dû coudre, comme les paysannes du coin, avec des arêtes de poisson.

Elles ont encore fait face. Leur présence rendait l'espoir à leurs époux et à la petite dizaine d'insurgés que le tsar avait condamnés à travailler dans les mines de Nertchinsk ; les autres avaient été dirigés vers Tchita. Elles, en revanche, nul ne les a soutenues. Elles ont souvent désespéré. Lorsqu'elles passaient devant le cimetière, elles se disaient qu'elles finiraient là.

Maria, pour chasser ses idées noires, a raconté l'Évangile à des gamins et secouru des prisonniers de droit commun, des indigents. Quand elle n'en pouvait plus, elle jouait des valses sur le clavicorde que sa sœur avait réussi à caser dans un de ses chariots avant qu'elle ne quitte Moscou. La frontière chinoise n'était qu'à quelques kilomètres. Certains jours, pour s'étourdir, elle y a galopé sur le cheval qu'elle s'était acheté. Elle a fait un peu de contrebande et risqué un pied de l'autre côté de la frontière, histoire de se dire : « Je suis allée en Chine. » Des gamineries. Qui l'ont aidée à tenir.

*

La diaphane et primesautière Annie a eu aussi beaucoup de cran. Avant son départ de Moscou, Pouchkine lui a confié un poème à transmettre aux « secrets » – c'est le nom que l'on donne désormais aux insurgés du 14 décembre. Elle connaissait les risques. Si on la prenait, le poète serait jeté en forteresse, voire pendu. Et elle, à tous les coups, se retrouverait assignée à résidence dans on ne sait quelle solitude, où elle mourrait sans avoir jamais revu ni son mari ni ses enfants.

Elle a relevé le défi. Transporter au bout du monde un message de Pouchkine l'exaltait. Elle a caché le poème sous les tresses postiches qui lui couronnaient la tête. À Tchita, dès qu'elle a pu, elle l'a glissé à son mari.

C'était le moment où la petite communauté carcérale commençait à se déchirer. Grâce au poème de Pouchkine, les hommes se sont calmés.

Ils le connaissent maintenant par cœur. S'ils perdent courage, ils le reprennent à l'unisson.

*

« Au fond des mines sibériennes, gardez une fière patience [...]. L'espérance rallumera l'allégresse dans vos ténèbres [...]. La liberté vous attendra, joyeuse, sur le seuil... »

Je rêve que ce poème ait aussi accompagné les jours et les nuits des femmes installées aux portes de la prison. Je n'en ai pas trouvé trace, mais j'aime à penser qu'elles l'ont récité quand elles se retrouvaient. Chez Annie, par exemple, après leurs visites à leurs maris, lorsqu'elles venaient se réconforter à la chaleur de son samovar inépuisable.

J'aimerais encore plus que les femmes l'aient traduit à Pauline pendant les longues semaines qui précédèrent ses noces. Mais j'en doute. En ce temps-là, elles ne se sentaient pas du même monde.

Pauline non plus. Ce n'était pas seulement à cause de leur « Mademoiselle Paul ». Depuis le Moyen Âge, les arbres généalogiques de ses nouvelles compagnes s'étaient croisés au moins quatre ou cinq fois. Elles avaient été éduquées dans les mêmes pensions, avaient dansé dans les mêmes bals, au bras de cavaliers qui étaient devenus les époux des autres. Rien que Catache : combien de soirs avait-elle valsé avec Annenkov dans son palais de Saint-Pétersbourg ? Elle ne se souvenait plus. L'entre-soi perdurait en ce bout du monde, inaltérable.

À la prison, en plus de leur mari, les sept femmes comptaient presque toutes un cousin, un beau-frère, un oncle par alliance, un ex-prétendant.

Maria, trois mois plus tôt, s'était exclamée : « Nous les femmes, nous formons une sorte de famille et nous ouvrons les bras les unes aux autres. C'est inouï ce qu'un malheur commun peut rapprocher les gens ! » Seulement pouvait-on compter au nombre de ces « gens » une fille qui, il y a moins de trois ans, leur vendait des robes et des chapeaux ? Et d'abord, qu'est-ce que cette Française était venue chercher ? De la respectabilité ? De l'argent ? Autre chose ? Quoi, alors ? Et qu'avait-elle vécu au juste avec Annenkov ? Quelque chose leur échappait.

*

À leur « Mademoiselle Paul », Pauline répond, à la française, d'un très aimable « Madame Wolkonski » « Madame Troubetskoï », « Madame Narychkine », « Madame Fonvizine », « Madame Davydov », « Madame Mouraviev », « Madame Entaltsev ». Mais elle ne se livre pas. Elle en est convaincue : ces dames sont au fait des ragots qui courent sur elle depuis qu'elle a rencontré le tsar. Si les dernières venues, Natalia et Alexandra, n'en ont rien dit, leurs domestiques, à coup sûr, ont parlé et la rumeur est revenue à leurs oreilles.

Donc pour l'instant, rester sur ses gardes. Accepter poliment les tasses de thé qu'elles proposent, aussi charmantes et courtoises sous les plafonds bas de leurs maisons de rondins que dans leurs grands salons de Saint-Pétersbourg et de Moscou. Et les laisser venir. Aux autres de tendre la main. Sinon, faire sans.

Lorsque Leparski fixe la date des noces – ça se fera le 4 avril, annonce-t-il –, la mystique Natalia brise la glace. Pauline vient d'apprendre qu'avant la cérémonie, qui se déroulera selon le rite orthodoxe, elle doit trouver une « marraine de mariage », qui l'accueillera sur le seuil de l'église et lui présentera, en guise de vœu de bonheur, une icône que les nouveaux époux garderont jusqu'à leur mort. Natalia, sans attendre, se propose. Touchée, Pauline acquiesce.

Puis Elizaveta, si arrogante le jour où elle l'avait rencontrée chez Annie, lui offre les chandelles qui, toujours selon le rite, doivent illuminer l'église pendant la cérémonie. On se fournit difficilement en bougies à Tchita, Pauline mesure l'importance du cadeau. Un second lien se noue.

Est-ce un complot ? Les autres femmes font savoir à Pauline qu'au matin du grand jour, elles seront toutes présentes. Elles n'ont emporté en Sibérie que des robes très simples, mais elles se vêtiront de ce qu'elles ont de plus beau.

*

Leparski se démène aussi. Sa marge de manœuvre est étroite. Il redoute de compter des espions parmi ses officiers. Ils le dénonceront à la police impériale au premier faux pas. Il propose pourtant à Pauline sa calèche personnelle – c'est sûrement la seule de Tchita. Elle y montera avec sa marraine de mariage. Lui l'attendra devant l'église. Il la prendra à son bras pour la conduire à l'intérieur du sanctuaire. Même si Pauline s'est juré de le détester jusqu'à son dernier souffle, elle cède.

Le Commandant lui annonce alors qu'il a acheté une icône qu'il aimerait, tout catholique qu'il soit, lui présenter au moment où elle descendra de la calèche. Avec ce geste, il fera office de parrain de mariage.

À sa grande stupeur, Pauline explose. La calèche, oui, son bras pour entrer dans l'église, elle veut bien. Mais la bénédiction publique du geôlier de son futur mari, pas question.

Leparski pourrait s'emporter, revenir sur ce qu'il a dit – puisque c'est comme ça, pas de voiture et débrouillez-vous toute seule pour dénicher un homme qui vous conduise devant le pope. Il préfère avaler la couleuvre. Il lui enverra sa calèche, il la prendra à son bras.

*

Les deux prisonniers qu'Ivan avait choisis comme témoins, son meilleur ami, Piotr Svistounov, et Alexandre Mouraviev, le beau-frère d'Annie, voulurent faire bonne figure. Pour qu'on oublie leurs pantalons usés jusqu'à la corde et leurs redingotes qui tirebouchonnaient – ils les portaient quasiment tous les jours depuis dix-huit mois – ils souhaitèrent que Pauline leur confectionne des cravates blanches.

Elle mit son point d'honneur à relever le défi. Elle avait emporté dans ses bagages un lot de mouchoirs en batiste. Quelques coutures ingénieuses, un peu d'amidon pour empeser les cravates, et le tour fut joué.

On ne sait rien, en revanche, de la tenue d'Ivan. Ni de celle de Pauline. Olga, semble-t-il, a interrogé sa mère. Dans son manuscrit figure un ajout qui a tout l'air d'une réponse à une question : « Je portais une robe en percale. »

Pas un mot de plus. Impossible de dire à sa fille qu'elle ne s'est pas mariée en blanc.

*

Cette robe, en Transbaïkalie, ne cesse de nourrir l'imagerie populaire. Sur le *magnet* que j'ai acheté à l'église de Tchita et qui égaye désormais la porte de mon réfrigérateur, Pauline a revêtu une robe rouge ornée d'un grand col de dentelle blanche. Elle l'a assortie à une capeline beige, agrémentée pour la circonstance d'un court voile diaphane et d'un élégant nœud blanc. À la fois gracieuse et réservée, elle s'avance vers un Leparski en costume d'apparat, lourde cape noire et tricorne emplumé. Ce n'est qu'un figurant, il est représenté de dos.

Ivan est en vedette. Il se tient à côté de Pauline, bien droit dans son humble pelisse de mouton retourné de belle facture, et coiffé d'un curieux chapeau de la même matière ; c'est peut-être une toque de nomade. Avec ses petites lunettes cerclées d'or, il a un faux air de John Lennon.

Quand j'ai découvert ce *magnet* et les autres représentations contemporaines du mariage de Pauline – elles foisonnent et sont souvent l'œuvre de jeunes étudiants enthousiasmés par l'histoire des deux amants –, un point m'a frappée : Ivan et Pauline sont systématiquement représentés côte à côte, et devant l'église. En réalité, Ivan ne fut autorisé à rejoindre le sanctuaire qu'au moment où les soldats qui l'escortaient furent certains que Pauline y était entrée. Tant qu'ils n'eurent pas cette assurance, ils maintinrent Ivan et ses garçons d'honneur à bonne distance. Il ne fallait à aucun prix que les habitants du village les voient ensemble. Leur histoire dérangeait.

Les temps ont changé. À Tchita, elle n'inquiète plus personne. Ici, tout le monde voit dans leur union la magnifique conclusion d'une passion hors normes, dont on envie la constance autant que l'intensité. Donc il va de soi que les fiancés se sont retrouvés devant l'église. Ainsi vont les mythes, qui ne retiennent des événements que ce qui les arrange. Ce 4 avril 1828, pour Ivan et Pauline, fut en réalité l'un des jours les plus poignants, les plus humiliants de leur vie.

Le matin des noces, tout s'annonce bien. Leparski tient parole, il envoie sa calèche à Pauline. Natalia est chez elle. Elles montent dans la voiture.

Cinq cents mètres et les deux femmes sont à l'église. Une foule s'est massée devant le perron. Tous les habitants de Tchita sont là. Leparski l'attend.

Il se précipite pour l'aider à descendre et multiplie les égards. Il renvoie cependant sa voiture. Pauline comprend qu'elle devra rentrer à pied.

Natalia a disparu. Sitôt sortie de la calèche, elle a filé dans l'église. Leparski s'empare du bras de Pauline et l'emmène à l'intérieur de l'édifice. L'antichambre est vide. Tous deux n'ont guère eu l'occasion de pénétrer dans un sanctuaire orthodoxe. Ils ignorent aussi qu'en Sibérie, une église peut en contenir une autre. À l'étage, la chapelle d'été, au rez-de-chaussée, celle d'hiver.

Après un moment de flottement, Leparski avise, sur la gauche, un escalier vermoulu. Pensant qu'il mène à la salle où va se dérouler la cérémonie, il s'y engage. Pauline le suit. Le Commandant est gros, poussif ; l'escalier, étroit. Il peine à le gravir et c'est seulement en haut qu'il comprend : le mariage se déroulera au rez-de-chaussée.

Ils redescendent. Leparski peine encore plus qu'à la montée, Pauline et lui mettent du temps à regagner le rez-de-chaussée. Ils pénètrent enfin dans l'église d'hiver, une petite salle chaulée de blanc. Le Commandant est si embarrassé et Pauline tellement empruntée que tout le monde éclate de rire. Puis, comme Ivan n'arrive pas, les plaisanteries fusent.

Elle a de l'humour, elle le prend bien. Elle se réjouit aussi de la décoration de l'église. Elizaveta est venue en avance pour disposer les chandelles autour des icônes. L'illumination est superbe, on dirait qu'elle a fait ça toute sa vie. Et les autres femmes sont là, sauf Annie, qui a appris la veille le décès de sa mère ; sa présence pourrait porter malheur aux mariés.

Pauline en est là de ses considérations quand on entend, venu de l'antichambre, un fracas d'objets métalliques. La religion orthodoxe interdit l'accès de ses sanctuaires à des hommes enchaînés. Avant que le marié et ses garçons d'honneur ne franchissent le seuil du lieu saint, on leur enlève les fers.

De la cérémonie, on ne sait pas grand chose. Les assistants répugnèrent à en parler et Pauline aussi – elle n'aurait jamais avoué à sa fille que ce jour-là fut l'un des plus pénibles qu'elle ait vécus. Le pope n'avait pas jugé utile de faire venir des chantres, se contenta-t-elle de signaler. Il se borna à réciter des prières.

Ivan et elle, selon l'usage, ont-ils échangé une coupe de vin ? Leparski et Natalia ont-ils tenu la couronne rituelle au-dessus de leurs têtes ? Tout porte à penser que non : Maria, dans ses mémoires, évoque une cérémonie placée « sous de sombres auspices ». Les mariés n'ont sûrement pas échangé d'anneaux : le règlement de la prison interdisait aux détenus de porter la moindre alliance ou chevalière. La cérémonie fut très brève. Dès que le pope eut proféré la dernière bénédiction, les mariés regagnèrent l'antichambre, les soldats se précipitèrent sur Annenkov, l'enchaînèrent et le reconduisirent sans délai au pénitencier.

Leparski avait disparu. Si les femmes n'avaient entouré Pauline, elle serait rentrée seule.

*

Cette marche entre l'église et sa maison me paraît essentielle. Avec elle, sans un mot, les femmes signifient à Pauline qu'elle est des leurs, à jamais.

Elles ont prémédité leur geste et, comme dans une manifestation, tenu à afficher qu'elles formaient un groupe étroitement soudé. Annie, malgré son deuil, a voulu les rejoindre.

Pauline ne s'y trompe pas. Elle en gardera un souvenir aussi vif que de la cérémonie nuptiale. Et elle ne manquera pas de le noter : ce fut la première fois que la future bande de Tchita était au complet.

L'alliance se scelle définitivement quand le petit groupe arrive devant chez elle. Pauline invite ses compagnes à prendre un thé. La pièce qui tient lieu de salon est exigüe, on n'y trouve que deux ou trois chaises. Ses invitées sont à l'étroit. Chacune se case comme elle peut. Certaines s'asseyent sur un coffre.

La promiscuité a du bon, elle délivre les femmes du corset des bienséances. Elles étourdissent Pauline de questions. Ça lui met du baume au cœur.

Elle s'oblige néanmoins à maintenir la distance et veut tellement prouver aux autres qu'elle n'est pas une aventurière qu'elle fait des chichis. Les sept femmes la comprennent, mais ça les agace. Lorsqu'elles ressortent, elles se jurent de le lui dire : il faut qu'elle soit plus simple. À Tchita, la vie est dure. Si elle perd son énergie à faire la maniérée, elle ne tiendra pas.

*

Leparski s'en veut. D'un côté, les ordres de Saint-Pétersbourg et de l'autre, sa conscience qui lui souffle : ces deux jeunes mariés, il faudrait qu'ils aient un moment à eux. Enfin cette petite Française sans famille qui a parcouru tant de chemin pour épouser l'homme qu'elle aime.

Il finit par trancher. Cet après-midi, il les autorisera à se revoir. On conduira le prisonnier chez son épouse et il y restera une demi-heure.

Qu'est-ce qu'une demi-heure ? Il ferait beau voir qu'on lui tape sur les doigts pour une bricole pareille.

Il leur fait annoncer la bonne nouvelle. Des soldats conduisent Ivan chez Pauline, lui enlèvent ses chaînes, montent la garde devant la maison comme si on y avait introduit une bête féroce et trente minutes plus tard, toquent à la porte puis l'emprisonnent de nouveau dans ses fers.

Le soir venu, autre tempête sous le crâne du Commandant : les pauvres, ils n'ont pas eu de nuit de noces. À quoi pensent-ils, chacun dans leur lit ?

Sa décision est prise : le lendemain, à titre exceptionnel, les mariés bénéficieront de deux heures de tête-à-tête. Ça se passera chez Madame.

Et tant pis pour le tsar, il y a des limites. Il les a autorisés à se marier, ces petits jeunes, il ne va quand même pas les empêcher de baiser.

Quand j'arrive à l'aéroport de Tchita – bâtiments de l'ère soviétique qui ne se remettent pas d'avoir perdu leur superbe, exposition d'avions de chasse hors d'âge, tarmac défoncé par des dizaines d'hivers –, je n'ai pas de projet précis, sauf filer le plus rapidement possible à l'église où s'est mariée Pauline. Avec la maison d'Elizaveta, c'est tout ce qui reste du Tchita qu'elle a connu. Le pénitencier, le vieux fortin et les demeures des autres femmes ont été rasés depuis longtemps.

Je n'ai qu'un seul contact : Ludmilla E. Je ne sais rien d'elle, sinon qu'elle enseigne la linguistique française à l'université de Transbaïkalie. Elle a fort à faire pour entretenir la flamme, les étudiants sibériens préfèrent désormais le chinois.

On se retrouve devant le tapis à bagages. Dès que j'ai récupéré mes sacs, je lui parle de l'église : « On passe à l'hôtel et on va la voir ? »

Elle me répond d'un « oui » qui veut dire « non ». Elle a un autre plan.

Quelques kilomètres avant la ville, elle demande à notre chauffeur de s'arrêter. Elle veut me faire découvrir le panorama. Je situe tout de suite les lieux : le point de vue où se posta Nicolas Bestoujev pour peindre la vallée de Tchita. Entre ses tableaux et la ville moderne, malheureusement, aucune superposition possible. À la place des quelques maisons de rondins que Pauline découvrit en descendant de son chariot, des tours, de longues coulées d'immeubles en béton, les coupoles dorées d'une cathédrale flambant neuve, une immense gare de triage et ses voies où se croisent à petite vitesse d'interminables trains de conteneurs. Pour rappeler les aquarelles de Bestoujev, il ne reste que les sapinières qui couronnent les montagnes. Mêmes forêts vert bouteille, mêmes herbages couleur de jade. Le peintre n'a rien embelli, ni enlaidi.

J'ai beau chercher, je ne vois pas l'église où Pauline s'est mariée. Depuis notre voiture – une Toyota à conduite à gauche que les Japonais écoulent ici en masse et à bas prix – Ludmilla m'observe. Elle devance ma question : « Ne vous inquiétez pas, on va voir l'église, elle est parfaitement conservée. »

Je n'en démords pas, je veux m'y rendre le plus vite possible :

— On va la visiter en arrivant ?

Elle élude encore :

— Sûrement.

Elle a vraiment un plan. C'est seulement à Tchita qu'elle se découvre, quand elle fait garer la Toyota sur un parking encore plus défoncé que le tarmac de l'aéroport. Elle me désigne un grand bâtiment de briques jaune pâle puis une plaque qu'elle me traduit, toute en malice, dans son français sans accent : « Archives de Transbaïkalie ! Je veux que vous commenciez par ça... »

*

Si je m'attendais à me retrouver dans un dépôt d'archives. C'est bien la dernière idée qui me serait venue. Je ne sais pas pourquoi, d'ailleurs. Un préjugé, sans doute. Le fantasme de la table rase des révolutionnaires de 1917 qui habitait encore les militants communistes pendant mon enfance et mon adolescence. Mon père, qui était socialiste, en fréquentait. Je les écoutais parfois. Ils étaient convaincus que les Russes avaient glorieusement réduit à néant tout ce qui pouvait rappeler de près ou de loin le régime des tsars.

Et voilà que je me retrouve dans un bureau qui croule sous des piles de registres de l'administration impériale. Une autre Ludmilla, aussi blonde que la première est brune, m'accueille. Elle éclate de rire : « C'est notre surprise ! »

Elle se retrouve parfaitement dans ses piles de grimoires aux reliures de carton taché ou de jute qui s'effiloche. Il y en a partout. Sur le sol, les chaises, sa table de travail, où ils forment une sorte de tour.

Avec une énergie et une assurance impressionnantes, elle dégage d'une pile un volume de documents, compulse leurs liasses de papier épais. Et brusquement, impérative, elle pointe le haut d'une page : « Notez la cote. 131, verso n° 144, liasse n° 20, page 123. L'acte de mariage de Pauline. »

*

Aux phrases évasives de Pauline, de Maria et de leurs proches, j'avais pressenti que ce 4 avril fut un moment très dur. Avec le texte que me traduit Ludmilla la brune, j'en mesure la rudesse : « Le criminel d'État Annenkov, pour son premier mariage, épouse une étrangère, Praskovia Iegorovna. » Sur cette page aux grilles préimprimées, un numéro – il signale que ce fut le douzième mariage à Tchita depuis le début de l'année –, la mention du nom de l'officiant, un certain Siméon Titov, et l'identité des témoins du marié. Pas un mot sur Natalia. Soit que les femmes n'aient pas été jugées dignes du statut de témoin, soit qu'on ait voulu occulter la présence au côté de Pauline d'une aristocrate aussi prestigieuse et respectée.

L'archiviste referme le registre avec un long soupir : « Les papiers nous ressemblent, ils ont une âme... » Puis elle s'empare d'un second volume : « J'ai autre chose à vous montrer. »

Cette fois, elle s'y perd. Pendant qu'elle tourne les pages, je jette un œil à son bureau. Sur le mur qui fait face à sa table de travail, deux gravures. La première, un montage, superpose un portrait d'Annie au croquis du mausolée que les déportés lui édifièrent après sa mort. La seconde met en scène le mariage de Pauline. Non comme il s'est passé, mais comme les gens de Tchita se plaisent à l'imaginer : Pauline et Ivan sont accueillis devant l'église par un Leparski en grand uniforme et deux femmes de la bande, sans doute Annie et Maria.

Ludmilla la blonde sait mieux que personne que cette scénographie est inventée de toutes pièces : elle passera l'après-midi à me démontrer, archives à l'appui, que le mariage de Pauline n'eut absolument rien de romanesque. Et pourtant, le jour où elle a voulu mettre une touche personnelle dans son austère petit bureau, son choix s'est porté sur cette image de fantaisie. Ses yeux la rencontrent dès qu'elle lève le nez de son ordinateur. Et peut-être, lui redonne du cœur à l'ouvrage.

Elle vient de trouver ce qu'elle cherchait : la comptabilité de Leparski. Chaque page de ses registres est une nouvelle illustration des humiliations imposées par l'administration tsariste aux femmes des déportés. Il leur était interdit de détenir de l'argent. Dès leur arrivée, le Commandant confisquait leurs portefeuilles.

On avait dû les en avertir. Pendant leur voyage, la plupart d'entre elles dissimulèrent une partie de leurs billets dans leur chignon et sitôt sur place, les cachèrent dans leurs maisons. La plupart de ces cagnottes secrètes, m'explique Ludmilla la blonde, servirent à soudoyer les gardiens et à faire face aux imprévus. Pour la vie courante, elles devaient quémander de l'argent à Leparski et justifier leurs dépenses les plus menues, jusqu'à leurs achats de lingerie.

Le règlement de la prison contraignait également le Commandant à lire l'intégralité de leurs courriers, reçus ou envoyés. Il savait tout d'elles – en tout cas de ce qu'elles lui laissaient savoir, car elles maîtrisèrent très vite l'art du sous-entendu qui dit tout.

Un trésor, ces registres comptables. Ils ont figé la réalité brute de ces vies dont on a fait des légendes. On y voit les femmes, jour après jour, assurer leur survie matérielle et celle des prisonniers. Il arrive qu'elles attendent des semaines avant de pouvoir se fournir en produits de première nécessité, savon, farine, huile, thé, café, mercerie, bougies, ficelles, balais et, tout aussi vitales, ces bouteilles d'encre, rames de papier, enveloppes qui leur permettent de donner aux familles des nouvelles des détenus, puisqu'ils sont interdits de correspondance. Elles se ruinent à leur commander des livres et des journaux et à l'approche de l'hiver, en prévision des coups de froid, se dépêchent d'acheter des médicaments, des sangsues pour saigner les malades. Et quantité de vin. En le faisant bouillir et en y mélangeant des épices, elles confectionneront d'excellents remontants.

Une famille, de loin en loin, envoie à l'une des femmes une grosse somme. La destinataire se souvient qu'elle a vécu dans le luxe. D'Irkoutsk, voire de Russie d'Europe, elle fait venir une horloge, des fourrures, des chapeaux, de l'eau de

Cologne. Ou à l'inverse, une des huit femmes se retrouve à sec – ça arrive plusieurs fois à Pauline. Elle emprunte de l'argent à une amie qui est en fonds. Il faut encore obtenir l'autorisation de Leparski, qui tient au kopeck près, comme le reste, le décompte des dettes.

Selon les semaines, l'angoisse ou l'espoir filtre de ces grandes pages tantôt bleu pâle, tantôt vert clair où court, régulière et jamais lasse, l'écriture des gratte-papiers du Commandant. Même ici, aux portes de la Mongolie, ils maîtrisent à la perfection la langue désuète et protocolaire de l'administration tsariste. Et ils régentent la détresse des exilés d'une plume aussi sèche qu'à Saint-Pétersbourg.

*

Le soleil du solstice ne faiblit pas. J'ai perdu toute notion du temps. Je suis si fascinée par les registres de Ludmilla la blonde que je pourrais écouter ses commentaires pendant des heures.

Mon décalage horaire, soudain, se rappelle à mon bon souvenir. Je bâille une fois, deux fois. Ludmilla sourit : « Il est temps qu'on arrête… » Elle appelle son assistant et lui fait signe d'aller replacer les grimoires sur leurs rayons.

Quand j'avais découvert son bureau, je m'étais demandé pourquoi, en plus des piles de registres, il était encombré d'un caddie. Je comprends : il sert à transporter les archives entre les réserves et cette pièce. Un jour, un fonctionnaire en a eu assez d'attendre une subvention qui n'arrivait jamais. Il a piqué un caddie dans un supermarché et le problème a été réglé. C'est donc dans cet objet culte de la société de consommation que je vois disparaître la comptabilité de Pauline et de ses amies qui, si souvent, manquèrent de tout.

— Voulez-vous voir l'église à présent ? me demande l'autre Ludmilla.

Elle blague, elle a bien vu que je ne tiens plus debout.

Nous quittons le bureau. Elle me donne une petite bourrade dans le dos. Je la lui rends. Malgré la fatigue, je me sens gaie. Avec ces vieux papiers, j'ai poussé la porte du monde de Pauline et découvert, derrière le carton-pâte de la légende, les coulisses de son destin. Pour un peu, je la verrais là-bas, au fond du couloir, poussant le caddie où dort un peu de sa vie.

*

Le lendemain, Ludmilla la brune m'organise un festival de rencontres. Je fais le compte : elle, moi, Ludmilla la blonde, Nadezda, Marina, Nina, Larissa, une autre Marina : nous voici huit femmes à tenter de ressusciter Pauline. La coïncidence me met aux anges.

Le matin, je vois Nina, l'après-midi Larissa. La première connaît comme sa poche le musée qu'on a installé dans l'église ; la seconde a longtemps régné sur la plus grande bibliothèque de la ville.

Puis c'est le tour de la jeune Nadezda et des deux Marina. Chacune, à sa façon, veille sur la mémoire des femmes de Tchita.

Les unes sont des fans de Maria et de Catache ; les autres pourraient parler d'Annie et d'Elizaveta jusqu'à la nuit. Mais elles sont unanimement fascinées par le destin de Pauline et, comme Ludmilla la brune et Ludmilla la blonde, elles s'attristent toujours quand elles évoquent ses noces avec Ivan.

Leurs récits se recoupent. Nina et Larissa soulignent à quel point le froid était intense le matin de la cérémonie. Entre moins quinze et moins vingt, affirment-elles. Il faisait sans doute plus chaud dans l'église grâce à la cheminée, mais l'avait-on seulement allumée ?

Car tout fut bâclé : « Du vite fait, mal fait ! s'indigne Larissa. La cérémonie n'a pas duré plus d'un quart d'heure. L'officiant a abrégé les prières et sciemment omis le rituel le plus important, celui où on demande à trois reprises aux fiancés s'ils sont vraiment décidés à se marier. Ça a détruit tout le charme, tout le mystère des mariages orthodoxes.

Quant à la foule qui entourait l'église, elle était là pour voir à quoi ressemblait une étrangère. Les habitants de la vallée, qui étaient parfois venus de loin, n'en avaient jamais vu de leur vie et n'arrivaient pas à comprendre ce qui avait pu pousser une aussi jolie femme à quitter son pays natal pour épouser un homme ruiné et sans avenir. »

D'après Nina, les villageois se posaient beaucoup de questions sur les « Messieurs du bagne », comme ils disaient, et l'afflux des badauds a fortement inquiété Leparski. Le moindre incident ce jour-là et il était limogé.

Je finis par visiter l'église. Ludmilla la brune m'y emmène entre le récit de Nina et celui de Larissa. Tout est là, l'antichambre, les deux sanctuaires superposés, l'escalier. Il a été élargi. Leparski ne risquerait plus de s'y retrouver coincé. Mais il ne reste rien du décor religieux. Dans les années trente, m'explique Nina, la chapelle a été vandalisée, fermée, puis rouverte. On y abrita des associations qui achevèrent de la dégrader. Dans les années soixante-dix, on s'avisa enfin qu'avec la maison d'Elizaveta, cette belle église de rondins était le seul témoignage du passage des insurgés du 14 décembre dans la ville. On la transforma en musée.

Elle tient du mausolée, surtout dans la salle qui, à l'étage, a remplacé l'église d'été. On s'attend presque à trouver les tombeaux des huit femmes sous les lattes du vieux plancher.

Au milieu de la pièce, une pierre massive posée sur un socle donne le ton : elle reproduit, jusque dans sa teinte bleu pâle, le registre de mariage conservé aux archives. Les portraits des jeunes mariés remplacent le texte de l'administrateur impérial. En guise de légende, trois lignes, dont la graphie tente d'imiter les caractères cyrilliques des siècles passés : « 4 avril 1828, Église Saint Michel Archange, Mariage d'Ivan Annenkov et de Polina Geble. » L'humiliation des amants a été réparée.

Au fond de l'ancien sanctuaire, c'est la résistance et la solidarité des huit femmes que l'on célèbre. Devant un candélabre et un bouquet de marguerites multicolores, on a érigé ce qui semble un autel à leur mémoire. Sur deux panneaux symétriques peints de vert sombre, leurs visages s'alignent. Dans leur cadre ovale et doré, ils font leur petit effet. Les visiteurs – des enfants d'une école primaire, une *babouchka* accompagnée de son petit-fils, une troupe de vieillards claudicants qui finissent leurs jours, paraît-il, dans une maison de retraite voisine – se figent devant eux et se recueillent. Pas de signes de croix comme devant les icônes, mais c'est tout juste. Après un court temps de méditation, chacun retraverse silencieusement la pièce où l'on entrepose les reliques de l'épopée des huit femmes.

Un coffre et une boîte à bijoux qui ont appartenu à Maria. Elle les avait laissés chez elle en quittant Tchita, des mains pieuses les ont conservés. De vieilles broderies au petit point ; peut-être sont-elles sorties des mains de Pauline. Des portraits de Bestoujev où je reconnais Sandra, Elizaveta et, bien sûr, Pauline et Ivan.

« Les jeunes mariés viennent ici le jour de leurs noces, me souffle Nina. C'est un pèlerinage porte-bonheur. Ils font aussi des photos. Le décor est idéal. »

Elle me désigne un grand lustre doré suspendu à la voûte de l'ancienne église, vernissée d'un bleu de paradis. Puis elle s'approche d'un vieux piano. Quelqu'un y a déposé une rose en tissu blanc. « Certains mariés jouent des valses, s'attendrit Nina. Ou des airs de Chopin... »

Ludmilla la brune renchérit : « Les jeunes aiment cet endroit. On les y emmène tout petits. Et ils y reviennent régulièrement avec leurs professeurs. Il y a quelques années, des lycéens ont écrit une pièce sur l'histoire des amants. Ils l'ont appelée *Pauline, l'étoile d'Annenkov*. Elle a eu un succès fou, elle est reprise tous les ans, ici même. Les acteurs sont tous adolescents. Ils sont chaque fois excellents. »

Elle s'enthousiasme, me raconte le scénario de la pièce. Il est sommaire et endiablé, tel le *pitch* d'un film qui resterait à tourner : il s'ouvre sur le coup de foudre d'Ivan, puis Pauline rencontre le tsar, part pour Tchita, arrive en traîneau devant l'église et dans la foulée, épouse son amant. « La salle est toujours comble, s'extasie Ludmilla, tout le monde adore ce triomphe de l'amour ! »

Cela ne me surprend pas. Il y a une heure, sur le chemin de l'église, j'ai découvert, au détour d'un bloc d'immeubles de béton, une statue en bronze des deux amants intitulée *La demande en mariage*. Le sculpteur y a figuré Ivan genou à terre. Tout flambant dans son costume d'officier, il dévore des yeux une Pauline habillée d'une simple petite robe de couturière. Comment Cendrillon pourrait-elle repousser le Prince Charmant ? Elle va accepter, c'est évident.

D'après Ludmilla, cette « Place de l'amour et de la fidélité », comme l'indique une plaque apposée sur un des immeubles, est un lieu de flirt prémarital prisé. À côté de ces amants de bronze, je remarque un grand banc au dossier de fer forgé. Des dizaines de « cadenas d'amour » sont arrimés à ses ferronneries, presque tous en forme de cœur, les uns rouge flamboyant, les autres rose bonbon. Je suppose que nombre de jeunes couples, à Tchita comme ailleurs, ne durent pas très longtemps. N'empêche, entre l'église et cette statue, les habitants de la ville trouvent toujours de quoi rêver.

Au printemps 1828, les noces de Pauline, malgré l'atmosphère sinistre qui les a entourées, exercent un puissant effet aphrodisiaque sur ses nouvelles amies. Dans les jours qui suivent son mariage, elles sont toutes prises de la même obsession : voir leur mari le plus souvent possible.

Elles n'en peuvent plus de les rencontrer deux fois par semaine à la prison pendant une petite heure sous la surveillance étroite des gardiens. Il faut que ça change, décident-elles d'une seule voix. Elles ne sont pas longues à découvrir comment.

Elles n'ont jamais dit laquelle des huit avait trouvé l'idée. Elles avaient pris de l'âge, cette affaire les a un peu embarrassées. Mais elles en gardaient un si bon souvenir qu'elles ont fini par la raconter. Pauline, en tout cas, et Maria.

*

L'histoire commence par un enfantillage. Une des filles de la bande – c'est délibérément qu'ici, j'écris *filles*, et non *femmes* ; à ce moment-là, elles se comportent comme des pensionnaires en pleine crise d'adolescence – s'aperçoit que deux pieux de la palissade qui entoure le pénitencier sont disjoints. Une fente s'est formée, par laquelle on voit les prisonniers. On peut aussi les appeler, leur parler. Il suffit de s'y prendre au bon moment, en début d'après-midi, durant leur promenade dans la cour.

Celle qui a découvert la fente passe sans tarder le mot aux autres. Le lendemain, elles vont toutes y coller un œil.

Immédiatement repérées par les sentinelles, qui brandissent leurs baïonnettes, elles prennent leurs jambes à leur cou. Et reviennent le jour suivant.

Les soldats les chassent encore. Elles reviennent. Même quand les aides de camp de Leparski se mêlent de l'affaire et leur aboient de déguerpir. Elles vont se cacher, et quand le chemin est libre, courent se poster devant la fente.

Le Commandant est bon garçon, mais la moutarde lui monte au nez. Le lendemain, il est là. Elles détalent. Puis, dès qu'il a disparu, elles reviennent et glissent une pièce aux soldats. Ils consentent à faire le guet.

Nouvelles conversations avec leurs hommes. Ils sont éperdus de bonheur. Elles aussi. Au retour, Maria qualifie ces conversations clandestines de « grand moment romantique de la journée ».

À la longue, elles se fatiguent d'attendre leur tour pour parler. Certaines doivent se baisser pour atteindre la fente ou, pour les plus petites, se hisser sur la pointe des pieds.

Un après-midi, armées de couteaux, elles attaquent le bois des pieux. Il est coriace. Ça ne les arrête pas. À force d'acharnement, elles se fabriquent une échancrure à leur convenance. La grosse Catache, qui déteste la station debout, apporte son pliant.

Le rendez-vous de la palissade se transforme en rituel. Elles ne se contentent plus de réconforter leurs maris. Lorsqu'ils leur ont parlé du désespoir de leurs compagnons d'infortune, toutes se sont écriées : « Nous pouvons les aider, eux aussi ! » La suite a coulé de source. Chaque après-midi, désormais, elles voient apparaître de nouveaux visages dans la brèche. Elles devront s'organiser, les hommes aussi.

*

Les sentinelles ne sont pas fiables, leur vigilance se relâche ; un des hommes de Leparski surprend Catache. Dans sa fureur, il lui décoche un coup de poing.

Outrée, Maria adresse un courrier de protestation au Commandant. Un vrai réquisitoire. Leparski le prend très mal. En guise de représailles, il ne lui adressera plus la parole. Soutenue par ses amies, elle en fait autant et tous les après-midi, on retrouve la petite bande devant la palissade.

Le Commandant change de stratégie. Elles jouent les insolentes, il va les ignorer. À l'heure de leurs rendez-vous, il se volatilise. Personne ne sait où il est ni ce qu'il fait, la sieste, du courrier, de la paperasse, une inspection des routes. Il s'évapore, ce qui n'est pas un vain mot pour un homme aussi gros.

À fermer les yeux sur la rébellion des femmes, il prend un risque inouï, d'autant qu'elles ont encore élargi les brèches qui sont à présent très visibles. Et l'habitude s'est installée : à l'instant où les hommes apprennent que les femmes sont arrivées, ils convergent vers la rangée de trous, forment un arc de cercle, et la conversation commence.

Elle n'a rien de mondain. Les prisonniers, à tour de rôle et souvent anxieux, demandent si elles ont reçu des nouvelles de leur famille. Ou ils signalent ce qui leur manque. De la nourriture, des livres, des vêtements chauds, des médicaments. Les femmes dressent des listes et, sitôt chez Annie, se répartissent méthodiquement les tâches.

De l'insolence, elles sont passées à l'opposition franche, et au combat.

*

Tous les hommes reviennent transfigurés de la palissade. La trouvaille des femmes leur fait l'effet d'un miracle. Ils parlent de résurrection, de signe du ciel. L'un des détenus, le prince-poète Odoïevski – l'homme qui s'était écrié « Nous mourrons ! » la veille de l'émeute du 14 décembre – annonce qu'il va composer un poème à la gloire de celles qu'il appelle « nos anges gardiens ».

Il l'écrira trois ans plus tard. Son texte est plutôt ampoulé, mais il émut les huit femmes :

« Chaque jour elles s'asseyaient devant la palissade
Et, à travers leurs lèvres célestes,
Leur versaient goutte à goutte le miel du réconfort... »

Odoïevski a une fâcheuse tendance à se prendre pour Pouchkine mais ces mots, pour une fois, ne sont pas un simple effet d'emphase. Jusqu'à l'arrivée des femmes, les déportés n'avaient quasiment aucun contact avec le monde extérieur. Quand ils sortaient dans le village pour aller travailler ou se rendre à la maison de bains, c'était toujours sous bonne escorte : ils n'avaient pas le droit d'échanger un mot avec les villageois.

Avec les brèches et les trous, le monde du dehors s'infiltre tous les jours dans la prison. Ils en oublient l'entrave de leurs chaînes, se redressent, respirent mieux, marchent mieux.

Pour comprendre la place que la palissade prit dans leurs vies, relire Dostoïevski et *Souvenirs de la Maison des morts*, rédigé après les années qu'il passa entre 1850 et 1854 dans un bagne sibérien. Lui aussi parle de la palissade qui entourait sa prison. À la seule vue de l'alignement des pieux, explique-t-il, il se sentait exclu de la communauté humaine et promis à la mort. Ses promenades quotidiennes dans la cour, loin de le soulager, l'accablaient davantage.

Il évoque également les interstices qui se formaient entre les pieux. Un infime fragment du dehors capturé dans ces fentes, et il parvenait à s'inventer tout un monde. L'espace mortifère du pénitencier s'évanouissait, c'en était fini de ses ruminations, il redevenait l'homme qu'il était avant d'y être enfermé, ouvert à tous les étonnements, aux sensations les plus ténues, le vert cru d'un brin d'herbe, un souffle de vent sur la peau. Il regagnait le peuple des vivants.

Ou alors il rencontrait, adossé à la palissade, un autre déporté et ils parlaient. C'est là, devant le mur de pieux, qu'il se fit des amis, partagea ses espoirs et sa détresse, recueillit des secrets, découvrit l'infinie variété d'une humanité dont il n'avait jamais soupçonné l'existence.

Dostoïevski raconte enfin que, la veille de sa libération, il longea une dernière fois la muraille de bois – sept mètres de haut, comme à Tchita. Il avait tant souffert, à tourner indéfiniment dans son enclos, mais aussi tellement appris d'elle, qu'au moment de s'en aller vers sa nouvelle vie, il voulait lui dire adieu. Comme si c'était une vraie personne. Il rêvait que cet ultime contact lui permît d'emporter avec lui le plus précieux de ses enseignements : celui qui l'avait conduit à donner sa signification pleine et entière au mot *liberté*.

*

Toute leur vie, les Décembristes et les femmes furent hantés par l'image de la palissade. Dès qu'ils parlaient de Tchita, ou qu'on leur en parlait, ils la revoyaient et retrouvaient les émotions qui les avaient habités là-bas.

Le peintre Bestoujev l'avait souvent représentée sur ses aquarelles. Plusieurs Décembristes en détenaient. Ils estimaient qu'elle résumait leur histoire. Pour eux, c'était une image politique, le symbole de leur résistance à l'arbitraire impérial et à tous les maux qui rongeaient la Russie, le servage, la corruption, la répression sauvage des opposants, le déni des libertés publiques.

Pauline et Ivan possédaient une de ces aquarelles ; lorsqu'ils regagnèrent la Russie d'Europe et s'installèrent à Nijni-Novgorod, ils l'exposèrent en bonne place dans leur salon. Je parie qu'elle était en face de Pauline lorsqu'elle dictait son récit à Olga.

Ivan l'a lui-même représentée. Pendant son adolescence, il avait sans doute appris l'aquarelle ; son pinceau est sûr et il maîtrise parfaitement la perspective. Sur ce petit tableau, la palissade apparaît dans toute sa longueur. La rue, comme sur les peintures de Bestoujev, est large et creusée de profondes ornières. Ici, elle occupe la moitié du tableau et donne l'impression d'un fleuve qui va se briser contre une falaise.

Un soldat monte la garde devant sa guérite. Il semble s'ennuyer considérablement. Un peu plus loin, le mur de pieux donne des signes de faiblesse. Des fûts s'écartent, s'inclinent. Peut-être a-t-il voulu signaler l'endroit du sas qui reliait chaque après-midi le monde du dedans à celui du dehors. Un univers où tout était inversé du monde ordinaire. Les hommes étaient reclus, et les femmes étaient libres.

Au regard de l'enfer que vécut Dostoïevski, le bagne de Tchita est un paradis. Comme il n'y a pas de mines, Leparski ne sait pas comment employer ses criminels d'État et les travaux qu'il leur impose sont plus décourageants qu'épuisants. L'hiver, il les occupe à déblayer la neige dans les rues, casser la glace des rivières – elle se reforme deux heures plus tard – et moudre des céréales dans un moulin à bras. L'été, armés de pelles et de pioches, les prisonniers doivent combler un ravin qui se creuse en bas du village après chaque orage. À la première averse, leur travail est anéanti et ils doivent tout recommencer. Ça leur sape tant le moral qu'ils ont surnommé le ravin « la Fosse du Diable ».

Contrairement aux condamnés de droit commun qui sont incarcérés à trois kilomètres de leur pénitencier, ils ne sont ni molestés ni contraints à porter l'uniforme des forçats. Seuls deux points les rapprochent : les repas, toujours identiques, soupe aux choux et bouillie d'avoine arrosée de kvas ; et les chaînes qu'on a passées à leur taille et à leurs chevilles. Ils ne les supportent pas, surtout la nuit. Dès qu'ils se retournent sur leur lit ou qu'ils se lèvent pour se soulager dans le grand baquet que les gardiens placent chaque soir au centre de la chambrée, ils réveillent les autres. Depuis dix-huit mois qu'ils sont à Tchita, ils ont le sommeil mauvais et les nerfs à vif. Les accrochages se multiplient.

Alors, ces femmes entraperçues dans les brèches de la palissade, souriantes, pétillantes, pleines d'attentions, agitant joliment leurs boucles sous leurs petites capelines, leur demandant de quoi ils ont besoin, leur donnant des nouvelles de leur épouse, de leur père, de leur mère, de leurs enfants – oui, oui, ils vont très bien, ils pensent à vous, ils ont écrit qu'ils vous ont posté des colis et de l'argent, ça ne va pas tarder à arriver ; et c'est sûr, oui, archisûr, tout le monde le dit, le tsar va vous pardonner, sinon croyez-vous qu'on aurait fait tout ce chemin pour venir jusqu'ici... –, comment ne pas voir en elles des anges droit descendus du ciel pour mettre fin à leur cauchemar ?

*

Les premiers mois, après une période d'abattement, les prisonniers s'étaient soutenus en fondant une minirépublique. Ils en avaient écrit les lois ensemble, puis élu démocratiquement un représentant chargé de négocier avec le Commandant. Un homme d'expérience, avaient-ils décidé. D'où son titre, « L'Ancien ».

Son mandat expirait au bout de trois mois. On organisait alors une nouvelle élection.

La première décision de cette microsociété fut l'établissement d'une caisse commune. Trente-deux des détenus avaient été abandonnés par leurs proches ou, comme Annenkov, ne recevaient de l'argent que de façon intermittente. L'Ancien soumit au vote deux propositions. À réception d'un colis de produits de première nécessité – thé, sucre, tabac, linge, couverts, casseroles –, chaque prisonnier le partagerait avec les autres ; si la famille du déporté lui envoyait de l'argent, il aurait l'obligation d'en verser une partie au groupe. Sa contribution serait laissée à sa libre appréciation, sauf pour les plus riches. La cotisation, bien plus élevée, ferait l'objet d'un vote.

Les deux propositions furent approuvées à l'unanimité. L'Ancien les présenta à Leparski, qui les valida sur-le-champ.

À cette époque, ils étaient entassés à vingt-cinq dans d'étroites chambrées et ne disposaient ni de livres, ni de papier, ni d'encre, puisque toute forme d'écriture, fût-ce celle d'un journal intime, leur était interdite. Paradoxalement, ils avaient beaucoup plus d'allant. Pour tromper le temps, ils chantaient. Les gardiens avaient voulu leur vendre des cartes à jouer. D'un vote unanime, ils avaient refusé – dans ces pièces confinées, les parties tourneraient au pugilat. Certains, on ne sait trop comment, s'étaient procuré des échiquiers. Ils jouaient le soir, en tirant sur leurs pipes.

Ils avaient ensuite tenu en rêvant aux nouveaux bâtiments qu'on leur avait promis. Leparski les avait contraints à travailler à leur construction. Ils s'étaient ainsi trouvé un but. Mais quand ils les virent sortir de terre, ils s'aperçurent qu'ils ne seraient pas plus confortables que leur vieille prison vermoulue. Avec leurs fenêtres étroites et haut placées, on aurait dit des écuries ; et leurs nouvelles chambrées étaient presque aussi exiguës que les anciennes. L'exaltation qui avait entouré les débuts de leur petite république retomba. Des prisonniers s'en prirent aux chefs de l'insurrection du 14 décembre, incriminèrent leur légèreté, leur inconscience, les accusèrent d'avoir saccagé leur jeunesse. Ils demandèrent aussi à Troubetskoï de s'expliquer une bonne fois pour toutes sur sa disparition le jour de l'émeute. Les esprits s'échauffèrent, on faillit en venir aux mains.

L'Ancien, avec l'aide du sagace docteur Wolff, réussit tant bien que mal à calmer le jeu. Mais des clans s'étaient formés et la guerre ne demandait qu'à reprendre.

Pour éviter les heurts, Leparski tenta de réunir les prisonniers par affinités. Malheureusement, l'effondrement nerveux menaçait la cohésion des groupes. Les détenus les plus solides, comme Bestoujev, étaient pris d'accès de mélancolie. Ils ne desserraient plus les dents, ressassaient à perte de vue le scénario du 14 décembre, revoyaient les centaines de cadavres qui avaient jonché la place du Sénat, se rappelaient leur enfance, leur jeunesse dorée, revivaient leurs bals, leurs nuits d'orgie et toutes les années où ils s'étaient figuré qu'ils changeraient le monde d'un claquement de doigts. Nikita Mouraviev, le mari d'Annie, repensait qu'à quinze ans il avait rêvé de fonder une république platonicienne ici, en Sibérie, dans l'île de Sakhaline. Et les fous de botanique qu'étaient les jumeaux Borissov se souvenaient du projet qu'ils avaient échafaudé : fonder une confrérie d'amoureux de la Nature dont les principes n'auraient qu'un seul but, la protection de la Terre mère. Avec la vallée de Tchita, ils se retrouvaient en pleine nature, au cœur d'un paradis botanique exceptionnel. Mais les pieds entravés par des fers, et bouclés derrière les pieux d'un pénitencier.

Les plus âgés, ceux qui avaient fait la guerre de 1812, se repassaient en boucle l'année bénie qu'ils avaient vécue à Paris après leur victoire sur Napoléon. Ils s'étaient grisés d'opéra, de théâtre, de débats politiques, ils avaient hanté les cabinets de lecture, suivi les cours du Collège de France, rencontré des savants, courtisé des duchesses qui n'attendaient que ça, éclusé des caisses de champagne, fait la tournée des bordels. Il était même arrivé qu'ils achètent les charmes d'une vendeuse de mode qui ressemblait à Pauline. Tous ces souvenirs leur tombaient dessus n'importe où, n'importe quand, de préférence la nuit, lorsque les chaînes de leur voisin de chambrée les réveillaient et qu'ensuite, plus moyen de dormir.

Certains sombraient. Inutile de chercher à les remettre sur pied. On pouvait toujours leur dire : « Allez, secoue-toi, on a de la chance, on ne travaille pas aux mines », cela ne prenait pas. De ces prisonniers qui se laissaient couler, il y en avait de plus en plus.

Mais derrière la palissade vivaient à présent huit femmes. Elles avaient parcouru des milliers de kilomètres pour venir à leur secours et bravé le froid, la peur, les tracasseries sans fin de l'administration tsariste. Et elles continuaient. Au mépris des soldats qui les menaçaient, elles revenaient se poster devant leurs petites brèches. Et ce qu'elles promettaient de faire, elles le faisaient. Ils ont relevé la tête.

L'intelligence des femmes, en ce printemps 1828, c'est de comprendre que les hommes ont besoin de mots. Elles montent sans attendre un service du courrier et se répartissent les prisonniers. À chaque groupe son « ange gardien ». Le détenu lui confie le message à transmettre à ses proches. L'ange en prend note et rédige une lettre au destinataire désigné.

Si la messagère ne le connaît pas, elle feint d'être de ses proches. Elle lui raconte sa vie et, de façon incidente, livre des informations sur le prisonnier. Lorsque Leparski lit la missive avant de la confier à la poste, il ne trouve rien à y redire.

Les réponses, quand elles ne se perdent pas, n'arrivent que trois, quatre, voire six mois plus tard. Les questions posées ne sont plus d'actualité. Ou d'autres problèmes sont survenus entre-temps. La messagère ne se souvient plus de ce qu'elle a écrit. Il arrive aussi qu'elle ait à transmettre une mauvaise nouvelle. Un père vient de mourir, une épouse a demandé et obtenu le divorce, un parent, tels les cousins d'Ivan, a réussi à faire main basse sur ses biens. Comment l'annoncer ? Que répondre ? Les anges gardiens se sentent dépassés.

Maria repense le système. C'est elle qui va se charger du courrier. Elle résumera les lettres aux prisonniers avec le plus de tact possible. Puis elle les écoutera, donnera s'il le faut des conseils, rédigera la réponse et, pour finir, sur un cahier spécial, la recopiera, de façon abrégée, mais précisément datée et numérotée, afin de pouvoir s'y reporter à tout moment.

Chaque lettre est une bouteille à la mer. Les fourgons postaux ont parfois des accidents ou leurs cochers tombent malades, le courrier se perd. Et quoi qu'il arrive, les lettres transitent par le Palais impérial avant d'être remises à leur destinataire. C'est Benkendorf qui les lit. Au premier soupçon, il les détruit. S'il a un doute, il transmet au tsar, qui tranche.

Maria n'en a cure. Elle maintient le cap. À deux heures du matin, on la trouve encore devant ses rames de papier. Elle ne laisse aucune de ses compagnes lui dire : « Tu en fais trop, prends un peu de repos. » Écrire, c'est résister.

Nadezda et Nina m'ont montré une photocopie des cahiers sur lesquels elle consignait les résumés de ses lettres. Sa petite écriture serrée, penchée, minutieuse et rapide, ne faiblit jamais. Peu de ratures, presque jamais de rajouts. Une intelligence vive, une volonté de fer.

*

Les huit femmes se chargent aussi de commander et de réceptionner les ouvrages que les détenus rêvent de lire. Officiellement, elles les achètent pour leurs maris. Ce n'est qu'une façade : le partage des livres a fait l'objet d'un vote dans la petite république carcérale. Il a été unanime et c'est désormais un de ses principes fondamentaux.

Lors des rendez-vous de la palissade, quand une femme annonce qu'un fourgon postal vient de déposer un colis de livres chez le Commandant et qu'il n'attend que sa permission pour être remis, les hommes deviennent fébriles. L'Ancien doit ouvrir des listes d'attente.

Avant de quitter Tchita, certains détenus laissèrent leurs livres au pénitencier. Ils voulaient qu'ils profitent aux déportés qui ne manqueraient pas de leur succéder.

Larissa m'a montré ce qui reste de cette bibliothèque. Pour l'essentiel, des classiques français, Montaigne, Molière, La Fontaine, Montesquieu, Fontenelle, Diderot, Rousseau. Plus surprenant, une édition rarissime du *Traité de mécanique céleste* de Laplace, le Stephen Hawking du XIXe siècle – l'astronome y développe, entre autres, les prémisses de la théorie des trous noirs. Le précieux volume avait appartenu à Troubetskoï. Comme quoi un flop révolutionnaire magistral peut vous conduire à de très sérieuses réflexions sur les mystères de l'infiniment grand.

Ivan adorait lire. Il possédait plusieurs tomes de l'*Encyclopédie* de Diderot qui survécurent à toutes ses tribulations en Transbaïkalie. Il a sans doute passé des soirées le nez plongé dans les volumes que feuillette Larissa et en a discuté avec ses codétenus. Les chambrées s'étaient vite transformées en clubs de lecture.

La page de garde ou le frontispice de ces ouvrages portent systématiquement une mention de Leparski, ainsi que sa signature. Avant l'arrivée des femmes, les livraisons étaient si rares qu'il parvenait sans trop de peine à feindre de les lire. Sous son paraphe, il traçait, en français, la mention « Lu ». Puis les volumes ont afflué et un prisonnier l'a apostrophé : « Tu les as vraiment lus, ces textes, avant de nous les donner ? » Mortifié, Leparski a remplacé « Lu » par un simple « Vu ».

Tout lui échappait, de toute façon, depuis l'affaire de la palissade. Les femmes se montraient de plus en plus arrogantes. Il avait quelquefois l'impression de ne pas contrôler grand-chose de ce qui se passait aux abords du bagne. Ni à l'intérieur.

*

Il voyait juste. Avec l'été, la chaleur, le beau temps, le soleil qui ne se décidait pas à se coucher, les femmes s'étaient enhardies. Certaines, dans la pièce qui faisait office de parloir, employaient désormais leur courte heure de visite bihebdomadaire à autre chose qu'à l'art de la conversation. Le règlement imposait la présence d'un officier. Mais dès que l'épouse était là, le digne militaire se volatilisait.

Les chamans pullulaient dans la vallée qui déroulait ses vertes prairies en contrebas du pénitencier, cette évaporation subite n'avait cependant rien à voir avec un quelconque sortilège. À Tchita comme ailleurs, l'argent pouvait tout.

Le résultat de leurs tête-à-tête avec leurs maris ne s'est pas fait attendre. Quasiment au même moment, Annie, Alexandra et Pauline se sont aperçues qu'elles étaient enceintes. Une évidence s'est imposée : pas un mot à Leparski.

*

Quel été, cette année-là ! Maria écrit, écrit, écrit. Et si elle n'écrit pas, elle recopie ce qu'elle a écrit. De temps à autre, pour se changer les idées, elle pianote une valse sur le clavicorde. Puis retourne à la palissade écouter les prisonniers, et Wolkonski, cet homme qu'elle a épousé sans conviction, et qu'elle croit désormais aimer.

Pauline est là. Annie aussi, et Alexandra, Elizaveta, Natalia, Sandra, enfin Catache, avec son gros derrière qui creuse la toile de son pliant.

Les sentinelles regardent ailleurs, Leparski est plus que jamais invisible et les détenus, lorsqu'on les envoie remblayer cette maudite Fosse du Diable, sont d'excellente humeur : ils ont appris *La Marseillaise* aux soldats qui les escortent. Les gars ont trouvé l'air si entraînant qu'ils n'ont pas demandé le sens des paroles. Ils connaissent l'hymne par cœur et dès qu'on a franchi l'enclos, ils l'entonnent à pleine gueule. Ils ont de belles voix. Les villageois, quand ils passent, les écoutent religieusement.

Les femmes se dirigent à leur tour vers la Fosse du Diable. Elles apportent des pliants et leurs boîtes à ouvrage. Elles s'installent à bonne distance. Si elles s'approchent, les soldats vont les couvrir d'injures et il ne faut pas créer d'incident : Pauline vient de se mettre en danger, elle a demandé au forgeron de Tchita de fabriquer pour Ivan des chaînes plus longues et plus légères que celles qu'il porte. Vodka-vodka, l'ouvrier a accepté. Elle a ensuite obtenu des sentinelles de faire entrer le forgeron dans la prison afin qu'il change les chaînes à son aise. Elle s'est arrangée pour récupérer les anciennes et les a cachées dans un recoin de sa maison où, espère-t-elle, personne ne les trouvera.

Les femmes observent les hommes du coin de l'œil, comme durant les fêtes qu'elles donnaient dans leurs palais. Et elles bavardent.

Elles parlent de leur mari. Il y en a toujours une pour dire que le sien est extraordinaire. Les autres ne voient pas ce qu'elle lui trouve, elles pensent qu'elle exagère. C'est le leur qui est le plus beau, le plus intelligent, le plus courageux. Mais elles se taisent, la solidarité d'abord.

Et leurs conversations sont du genre convenable. Même au moment où les prisonniers, qui n'en peuvent plus de suer et souffler sous le cagnard, se mettent en caleçon et descendent barboter dans la rivière qui court en contrebas de la Fosse du Diable. Ils se balancent de l'eau à la figure, s'ébrouent. Les femmes éclatent de rire et reprennent leurs discussions. Toujours aussi policées. Elles appellent les détenus « Ces Messieurs ».

Lesdits messieurs, au sortir de la rivière, quand ils les voient là-haut, sages, élégantes et bien mignonnes sur leurs pliants alors qu'ils sont débraillés et trempés, ça les rend tout chose. Et pas seulement les maris. C'est toute la colonie pénitentiaire qui rêve.

Jusqu'où vont ces rêves, on n'en sait rien, ces messieurs sont galants hommes. Dans les chambrées, quand ils parlent des femmes, ils les appellent « Ces dames » ou « Nos dames ». Comme ils le feraient à Moscou et à Saint-Pétersbourg, eux aussi.

*

Elles ont compris qu'ils ne seront pas graciés de sitôt. Combien de temps devront-elles patienter ici ? Dix-huit mois, deux ans, trois ans ? Elles sont comme les hommes, bien incapables de le dire. Tout ce qu'elles voient, c'est qu'elles étouffent dans leurs petites isbas. Aussi ont-elles décidé de se faire construire des demeures vastes et confortables.

Sauf Annie, qui n'a pas envie de déménager. Sa maison est spacieuse et elle ne renoncera pour rien au monde au plaisir d'épier depuis sa lucarne ce qui se passe derrière la palissade. Les autres, il leur faut de l'espace, un monde à elles.

Et un jardin. Quatre condamnés, dont Wolkonski, le mari de Maria, et Troubetskoï, celui de Catache, ont obtenu de cultiver des légumes dans la cour de la prison. Elles veulent s'y mettre à leur tour.

Les maisons de rondins se montent en quelques jours, leurs façades s'alignent déjà le long de la *Damskaïa*, la rue des Dames comme les villageois appellent désormais l'allée terreuse qui mène au pénitencier. Pauline a choisi de construire la sienne loin des autres, à la sortie du village. Maria n'en est pas étonnée. Elle dit toujours que Pauline a un caractère très indépendant, un regard sur la vie, les gens, les choses qui n'appartient qu'à elle et même une façon de parler unique.

Pour le caractère de Pauline, c'est bien vu. Mais pour cette histoire de maison, elle n'a rien compris. Si Pauline a choisi cet emplacement, c'est que là-bas, le soleil donne bien et qu'une épaisse forêt, à la lisière nord de son terrain, arrête les vents froids. Pas de meilleure exposition pour un jardin. Sans compter la vue sur la vallée, incomparable. Idéale pour savourer la joie d'attendre un nouvel enfant de l'homme qu'elle aime.

*

Vraiment, quel été. On s'en souviendra. La terre, ici, est grasse et féconde, le potager des prisonniers donne des légumes d'une taille extraordinaire. De leur vie, ils n'ont jamais vu d'aussi gros concombres. Le baron Rosen, l'un des passionnés de jardinage, commence à les saler. Il les entrepose dans des petites barriques de cognac qu'un détenu a reçues clandestinement de sa famille et qu'il a pris soin de conserver après que la chambrée les ait éclusées.

Mais au plus beau du mois d'août, vent de panique : la voiture d'un haut dignitaire de la police impériale surgit dans le village. Pendant plusieurs jours, il inspecte le bagne et s'enferme dans le bureau du Commandant. Va-t-on débarquer Leparski, chasser les femmes, transférer la colonie pénitentiaire dans des mines ou pire, une forteresse ? Un matin, le dignitaire repart. On ne sait rien de ce que se sont dit les deux hommes.

Fin août, grandes réjouissances à la prison. On ne fête pas le départ du sbire de l'Empereur, mais des anniversaires. Seize d'un coup.

Pour l'occasion, concert. On compte beaucoup de musiciens amateurs parmi les détenus. Il y a quelques semaines, des partitions sont arrivées, ainsi que des instruments, piano, flûte, guitare, violon, violoncelle. C'est là qu'on a décidé du récital. Il fallait un local pour répéter. Leparski a offert un appentis qui jouxte l'un des bâtiments de la prison.

Le soir de la fête, gros succès. Les Dames ont-elles collé l'oreille à la palissade pour profiter du concert ? Ni Pauline ni Maria n'en ont parlé, mais j'en jurerais. Cette victoire sur le désespoir est la leur. Dans les chambrées, le moral est au beau fixe. Les musiciens projettent de former un quatuor à cordes, les fous de jardinage parlent de construire des serres et ont déjà dressé la liste de leurs envies : choux, navets, carottes, oignons, betteraves, radis noirs, artichauts, melons, pommes de terre, choux-fleurs, topinambours. Les commandes de semences ont été passées et il est convenu que ces Messieurs les partageront avec ces Dames, notamment avec Mme Pauline Annenkov qui, paraît-il, a la main verte.

Enfin, le soir, conférences. Les détenus viennent de fonder une petite université. Certains, plus fervents et plus ambitieux que les autres, parlent d'une académie. Les prisonniers planchent à tour de rôle devant leurs camarades dans une salle que Leparski, décidément de plus en plus arrangeant, leur a abandonnée. Nikita Mouraviev, le mari d'Annie, est passionné d'histoire militaire ; il enseigne la stratégie et la tactique. Il détient des cartes des grandes batailles qui ont marqué l'histoire européenne, ses leçons sont très courues. Le docteur Wolff dispense des cours de chimie et d'anatomie. Le Prince Odoïevski, barde attitré des chambrées, et son ami le Prince Obolensky, dont l'appartement abrita si souvent les réunions des conspirateurs, donnent des leçons de littérature et aussi de langue russe : certains détenus, nés dans les pays baltes, le parlent mal. D'autres enseignent l'anglais, l'italien, l'allemand. Comme à l'école, on fait des exercices écrits et oraux et il est recommandé de travailler son accent. L'astronomie ne manque pas d'adeptes, ni l'agronomie, pré carré des passionnés de légumes, le Prince Wolkonski, le Prince Troubetskoï, le baron Rosen et un Russo-Italien toujours jovial et entreprenant, le beau Poggio.

À l'heure du coucher, quand les gardiens verrouillent les portes et soufflent les bougies, certains prisonniers n'ont pas leur content d'horizons neufs. Un des plus jeunes, Zavalitchine, se lance alors dans le récit de ses voyages. Il n'avait que vingt ans au moment de l'insurrection, mais avait déjà fait le tour du monde. Il a vécu à Tahiti, puis sur la côte californienne, où il a rêvé de fonder une colonie russe. Il se replonge dans ses souvenirs, les embellit probablement, le bruit court qu'il est mythomane. Ses récits ont au moins le mérite d'aider ses compagnons à s'endormir en paix.

Ils parlent du matin au soir en français, peut-être rêvent-ils en français.

À l'automne, juste avant les vents froids, Leparski réunit les condamnés dans la cour de la prison. L'heure semble grave. Il a enfilé son grand uniforme, épinglé sur sa veste toutes ses décorations et s'est entouré de son bataillon d'officiers, troufions, cosaques et gratte-papiers.

Une fois devant les détenus, il brandit un parchemin frappé de l'aigle bicéphale de l'administration impériale et leur fait une annonce solennelle. En raison de leur bonne conduite, le tsar a décidé de les délivrer de leurs fers.

Puis il fait signe à un sous-officier qui, à son ordre, s'avance vers les hommes, sort une clef et déverrouille la serrure qui emprisonne leurs chevilles depuis vingt-six mois. Certains en perdent l'équilibre.

Quand elle apprend la nouvelle, Pauline se rend à la palissade et demande à Ivan s'il a rendu ses chaînes aux gardiens. Elle y tient, ce sont celles qu'elle a fait rallonger en secret par le forgeron du village.

Il les a gardées. Elle ne les a pas récupérées qu'elle retourne chez le forgeron. Cette fois, elle lui commande de fondre le métal pour le transformer en anneaux et en bracelets. Dès que c'est fait, elle les enfile.

Lorsque les autres femmes les découvrent, elles veulent les mêmes. Le forgeron se remet à l'ouvrage. Quelques jours plus tard, elles arborent toutes des bracelets et des anneaux de fer. Elles ne s'en sépareront jamais.

Les bonnes surprises se succèdent. Le Commandant fait savoir aux détenus mariés qu'ils sont autorisés à rendre visite quotidiennement à leurs épouses. Horaires fixes, durée strictement limitée à deux heures. Pauline renonce définitivement à détester Leparski. Elle l'appelle dorénavant « le brave homme ». Pour autant, ni elle, ni Annie, ni Alexandra ne l'ont averti qu'elles sont enceintes. Il serait temps de lui en parler ; elles auront besoin de l'assistance d'une sage-femme, voire d'un médecin. Comment lui expliquer ? C'est un vieux garçon.

Elles ne sont pas longues à trouver l'astuce. Puisque le Commandant lit leurs lettres, elles écriront à leurs familles pour demander de la layette.

*

Leparski tomba des nues. Il n'avait rien remarqué, la nouvelle le laissa hagard.

Puis il se reprit, se rendit au village, les réunit, leur rendit leurs lettres et, le feu aux joues, bredouilla : « Mesdames… Permettez-moi de vous dire… Vous n'avez pas le droit d'être enceintes… »

Il s'empêtrait dans ses phrases, butait sur chaque mot, piquait fard sur fard, et n'arrivait à articuler que des mots absurdes : « Évidemment, quand vous serez accouchées, ce sera autre chose… »

Il était atterré. Pourtant il n'avait sûrement pas manqué d'envisager qu'un jour ou l'autre, un enfant viendrait à naître dans la rue des Dames. Mais pour lui comme pour les prisonniers, ces huit femmes étaient des anges et les anges, comme on sait, n'ont pas de sexe. Comment avaient-elles pu se faire engrosser ?

Le parloir, vu les dates. À un moment où leurs maris étaient encore enchaînés. Et l'officier chargé de les surveiller ? Ces Dames, ces saintes, l'auraient-elles soudoyé ?

Leparski en est resté longtemps suffoqué. Puis comme toujours, son humanité a repris le dessus. Il a pensé aux accouchements, s'est avisé qu'il n'y avait pas de médecin avant Irkoutsk – plus de mille kilomètres. Il fallait d'urgence écrire au tsar et lui demander que le docteur Wolff, en dépit de sa condamnation, puisse de nouveau pratiquer la médecine et assister les futures mères.

La réponse n'a pas tardé. Sa Majesté Impériale ne voyait aucune objection à ce que le criminel d'État Wolff exerce son art à Tchita.

Cet automne-là, les femmes sont en grand danger. Sitôt délivrés de leurs chaînes, tous les prisonniers sans exception, même les plus sensés, se mettent à rêver d'évasion.

Tous les soirs après les conférences, ils échafaudent des plans. Ils neutraliseront les gardiens de la façon la plus simple qui soit, en leur glissant un paquet de roubles et gagneront la frontière chinoise.

Ce premier projet est vite écarté. Certains détenus ont pu parler avec des forçats de droit commun. Chaque fois que l'un d'entre eux a réussi à s'enfuir, les nomades les ont capturés et ramenés au pénitencier. On les paie cher quand ils en prennent un.

Il y a une autre route au sud-est, observent ceux qui s'y connaissent en cartes. Elle mène au fleuve Amour. Les fugitifs pourront y construire un navire. Bestoujev et son ami Torson connaissent la construction navale, ils dirigeraient les opérations. Puis, on descendrait l'Amour jusqu'au Pacifique. De là, on gagnerait l'Amérique.

Encore faut-il atteindre le fleuve, objectent les autres, et sur ses rives, les nomades sont nombreux ; on risque de se faire attraper. Il y a bien la route de l'ouest, celle qui conduit à la frontière avec l'Europe, mais on est sûrs d'être repérés : plus de six mille kilomètres avant d'y arriver. Il ne reste qu'une issue : rejoindre le Pacifique nord en passant par l'est, puis par le nord du lac Baïkal. Encore plus osé. Rien de plus hasardeux que la toundra. Des animaux sauvages, des tribus dont on ne sait pas grand chose, un froid dont on n'a pas idée.

Des hommes font valoir que des forçats originaires du Caucase ont réussi à regagner leurs montagnes par les routes qui mènent à la mer d'Aral et à la mer Caspienne. Ils sont partis seuls.

Impossible, se récrient les autres. On part ensemble ou on ne part pas. Si un seul condamné s'évade, les foudres du tsar s'abattront sur leurs compagnons. Et sur les femmes.

Ils renoncent. S'arment de patience, choisissent de continuer à se construire leur liberté entre quatre murs, avec leurs jardins, leurs livres, leur académie, leur beau français.

C'est peut-être lors de cet hiver fiévreux qu'Ivan a peint sa seconde aquarelle, celle qui représente la maison de Pauline. Une construction très simple. Pas d'étage, mais de grandes fenêtres et plusieurs appentis. Dans la rue, des restes de neige. Un Bouriate à cheval s'apprête à croiser un chariot conduit par d'autres nomades. Au loin, comme sur les œuvres de Bestoujev, les montagnes déroulent leurs sapinières.

Le ciel est immense. La maison émet un intense et étrange rayonnement. Il repousse un amas de nuées sombres et tourmentées dans l'angle gauche du tableau. Tout est dit, de la passion d'Ivan pour Pauline.

*

Elle accouche avant la fin de l'hiver, le 16 mars. À cette époque de l'année, le froid est encore intense, entre moins vingt et moins trente.

L'enfant, une fille, est prénommée Anna, comme la mère d'Ivan. Le docteur Wolff n'a pu assister Pauline pendant les douleurs, il a été appelé chez Annie. Elle aussi accouchait et l'on craignait pour sa vie.

Pauline se contenta de la sage-femme du village, qui, malheureusement, ne resta pas longtemps à son chevet : on l'avait appelée chez Alexandra. Elle dut se débrouiller.

Grâce à Wolff, Annie et sa Nonouchka survécurent et de son côté, Alexandra mit son fils au monde sans trop de peine. Ces trois naissances marquèrent la communauté qui venait de se former aux portes du bagne, et pas seulement parce qu'elles avaient été quasi simultanées. Avec le recul, les Décembristes y virent l'ouverture d'un moment prodigieux, qu'ils appelèrent ensuite « paradis ».

Le temps s'est dilaté. S'il n'y avait les saisons, on ne saurait plus où l'on en est des jours qui passent. On est si occupés, les hommes comme les femmes, par cette vie qu'on s'imagine jour après jour pour éviter de sombrer.

Bestoujev peint. Pour laisser une trace de ces moments inouïs. Pour se dire plus tard qu'il n'a pas rêvé, qu'elle a vraiment existé, cette micro-société de prisonniers d'une vallée perdue qui réinventent la liberté.

Il peint pour les détenus qu'il a surpris en larmes au pied de la palissade. Pour ceux qui font des cauchemars. Pour les enfants qui viennent de naître et qui, un jour, voudront comprendre. Et en souvenir de sa maîtresse, une femme mariée qui ne viendra jamais le rejoindre ici, et dont le visage continue de hanter ses nuits. Il pourrait faire son portrait de mémoire.

Il peint parce que la beauté guérit. Parce qu'elle rend confiance et courage.

Il peint sans cesse. Et tout. Les montagnes, la vallée, le village, les chambrées, le moulin à bras, la Fosse du Diable, l'église, les maisons des femmes, la palissade, les nomades, une troupe de détenus qui rentre au pénitencier, le potager. Il a même réussi à peindre la cour de la prison sous la pleine lune. Un verre de gnôle au gardien et il était dehors avec son cahier d'aquarelles, son pinceau et ses couleurs.

Il a obtenu le droit de s'installer, quand il fait beau, sur une éminence située derrière l'église, au bout du village. Il peut emporter, en plus de son matériel, une table et un tabouret, ainsi qu'une tente de sa fabrication qui le protège du soleil.

Il aime les panoramas. Le Commandant aussi qui, de temps à autre, lui permet d'aller peindre de l'autre côté de la rivière, sur un flanc de montagne. Un officier armé d'une baïonnette l'accompagne, pour la forme. Il est comme tout le monde à Tchita, les villageois, les Cosaques, les troufions, les détenus, les femmes : fier, et heureux de le voir fixer sur ses cahiers les travaux et les jours de cette vallée seule connue des nomades et de la police du tsar.

Et lui, Bestoujev, ça le rend heureux que les gens soient heureux. Tellement qu'il se peint en train de peindre.

Depuis peu, il s'est pris de passion pour les portraits. Il fait poser les prisonniers et leurs « anges gardiens ». Il réalise ses aquarelles en deux ou trois exemplaires. Ce n'est pas seulement qu'elles sont meilleures à chaque fois. Ces copies, les détenus les réclament. Ils demanderont à Maria de les joindre aux courriers. Les familles les feront à leur tour reproduire et enverront ces copies de copies à leurs amis.

Bestoujev le sait. Il ne proteste pas, c'est précisément ce qu'il cherche. Ses portraits sont plus que des portraits, des manifestes politiques. À ceux qui, en Russie d'Europe, pleurent les condamnés et rêvent encore de liberté, ses peintures proclament : séchez vos larmes et regardez-nous. Nous allons bien, nous n'avons pas changé, nous tenons bon, nous restons fidèles à notre idéal. Le tsar n'y peut rien.

Et comme c'est un butor, ce Nicolas, presque autant que la flicaille de sa saleté de IIIe Bureau en charge de la censure, des étrangers, des criminels d'État et de tous les suspects réels et imaginaires de l'Empire, il ne saisira rien de ce que racontent ces aquarelles, si du moins elles atterrissent sur son bureau. Pendant ce temps-là, l'air de rien, à l'autre bout de la Russie, la liberté continuera, opiniâtre, à faire son chemin.

*

Bon nombre de ces portraits de femmes ont disparu. On en a cependant retrouvé quelques-uns.

Voici Maria, mince et élégante dans sa robe noire à double col de dentelle blanche. Elle est assise, sérieuse et méditative, devant une grande embrasure qui fait face à la palissade. Pas de vitrages, pas de volets, elle est imaginaire. Elle n'est là que pour signifier qu'avec les femmes, une fenêtre s'est ouverte.

L'opulente Catache a posé dans une robe d'été de simple cotonnade. Elle affiche une mine radieuse. Elle n'est pas belle, mais fraîche et presque enfantine : regard franc comme l'or, petit nez retroussé. Les épreuves l'ont laissée inchangée. D'Elizaveta, Bestoujev a restitué la prestance impériale et la sérénité inentamable. La ravissante Alexandra semble gaie, presque enjouée. Elle doit être agréable, comme l'a assuré Maria.

Sandra est la moins jolie de toutes. Une fois encore, Bestoujev ne cherche pas à travestir la vérité. Elle rachète son physique ingrat par un sourire éblouissant. Il ne semble pas qu'elle se force. Son mari n'a été condamné qu'à deux ans de bagne et sera bientôt libéré. Elle n'aura fait que passer.

Pas de portrait de Pauline à Tchita. Ni d'Annie ni de Natalia. Bestoujev, vraisemblablement, les a fait poser comme les autres, et les aquarelles ont été envoyées en Russie d'Europe ou ailleurs. Puis elles ont disparu.

En revanche, un portrait d'Annenkov. Bestoujev le représente, sans doute à sa demande, devant la fenêtre de sa cellule de la forteresse Pierre-et-Paul. Dos droit, teint rose, œil vif, joues pleines, cheveux coupés court, chemise blanche impeccable, moustache et barbiche lissées au poil près : rien à voir avec l'épave qu'il était à l'époque ni avec le prisonnier hirsute et hagard que Pauline découvrit le lendemain de son arrivée à Tchita. Il a ressuscité.

Jours tranquilles à Tchita. On n'en connaît que des bribes, des bouts de chroniques décousues et rarement datées qui revinrent à l'esprit de Maria, Pauline et des ex-prisonniers quand arriva le temps des souvenirs. Et de la nostalgie, car ils furent unanimes : ces deux années-là, entre mai-juin 1828 et juillet 1830, furent les meilleures qu'ils passèrent en Sibérie. Et pour certains, les plus belles de leur vie.

*

Fin mai, sur les montagnes et dans la plaine, le vert déferle. D'un jour à l'autre, plus une seule trace de neige. Le printemps, ici, arrive sans prévenir.

Les prisonniers ont fini de bâtir leur serre. Ils l'ont accotée aux pieux de la palissade. Les femmes ont commandé quantité de semences, jusqu'à des graines de tomates et d'asperges. Troubetskoï, lorsqu'elles lui ont remis les sachets, les a embrassés. Il est quand même un peu allumé.

L'été s'annonce. On le reconnaît aux petits Bouriates qui courent tout nus dans les rues avant d'aller sauter dans la rivière.

Et aux herbes épaisses qui ondulent dans la plaine. Des terres à foin. Pauline vient d'en louer une à des nomades. Elle veut acheter du bétail, elle aura besoin de fourrage.

Elle aime se promener là-bas, marcher dans les champs, ça la repose et les fleurs sont innombrables. Elle en fait des bouquets.

Certains jours, les autres femmes l'accompagnent. Elles louent un cheval, et se font escorter par un jeune Bouriate armé d'un arc. Lorsqu'elles traversent les prairies, des perdrix, des faisans, des cailles jaillissent des herbes. Le nomade bande son arc, tire une flèche. Il ne rate jamais sa proie. Une fois rentrée, Pauline plume le gibier, le rôtit. Si le Bouriate a abattu un lièvre, elle en fait un civet.

La saison des orages est passée. Dans la cour du pénitencier et les jardins des femmes, les légumes sont gigantesques. Chacun sait pourquoi : la terre est neuve. Avant l'arrivée des déportés, personne n'a jamais rien fait pousser dans le sol de Tchita.

Pauline entrepose ses récoltes dans ses resserres. Elle a planté des framboisiers. Avec leurs fruits et un pain de sucre qu'elle achète à un colporteur, elle confectionne des sirops. Un coin de son jardin déborde de fleurs. Elle a pris plaisir à les cultiver. Elle n'en tirera rien, que ce petit bonheur. Mais la survie, comme la vie, requiert un peu de poésie.

Pareille à Maria, elle n'arrête pas. Elle ne souffle que le soir, quand son enfant s'endort, et au moment où Ivan lui rend visite. Deux petites heures de répit à la fin de l'après-midi, puis elle recommence à jardiner, repasser, amidonner, coudre, broder, s'occuper de son bébé, diriger son domestique et la paysanne qu'elle a embauchée pour les lessives, le ménage.

Ou elle court à la palissade, à moins qu'elle n'aille soigner les bobos des villageois comme à l'époque où elle devait s'occuper de sa mère et de ses petits frères. Elle est douée pour les pansements, les foulures et tout ce qui relève des refroidissements, toux, rhumes, maux de poitrine.

Cuisiner lui plaît de plus en plus. Dans la petite isba qu'on lui avait louée à son arrivée, elle n'avait trouvé que trois mauvais réchauds qu'elle devait alimenter avec les braises de la cheminée. Dans sa nouvelle maison, elle a fait aménager un four. Chaque matin, sitôt levée, elle mitonne une marmite pour Ivan et ses copains de chambrée. Dès que le plat est prêt, elle se dépêche d'aller le remettre aux gardiens.

Pendant un temps, elle a donné des leçons de cuisine à ces dames. Elles étaient demandeuses. Tant qu'on en est resté aux soupes, elles ont à peu près suivi, mais lorsqu'on a attaqué les viandes, ç'a été une vraie catastrophe. Pas moyen de leur faire vider un poulet. Au moment où elle leur a montré comment plonger à mains nues dans le fondement de la bête et lui arracher les entrailles et les boyaux jusqu'au dernier, elles ont failli vomir. Elles n'étaient pas capables de toucher à un bout de viande pour le saler, c'est dire si elles étaient délicates. Elles ont éclaté en sanglots et quand elles se sont calmées, c'était définitif, non, vraiment, la cuisine, impossible. Mortifiées, elles ont tenu à s'expliquer : « Nos mères ne nous ont rien appris. Nous avons été choyées, gâtées. Et maintenant, c'est trop tard. » Elles s'en voulaient.

Pauline les a rassurées. Elle leur a répondu qu'avec tous les malheurs qui ont frappé sa famille quand elle était petite, elle a bien été forcée d'apprendre. Elle leur a raconté, du coup, un peu de sa vie. Elles se sont assises pour l'écouter et c'est ainsi qu'ont fini les cours : au lieu des soupes et des rôtis, des souvenirs et des récits.

On approchait de l'hiver, moment propice aux retrouvailles autour de la cheminée. C'est ce qu'elles ont fait, ce qui les a encore rapprochées. Chacune à son tour, elles ont confié un bout de leur histoire et depuis, elles partagent spontanément leurs joies et leurs peines.

Elles se rassemblent souvent chez Pauline. Parfois, sans prévenir, elles viennent dîner, rien que pour le plaisir de parler.

Ça ne la dérange pas, au contraire. La cuisine, c'est sa fierté. Et comme les fleurs, sa joie. Puissante.

*

Elle connaît beaucoup mieux les autres femmes. La plus attachante, c'est la blonde Annie. Et la plus belle de toutes. Elle a la grâce, la vivacité d'un elfe. On ne peut pas la voir sans être ému.

D'après le baron Rosen, c'est parce qu'elle est aussi belle au-dedans qu'au-dehors. Tout le monde est d'accord avec lui ; Annie reçoit énormément d'argent de sa famille, et elle le distribue sans compter. Sa façon, peut-être, d'oublier ses angoisses. Elle ne se pardonne pas d'avoir quitté ses deux enfants, même si la naissance de sa petite Nonouchka l'a un peu consolée.

Elle adore son mari et met un point d'honneur à lui cacher ses tourments. Lorsqu'ils se voient, elle est radieuse. Il doit lui en coûter, elle a les nerfs à fleur de peau, prend tout à cœur et peut s'effondrer à cause d'une broutille. Mais elle finit par se maîtriser, serre les dents, serre les poings, réunit ses forces pour faire front.

Catache, à côté, semble un monument de solidité. Une fille endurante, pieuse, dévouée, mais très soupe au lait. Nul ne lui reproche ses colères. Elle les regrette tout de suite et les femmes qui connaissent son histoire savent ce qui la rend volcanique. Elle a grandi dans un palais d'un luxe effréné et ses parents l'ont effroyablement gâtée. Pour autant, ils ne se sont jamais intéressés à elle, surtout son père, un intrigant français d'une laideur spectaculaire qui a réussi à épouser l'une des femmes les plus riches de Russie. Il désespérait de caser Catache, quand ce grand échalas de Troubetskoï s'est épris d'elle. Ses parents se sont dépêchés de la marier loin de Saint-Pétersbourg, à Paris et sans grande cérémonie. Ils n'aimaient guère leur gendre. Depuis la découverte du complot, ils lui en veulent à mort, surtout le père. Pour lui, Troubetskoï est la tache de la famille. Avec l'insurrection, et plus encore sa disparition au matin de l'émeute, il a compromis sa position, ses ambitions, les mariages de ses autres filles, tellement plus brillantes et jolies que leur sœur. Ça l'aurait bien arrangé que Catache, qui n'a pas eu d'enfants de Troubetskoï, demande le divorce. Au lieu de quoi, elle a été la première à prendre la route de la Sibérie. Catache ne se l'avouerait pas pour un empire, mais si elle est venue ici, c'est pour fuir cette famille de parvenus tous plus mondains et ambitieux.

Elizaveta non plus n'a pas d'enfants. Elle n'en parle pas et c'est la générosité en personne : elle vient d'adopter une petite fille, Ouliana, que sa servante avait eu d'un amant de passage. Elle lui a sans doute sauvé la vie. Le mari aurait forcé sa femme à l'abandonner et la petite était si fragile qu'elle n'aurait pas survécu.

Avec Alexandra, Elizaveta est la femme la plus silencieuse de la bande. Pour autant, elles ne sont pas les moins actives. Elles n'arrêtent pas de se démener pour les prisonniers et les habitants du village. Sandra, qui vient de partir, était ainsi et ça n'empêchait pas qu'on se paye de sacrés bons moments avec elle. L'été dernier, un jour qu'elle se trouvait avec Maria au bord de la rivière, un pope qui voulait traverser sans prendre le bac s'y est tellement mal pris qu'il s'est retrouvé nu comme un ver sous leur nez. Elles en ont ri pendant des jours.

Il n'y a qu'une femme un peu à part : Natalia. C'est une grande insomniaque ; lorsqu'elle s'endort enfin, elle fait des cauchemars. Ou elle a des visions. Ses hallucinations doivent être atroces, elle pousse des hurlements. On les entend à l'autre bout de la rue. Se sent-elle coupable d'avoir laissé ses enfants en Russie ? Est-elle un peu dérangée ? On la voit fixer les gens avec des yeux démesurément écarquillés. Puis elle s'empare de leur paume et leur prédit l'avenir.

On ne la tient pas à l'écart, au contraire, on l'entoure. La règle entre les femmes est la même qu'à la prison : on met tout en commun, le malheur, les angoisses, les joies, petites et grandes. On tâche de s'en sortir ensemble et de chacune, on ne retient que le meilleur.

Ces derniers temps, du reste, Natalia se calme. Il se dit qu'elle a consulté un chaman.

*

C'est de Maria que Pauline se sent la plus proche. Leur lien est silencieux. Elles s'observent, se comprennent sans avoir besoin de se parler. Pauline est pourtant aussi joviale que la princesse est mélancolique. Et expansive, pragmatique, quand Maria est réservée et souvent brouillée avec les basses réalités, comme l'étripage des poulets.

Elles se devinent. Maria pressent que la gaîté de Pauline et son humour ravageur lui tiennent lieu de cuirasse. Dans ses mémoires, elle expliquera pourquoi son amie feignait de tout prendre à la légère : afin d'éviter, dira-t-elle, qu'on mesure à quel point elle était folle d'Ivan.

Pauline n'évoquera guère Maria, sauf pour dire qu'elle l'admirait. Et comme Annie, elle ne manqua sûrement pas de remarquer que son visage s'illuminait quand elle voyait passer dans la rue le beau Poggio.

Si la princesse et l'ex-vendeuse de mode n'ont pas besoin de se parler pour se comprendre, c'est aussi grâce à la musique. Pauline aime toujours autant chanter et Maria, dès qu'elle a une minute, s'empare d'une partition et joue du clavicorde. Maria aime la voix de Pauline. Son contralto la séduit et elle a été stupéfaite de découvrir qu'elle n'avait jamais pris de cours de chant. Pauline, de son côté, a plaisir à écouter les mélodies que Maria fait jaillir de son clavier.

Elles partagent aussi la passion du monde nomade. Comme Bestoujev, qui caresse le projet d'écrire un dictionnaire russe-bouriate, elles se lient avec les tribus qui installent leurs yourtes dans la plaine, apprennent à baragouiner leur langue, s'émerveillent de leurs manteaux de soie bardés de talismans. Elles vont jusqu'à épier les rituels de leurs sorciers, ces dialogues inaudibles avec les forces de la Nature et les esprits des ancêtres. Toutes deux se sentent encore assez d'allant pour partir à la rencontre de ce qui ne leur ressemble pas, tenter de le comprendre et en nourrir leurs vies de semi-captives. Si je devais dire, de Maria ou de Pauline, laquelle fut la plus forte, je serais bien embarrassée. Je crois que je prendrais les deux.

Dans cette chronique, certains jours sont à marquer d'une pierre blanche. Quelque chose a lieu, qui rend joyeux comme jamais. Ou au contraire plus inquiet. Le destin a pointé le nez puis il est rentré dans son trou. On se dit : il ne faudrait pas que ça se reproduise. Mais ça se reproduira, c'est sûr. Et ce sera la fin d'un temps immobile.

Pour le pire, pour le meilleur ? On l'ignore. On prie, on s'en remet à Dieu.

Et la vie reprend son cours routinier, on recommence à se perdre dans les dates.

*

Pauline a reçu de l'argent de Moscou. Un habitant du village l'a su. Il entre chez elle pour la voler et manque de la tuer. Elle est sauvée par l'arrivée providentielle de son boucher.

À la prison, Ivachev, célibataire, trente ans, n'a pas renoncé à ses projets d'évasion. Maria et Natalia croient tenir la solution. Dans les courriers qui leur sont passés entre les mains, une information les a arrêtées : une jeune femme qui vit chez les parents du prisonnier rebelle, la fille de leur gouvernante, serait éperdument amoureuse de lui. Elle rêve de le rejoindre en Sibérie.

L'affaire tourne à l'obsession, elle n'en mange plus, elle n'en dort plus. Si on la mariait à Ivachev ? Ça le calmerait et arrangerait tout le monde. La jeunette, une Française nommée Camille Le Dentu, n'a quasiment plus de famille. Elle a tout juste vingt ans et elle est ravissante.

Maria et Natalia ont multiplié les lettres. Le projet a enthousiasmé la jeune fille et ses proches. Elles viennent d'en parler à Ivachev. Il est monté sur ses grands chevaux : de quoi se mêlent-elles ? Que les femmes, en Russie d'Europe, passent leur temps à vouloir marier les uns et les autres, soit. Mais ici, dans une colonie pénitentiaire !

Simple péripétie, estime Maria. Le poisson est ferré, elles l'auront à l'usure.

Un matin d'été, après une journée torride, Pauline jette un œil à son jardin et n'en croit pas ses yeux : son parterre de fleurs est grillé. Il a gelé durant la nuit, lui apprend son domestique. Elle est si stupéfaite qu'elle mémorise la date de l'incident : nuit du 2 au 3 août.

1828, 1829 ? Elle, d'ordinaire si précise, oublie de le noter.

Elle achète régulièrement des perches et des carpes à des Bouriates qui les pêchent dans un lac situé à la lisière de la route postale. On l'informe qu'ils n'en vendent plus. Elle questionne les villageois. Ils lui révèlent que les nomades, furieux de voir les Russes pêcher dans ce lac qui leur appartient depuis la nuit des temps, y ont déversé une substance toxique. Laquelle, on ne sait pas. En attendant, il faut renoncer au poisson.

Un jour qu'Annie est en grande conversation avec son mari au parloir, l'officier qui les surveille veut lui interdire de parler français. Elle refuse. Il a bu, il l'injurie. Affolée, elle s'enfuit en hurlant. Le gardien se jette sur elle. Ivan, qui est dans les parages, s'interpose et le maîtrise.

Le Commandant, le lendemain, vient présenter ses excuses à la jeune femme. L'officier est puni. Sans Leparski, les choses, à tout moment, pourraient mal tourner.

Pendant ses chevauchées, Pauline rencontre souvent un homme au nez coupé. Il lui a raconté sa vie. Il est Français, et a émigré en Russie à l'époque de Catherine II. Après s'être battu en duel, il a été emprisonné, a voulu s'échapper et a tué une sentinelle, mais on l'a rattrapé et condamné au knout. Il a survécu au supplice et finit ses jours ici. Il a un fils. Il y a deux ans, quand les déportés sont arrivés, il lui a ordonné : « Incline-toi devant ces hommes. » Il est très au fait de ce qui s'est passé après l'insurrection du 14 décembre.

Pauline ne lui a jamais demandé comment il avait perdu son nez. Elle préfère l'écouter. Il lui parle de ses chasses. Il aime tellement courser le gibier qu'il est allé jusqu'au fleuve Amour. Il prétend que l'herbe y est si haute qu'elle dépasse les oreilles des chevaux.

Elle aime les histoires de l'homme sans nez. Il est allé plus loin que le lointain, ce serait bien de faire comme lui. Malheureusement, plus guère de chances que ça arrive.

Ivan, par un après-midi étouffant, au retour de la Fosse du Diable, passe déjeuner chez Pauline et s'offre une petite sieste. À son réveil, il a soif. Le domestique lui sert du kvas, mais la boisson a un arrière-goût désagréable. La nuit suivante, Ivan ne cesse de vomir. Un jeune gardien s'écrie : « On l'a empoisonné à l'arsenic ! » et l'oblige à avaler un pichet de lait. Il s'en sort.

Un peu plus tard, la maison de Pauline est cambriolée. On lui a volé l'argent qu'elle avait caché dans son chignon au départ de Moscou. Le coffre a été forcé.

On identifie les coupables, le domestique qui avait versé à Ivan le verre de kvas empoisonné et l'homme qui avait voulu tuer Pauline. Après qu'ils sont arrêtés et relâchés faute de preuves, le domestique lui restitue la moitié de l'argent. Le reste, dit-il, a fini dans les poches des fonctionnaires qui ont mené l'enquête. Encore les cousins, pense Pauline. À son départ de Moscou, c'est un familier du palais qui l'a convaincue d'emmener ce domestique en Sibérie.

Puis bonnes nouvelles : le tsar a décidé d'attribuer à Ivan l'argent que convoitait le cousin aide de camp. Il autorise aussi la petite Alexandra, qui vit toujours chez la Vieille, à porter le nom de son père.

Maria est frappée par deux malheurs en moins de quinze jours. Une première lettre lui apprend que son père a succombé à une pneumonie et la suivante, que son petit garçon est mort d'une fièvre. Elle est abattue mais n'en montre rien. On l'admire de plus belle. Et on se demande d'où elle tient cette force.

Serait-ce grâce au chaman qu'elle est allée voir avec Pauline ? Elles ont gagné en barque l'île sacrée où vivait le sorcier. Il était jeune, un peu arrogant. Son père, disait-il, avait été frappé par la foudre, ce qui l'avait doté du don de double vue. Il le tenait de lui, jurait-il, il pouvait lui aussi guérir les malades, guider les morts vers l'au-delà, converser avec leurs esprits. Pour le leur prouver, il leur a fait la danse de l'oiseau. Il a brandi un tambour, s'est enveloppé dans un patchwork de peaux et de fourrures qu'il avait cuirassé d'amulettes puis est entré en transe. Lorsqu'il en est sorti, il a voulu leur prédire leur avenir. Elles ont refusé. Elles sont rentrées épuisées et incapables d'échanger un mot.

Un nouveau prisonnier, dénommé Lounine, arrive à Tchita. Il a passé quatre ans en forteresse, il est catholique, brillantissime, excellent musicien et ne fait rien comme les autres. Il en impose à tous les détenus par son indépendance et son intransigeance. Une tête politique. On ne parle que de lui.

Leparski vient de partir pour Nertchinsk. On a fini par savoir pourquoi. Un déporté transféré là-bas après quelques jours à Tchita s'est évadé avec cinq de ses amis. Il avait déjà ce projet lors de son passage ici. Ses codétenus avaient essayé de le convaincre de renoncer. Il n'avait rien voulu entendre, et sitôt à Nertchinsk, il a tenté l'aventure.

On l'a pris, on en a référé au tsar, qui a décidé que ses complices seraient fusillés. Pour lui, ce serait le knout. Leparski est parti superviser l'exécution des châtiments.

Voici qu'il revient. Pauline tombe sur lui à la descente de sa voiture. Il est triste à voir.

Elle se renseigne. Il vient de vivre des heures terribles. Le matin où les soldats sont allés chercher l'homme condamné au knout, ils l'ont trouvé pendu à ses chaînes. Leparski a été effondré, mais il n'était pas au bout de ses peines. Quand il a fallu fusiller ses complices, il s'est aperçu que les soldats ne savaient pas viser. La fusillade s'est transformée en boucherie. Il en a été si malade qu'avant de repartir pour Tchita, il s'est rendu sur leurs tombes et leur a demandé pardon.

Il ne s'en remet pas avant des semaines. À l'idée que les déportés de Tchita s'évadent, qu'on les rattrape et qu'il soit obligé de les exécuter comme ceux de Nertchinsk, il ne dort plus. Les prisonniers sont désormais ses enfants, ceux qu'il n'a jamais eus.

Pauline doit enterrer le petit Kom. Il est mort subitement, sur ses genoux.

Les tensions s'avivent entre les nomades et les soldats de Leparski. Un jour qu'Ivan est chez Pauline, un colporteur bouriate frappe à la porte. Pauline le fait entrer, ils se voient souvent, ils sont devenus amis.

Les visites du nomade l'enchantent. Ce sont des moments de paix, d'échange, de jeu aussi. Le soldat qui escortait Ivan s'est éclipsé, elle tient sa petite fille dans les bras et le Bouriate, selon la coutume, a étalé ses marchandises à même le sol. La négociation commence.

Le soldat revient. La vue du Bouriate le met hors de lui. Il le saisit par le col, veut le flanquer dehors. Pauline s'interpose. Le troufion prend peur, détale en claquant la porte. Elle a le réflexe de bondir en arrière avant que le battant de la porte n'assomme le bébé.

Un soir de septembre, à l'époque où le ciel est clair et les jours encore longs, elle réussit un dîner merveilleux. Elle n'attendait personne et se préparait à une parenthèse comme elle les aime : s'asseoir face à la vallée et chanter de vieilles romances françaises en regardant le soleil disparaître derrière les forêts.

Soudain, le silence est brisé par des voix et un rire. Elle bondit dans la rue, sonde la pénombre, reconnaît ses amies. Elles rentrent d'une randonnée dans les montagnes et lui déclarent qu'elles sont mortes de faim. En un rien de temps, elle improvise un dîner : gibier rôti, cochon de lait en gelée. Des restes. Tout de même, un aspic de cochon au fin fond de la Sibérie, chapeau l'artiste ! Pour agrémenter ce plat froid, elle va couper une salade dans son jardin. La nuit est tombée, Elizaveta la guide avec une lanterne.

À l'heure de passer à table, elle s'aperçoit qu'elle n'a plus de vin. Elle leur propose du sirop de framboise. Pourquoi pas ? s'exclament-elles. L'effet sucré-salé s'avère succulent, elles engloutissent son repas.

Ce soir-là, la bande a veillé tard. Les femmes n'arrêtaient pas de rire, elles ne voulaient plus partir.

Lorsqu'elle se souvint de cet instant de grâce, Pauline eut un mot déroutant : « Il faut reconnaître qu'il y avait beaucoup de poésie dans notre existence. Nous étions unies par une étroite amitié. »

J'aime que Pauline ait confondu poésie et amitié. Moi non plus, je ne les sépare pas. Cela vaut pour l'amour.

*

Au seuil de l'automne, elle se découvre de nouveau enceinte. Maria aussi, mais un peu plus tard, au début des grands froids. Pauline accouche à la mi-mai, d'une autre fille, la troisième. Elle l'appelle Olga.

Six semaines après, Maria donne à son tour naissance à une fille. Le bébé ne vit que deux jours. Elle l'enterre à l'ombre de l'église de bois où Pauline s'est mariée. Au retour de la cérémonie, elle est brisée. Les femmes sont certaines qu'elle s'en remettra. Maria s'est toujours remise de tout.

On rêve et on le sait. Quelque chose, forcément, va arriver. On sait quoi. Mais pourquoi en parlerait-on ? Leparski lui-même évite la question. Jusqu'au moment où ça devient impossible. Après un bref et mystérieux voyage à Irkoutsk, il réunit une seconde fois les détenus pour une annonce solennelle. Nous allons partir, déclare-t-il, une nouvelle prison vient d'être construite à Petrovski-Zavod, un bourg situé à cinq cents kilomètres d'ici. Nous quitterons Tchita au début du mois d'août, quand les orages se calment. Nous formerons deux convois. Les femmes suivront, des Cosaques escorteront leurs chariots.

*

Pauline est partie le 7 août, quelques heures après que le premier contingent de détenus eut pris la route. Comme elle craignait que le voyage n'éprouve ses enfants – Anna, deux ans et demi, Olga, trois mois –, elle avait engagé une nourrice bouriate.

Avant le départ, les femmes avaient vendu leurs maisons. « Pour la tête d'un pain de sucre », écrivit Maria lorsqu'elle annonça la nouvelle à ses proches. Autrement dit, pour une bouchée de pain.

Les villageois et les nomades accompagnèrent leurs voitures jusqu'en bas du village, là où se trouvait le bac. Ils leur souhaitaient bonne chance, ils pleuraient.

Le Français qui n'avait plus de nez s'était mêlé à la petite foule. Lui aussi était ému. Il n'aurait plus personne à qui raconter ses chasses. Ni les herbes, sur les rives du fleuve Amour, qui montent plus haut que les oreilles des chevaux.

Avant de quitter Tchita, j'ai visité la seule maison qui reste de ce temps-là, celle d'Elizaveta. Les autres furent détruites lors de la construction du Transsibérien.

J'y ai retrouvé Larissa, Ludmilla la brune et une des deux Marina. Notre réunion était un peu mélancolique, nous avions passé tellement d'heures à discuter de Pauline et de ses amies.

La demeure d'Elizaveta, une solide construction de rondins agrémentée d'un fronton et noyée dans la verdure, avait été restaurée et transformée en bibliothèque pour les enfants et les adolescents. À grand renfort de copies de gravures d'époque et d'aquarelles de Bestoujev, on s'était attaché à y ressusciter l'équipée des huit femmes, les souffrances des déportés et la noble présence de l'ancienne maîtresse des lieux.

Nous nous sommes installées à l'étage, autour d'une longue table de bois. La pièce, sans doute l'ancien salon, était vaste ; et la lumière, filtrée par la végétation environnante, douce et un peu verte. D'entrée de jeu, Larissa est revenue sur le sujet qui lui tenait à cœur, le sort des enfants nés pendant la déportation et la relégation des anciens insurgés. « À leur naissance, soupira-t-elle, ils ont tous reçu un prénom, mais pas de nom. Certains parents, dans le souci de ne pas compromettre leur avenir, leur ont donné le patronyme d'un habitant du village avec lequel ils s'étaient liés. Malgré tout, l'infamie était ineffaçable. "Serfs de la Couronne", était inscrit sur leurs papiers. Alors que la Sibérie n'avait jamais connu le servage ! Pour Pauline, une Française, ce dut être une blessure effroyable. »

Larissa, la soixantaine, s'exprimait avec un calme olympien et ses mots avaient d'autant plus de poids. Mais elle s'est tendue lorsqu'elle a conclu : « Nous, Russes, nous vous devons beaucoup, à vous Français. Vous avez apporté ici l'esprit des Lumières. Nous en avons plus que jamais besoin. Alors que dans votre pays, vous êtes en train de les perdre, ces valeurs, cet esprit ! »

Je n'ai pas eu le temps de répondre. Comme les prisonniers lorsqu'ils partaient creuser la Fosse du Diable, Ludmilla la brune, au bout de la table, a entonné *La Marseillaise*. Larissa et Marina la connaissaient, on l'a chantée en chœur.

Pour aller à Petrovski-Zavod, j'ai pris le Transsibérien. Il partait à une heure du matin, j'ai largement eu le temps de mettre mes notes au clair.

Au moment où je traversais le hall de l'hôtel pour aller dîner, le réceptionniste a cru bon de m'avertir, en anglais, que la France venait d'égaliser avec le Danemark au stade Loujniki de Moscou. Cette délicate attention m'a presque autant touchée que la *Marseillaise* de Larissa dans la maison d'Elizaveta. Ça devenait sérieux, cette affaire de Coupe du monde, il fallait que je me renseigne. Je me suis ruée sur l'ordinateur que l'établissement mettait à disposition de ses clients, dans une sorte de cagibi situé en face de la réception.

Les choses, en effet, prenaient un tour sérieux. À mes prochaines étapes, Petrovski-Zavod, le lac Baïkal, Irkoutsk, Nijni-Novgorod, il faudrait que j'assure, sauf si l'équipe française était écrasée d'ici là.

J'ai rédigé un mémo sur mon carnet. Pour l'instant, dans notre groupe, le C, on ne s'en sortait pas trop mal. Mais on devait faire attention à la Croatie dans le D, des coriaces, c'en avait tout l'air. Même les Belges, dans le G, pouvaient nous donner du fil à retordre, à moins qu'ils ne se fassent ratiboiser par les Anglais. Quant aux Allemands, groupe F, cacahuètes : la Corée du Sud venait de leur coller deux buts entre les yeux. Ils n'en avaient pas marqué un seul, déculottée de première.

Je devenais savante. Et mon réceptionniste était observateur. Lorsqu'il m'avait vue me scotcher à l'écran de l'ordinateur, il avait tout de suite saisi que je cherchais à me faire une idée des espoirs de l'équipe de France.

Quand je suis repassée devant son comptoir, il s'est senti obligé de me lancer : « Dans trois jours, France-Argentine à Kazan, ce sera chaud. » Il y avait comme de la foudre au fond de son regard gris-bleu, j'ai compris que la Russie était encore dans la course. Cela m'avait complètement échappé.

*

Ludmilla la brune m'a accompagnée à la gare avec son amie Irina, son fils et son mari. Pendant qu'ils extrayaient mes bagages du coffre de la voiture, elle m'a reparlé de Pauline et comme dans la maison d'Elizaveta, elle a entonné *La Marseillaise*.

J'ai suivi. Nous sommes entrées dans la gare bras dessus, bras dessous et en chantant. Ni Irina, ni son mari, ni son fils, ni personne n'en a paru étonné.

Pour rejoindre le quai du Transsibérien, au lieu d'emprunter le pont, ils ont traversé les voies à pied en soulevant mes sacs par-dessus les rails, j'ignore pourquoi. Peut-être n'y avait-il pas de pont. Il faisait nuit, j'avais un peu bu, je ne jure de rien.

Le train n'était pas là, on a attendu un moment. Pour passer le temps, Ludmilla m'a parlé du foot : « La France n'est pas mal partie pour la Coupe. »

J'ai trouvé ça sympa de sa part et j'ai cru bon de lui répondre : « Je ne pense pas. »

Elle a haussé les sourcils : « Ah bon ? Vous vous y connaissez en football ? »

Le terrain devenait mouvant, j'ai bredouillé : « Non, je n'y connais strictement rien, c'est juste une intuition. » Et, prudente, je suis revenue à Pauline.

Quand le train s'est ébranlé, la lune l'a poursuivi. Elle était pleine. Comme sur l'aquarelle où Bestoujev avait représenté la cour de la prison, une lumière magnifique tombait des étoiles. Du même bleu, exactement.

VIII
L'enfer

Le Transsibérien, toute la nuit, a poursuivi l'ouest à grands coups de trompes. J'ai mal dormi.

Ses barrissements. Mais aussi, pour la première fois depuis Moscou, l'inquiétude. Lorsque le jour a filtré des rideaux de mon compartiment, j'ai compris pourquoi : je voyage maintenant sans Pauline. Son récit s'est arrêté non loin de la gare où je vais descendre. Si je m'apprête à passer vingt-quatre heures dans cette vallée où, paraît-il, personne ne va, c'est pour me confronter à son silence. Et le combler si possible. J'en suis effrayée d'avance.

Il y a une demi-heure, quand l'une des deux solides et impérieuses *provodnitsi* qui régissent la vie de mon wagon m'a apporté du thé, je relisais les dernières pages de ses mémoires, celles qui relatent son voyage de Tchita à Petrovski-Zavod. À plusieurs reprises, elle semble au bord de la dépression. Lors d'une étape, elle fond en larmes. Plus surprenant encore, alors qu'elle doit traverser une rivière en crue sur une longue passerelle en portant son bébé dans les bras, elle est saisie de terreur. L'incident – de toute évidence, un accès de vertige, même si elle le nie – se répète lorsqu'elle est contrainte de franchir un pont encombré de chevaux et dépourvu de garde-fou.

Le défi, trois ans plus tôt, l'aurait surexcitée. Elle se serait donnée en spectacle. Ou, comme sur la route Moscou-Irkoutsk, elle aurait cherché l'exploit, tenté, par exemple, de traverser le pont plus vite que les autres. Ce jour-là, elle perd ses moyens.

Il faut admettre que six semaines de diligence sur des routes effroyables avec deux enfants en bas âge et en ignorant où elle va atterrir, il y a de quoi craquer. Ce qu'elle sait de Petrovski-Zavod, elle l'a appris d'un Bouriate et ça tient en une phrase : le village se trouve dans les montagnes et son climat est malsain.

Le seul exploit qu'elle revendique, durant ce périple, c'est d'avoir, à plusieurs occasions, convaincu des nomades d'échanger leurs cygnes contre des cartes à jouer. Elle les faisait rôtir le soir au relais de poste. Là, je reconnais ma Pauline.

*

Bardés que nous sommes d'ordinateurs, de portables et de tablettes, méritons-nous encore le nom de voyageurs ? Contrairement à Pauline, nous partons rarement dans l'inconnu.

Sur Petrovski-Zavod, j'en sais cent fois plus long qu'elle. Du temps de Catherine II, des explorateurs découvrirent du minerai de fer dans les montagnes environnantes. On manquait d'outils pour les forçats déportés en Sibérie. Quand l'Impératrice a appris l'existence d'un gisement, elle a décidé de construire une usine de fonte dans la région et son choix s'est porté sur cette vallée humide située à une vingtaine de kilomètres de la mine et connue seulement des nomades qui remontaient la route du thé.

Elle était déserte, on dut lui trouver un nom. La tsarine, entre ses amants, ses lectures philosophiques et le gouvernement de toutes les Russies, était débordée. Elle ne s'est pas fatiguée : elle avait fondé une usine, elle l'a appelée « l'usine » – *zavod*, en russe. Et comme c'était un peu plat et qu'elle comptait en édifier d'autres, elle a ajouté *Petrovski* pour faire la différence, et rendre hommage à son glorieux ancêtre Pierre le Grand.

L'établissement a longtemps prospéré. La ville s'est peuplée d'ouvriers et de marchands, le Transsibérien est arrivé puis, sous Staline, un mastodonte sidérurgique soumis aux objectifs démesurés des plans quinquennaux a succédé à la fabrique de fonte qu'avait connue Pauline. Il n'a pas survécu à l'effondrement de l'URSS.

Depuis, Petrovski-Zavod se vide, on y meurt plus souvent qu'on n'y naît. En trente ans, elle a perdu près d'un tiers de ses habitants. Il n'en reste que quinze mille, éparpillés dans la vallée. Des cheminots du Transsibérien, pour la plupart, ou des coupeurs de bois qui dévastent les forêts au profit des Chinois. Quant à la légendaire route du thé, elle est morte après la révolution de 1917.

J'ai trouvé quelques témoignages de voyageurs. En 2013, un Français a traversé Petrovski-Zavod à bord d'un 4×4 ; il en parle comme d'un « gros village ». Trois ans plus tard, au plus fort de l'hiver, des touristes russes se sont photographiés devant le musée. Il était enfoui sous la neige ; ils semblaient aussi fiers de leur exploit que gelés jusqu'à la moelle. Un autre, sans doute un nostalgique de l'industrie soviétique, a mis en ligne un cliché du monstre sidérurgique. Monceaux de gravats, vitres cassées, murs rongés par la rouille, un tableau déprimant, à l'exception de sa cheminée curieusement intacte qui fumait tout ce qu'elle pouvait. On avait dû la rallumer pour la photo.

Sur le site « Meilleures choses à faire à Petrovski-Zavod », à part la mention « Musée », rien. Aucun restaurant, pas de cinéma, pas de boîte de nuit. Mais l'hôtel où je m'étais réservé une chambre – le seul de la ville – était signalé : un immeuble tout en longueur, couleur gris souris, qui devait remonter à l'ère Brejnev. Le site affichait les avis des clients. Pas très engageants : un « Juste passable » et trois « Affreux ».

Ça m'était égal. J'allais y passer une nuit, alors que Pauline fut bloquée six ans à Petrovski-Zavod. Et quand elle est arrivée ici, personne ne l'attendait. Moi, Natacha viendra me chercher à la gare et m'accompagnera sur ses traces.

*

Pour l'instant, les vestiges que je découvre à travers la vitre du train ne remontent à pas plus loin qu'une vingtaine d'années : enchevêtrements de ferrailles, terre-pleins de bitume mangés par les herbes folles, tuyaux géants suspendus dans le vide, restes d'usines éventrées par des pelleteuses qui n'ont pas eu le courage de finir le boulot. Puis surgit une gare superbe où le Transsibérien s'arrête. Le temps de me faufiler entre d'épaisses quinquagénaires ployant sous des cabas bourrés de petits appareils ménagers *made in China*, je suis sur le quai.

Natacha parle très bien français. Elle me l'avoue sans tarder : elle n'a jamais mis les pieds à Petrovski-Zavod. Débarquée d'Oulan-Oudé hier soir, elle a déjà appelé Svetlana, la directrice du musée, qui lui a promis de nous guider dans la ville.

Dans le van où nous sommes installées, je peine à prendre des notes. La route qui mène à la vallée est sinueuse et constellée de nids-de-poule. Mon regard, entre deux secousses, capture les images qu'il peut. Des champs, quelques maisons de bois, une petite gargote, un stade jalonné de statues monumentales d'athlètes, un gigantesque palais des loisirs, de la culture et des sports estampillé grand art officiel soviétique, et toujours des champs, des maisons de bois : cette ville n'est pas une ville, mais une immense prairie mitée de centaines de baraques en rondins. Certaines, les plus belles, à boiseries ouvragées et fenêtres peintes de vert cru ou de bleu paon, datent des années 1880-1900, une époque où la route du thé était encore bien vivante. La fonderie prospérait, les marchands affluaient. Ce sont eux qui les ont construites. Leurs toits sont parfois de guingois : le sol est marécageux, elles n'ont pas de fondations, s'affaissent davantage chaque hiver et s'effondrent d'un coup, comme des vieux qui en ont assez de la vie. Elles ne laissent de leur splendeur passée qu'un amas de poutres enchevêtrées.

Pas un magasin, aucun café. Quand les champs s'effacent enfin, c'est pour faire place à un univers indéfinissable, fait d'irrécupérable ou d'irrécupéré. Une poste abandonnée, des bains publics en ruine, une ancienne prison-relais du goulag, une vieille synagogue transformée en centre des impôts. Seul le mastodonte de l'aciérie stalinienne s'entête à rester debout malgré sa déconfiture, droit comme un maréchal de l'Armée rouge à l'ombre de sa fidèle cheminée qui s'obstine à veiller sur son inéluctable descente au tombeau.

À quelques centaines de mètres, je remarque une autre cheminée. C'est celle de l'ancienne forge, m'apprend Natacha. Le marteau-pilon qui abrutit les oreilles de Pauline pendant six ans était installé tout à côté.

Il fait très chaud, je baisse les vitres. Aussitôt, je tousse : à chacun de ses ressauts, la voiture soulève un épais poussier gris. Ce n'est plus celui de la forge, mais de la poudre crachée par la route. Natacha s'attriste : « Il n'a pas plu de tout le printemps. »

Puis elle me désigne un grand champ adossé à la colline. Je me suis tellement usé les yeux sur les aquarelles de Bestoujev que je devine ce qu'elle va me dire : c'est l'emplacement de la prison.

De ce pénitencier dont Nicolas Ier conçut les plans, il ne reste absolument rien. Il était pourtant persuadé d'avoir élaboré la machine à surveiller et punir la plus moderne qui fût, un chef-d'œuvre d'architecture carcérale, qui ferait école et défierait les années : soixante-quatre cellules de dimension identique, sept mètres sur six, alignées le long d'un couloir. Pour les chauffer, de grands poêles de faïence. Pour les promenades, des courettes soigneusement compartimentées par des falaises de pieux. Et pour la sécurité, un festival de barres, serrures, verrous.

Pauline a découvert la prison depuis une des montagnes qui surplombaient la vallée, au sortir de la forêt. C'est le premier bâtiment qui s'offrit à son regard. Elle fut abasourdie. Maria aussi, et chacun des détenus.

Leurs souvenirs se recoupent. Tout les surprit, son plan en forme de fer à cheval, son toit de couleur rouge, le crépi jaunâtre dont on avait enduit ses murs. Ils étaient si interloqués qu'il leur fallut quelques minutes pour remarquer, non loin de là, l'usine de fonte, un embryon de village et, sur une colline voisine, le cimetière. Ils ne purent articuler un mot ; et quand enfin ils se parlèrent, ce fut pour s'exclamer : « La prison n'a pas de fenêtres ! »

Une fois dans le pénitencier, ils s'aperçurent qu'elle en avait. Mais seulement dans le couloir qui longeait les cellules et donnait sur les cours intérieures. Lorsque la porte de leur geôle se referma sur eux, ils se retrouvèrent dans une obscurité quasi totale et c'est seulement là qu'ils comprirent quel dessein avait habité Nicolas lorsqu'il avait conçu cet établissement : détruire la petite république qu'ils s'étaient inventée dans les chambrées de Tchita. Il s'y était pris le plus simplement du monde : en les isolant et en les privant de lumière.

Dès que les gardiens verrouillèrent leur cachot, les condamnés éprouvèrent la même sensation qu'Ivan à la forteresse Pierre-et-Paul : ils étaient entrés dans leur tombeau. Certains dirent : leur cercueil.

Les femmes, dès ce mois de septembre 1830, lancèrent une contre-offensive. Maria, sans attendre, écrivit au tsar pour lui demander qu'on perce des fenêtres dans les murs des cellules, tandis que ses compagnes se mettaient à l'affût du second convoi de détenus. À l'annonce de son arrivée, elles coururent se poster devant la prison pour les accueillir et rien qu'à voir ce rempart de femmes, les hommes surent qu'ils pouvaient toujours compter sur elles.

Il ne restait plus qu'à attendre la réponse de Nicolas. Ce serait long, elles le savaient. Elles se hâtèrent de faire construire leurs maisons avant les premières neiges.

*

Les prisonniers, cet hiver-là, eurent le plus grand mal à ne pas se laisser abattre. Au bout de quelques semaines, leur vue baissa. Certains crurent devenir aveugles.

Maria fut l'une des premières à s'en alarmer. Elle s'aperçut que le désespoir, pour ne pas dire la dépression des détenus, ne tenait pas seulement au manque de lumière. Il y avait également les bruits du pénitencier, tous ces fracas métalliques qui déchiraient le silence de façon imprévisible. On avait beau tenter de s'en empêcher, on vivait à l'affût du moindre cliquetis de serrure et grincement d'huisserie. Sans doute l'espoir d'une échappée, si brève soit-elle. Mais il suffisait qu'on les entende résonner, ces bruits métalliques, pour qu'on se sente plus oppressé encore.

Chaque journée apportait son lot de mauvaises surprises. Les rondins des murs, assemblés à la hâte, commençaient à se disjoindre, les vents glacials qui balayaient la vallée s'infiltraient dans les interstices, on grelottait et il ne fallait pas compter sur les grands et coûteux poêles de faïence que Nicolas avait fait installer dans les cellules, ils tiraient très mal. Le risque d'asphyxie, voire d'incendie, était permanent. Les prisonniers eurent beau s'emmitoufler sous des épaisseurs de lainages, vestes et pelisses, ils gelèrent tout l'hiver.

*

Maria, toute lame d'acier qu'elle soit, a du mal à chasser ses angoisses quand elle rejoint son mari à la prison. Que dire d'Ivan ? Il est quasi certain que les crises d'anxiété qui l'avaient assailli lors de son incarcération à la forteresse Pierre-et-Paul ont ressurgi.

Le tableau qu'affronte Pauline est tout aussi pénible : se faire construire une maison, l'aménager, l'organiser, recruter des domestiques, trouver à se nourrir. Il est trop tard pour jardiner et elle n'a pas de réserves. Pour trouver de quoi survivre, elle doit tisser en toute hâte son réseau dans le village, approcher les nomades, les marchands, négocier, traficoter, le tout sans jamais cesser de veiller, par moins vingt, moins trente, bientôt moins quarante, sur ses deux jeunes enfants. Et Ivan qui va mal.

S'est-elle effondrée ? Si oui, on n'en saura rien et ce n'est pas seulement parce que son récit s'est arrêté : souffrir en silence est la règle implicite de la bande depuis Petrovski-Zavod. Le terrain n'est pas sûr, les mouchards continuent à grouiller autour de Leparski. Pas question que

Benkendorf ou Nicolas apprennent qu'on n'en peut plus, ce serait leur donner la victoire. Et craquer, ce serait courir le risque de faire craquer les autres. Comme disait Annie : « Tant que tu es dehors, tu ne montres rien. Mais quand tu rentres dans ta chambre, tu peux pleurer tant que tu veux. »

Difficile de savoir si Pauline parvient à rencontrer Ivan aussi souvent qu'à Tchita. Les hommes, pendant les premiers mois de leur incarcération à Petrovski-Zavod, ne sont pas autorisés à sortir de la prison. Le tsar les a condamnés à l'ennui. Et il a contraint les femmes à un choix impossible : elles pourront partager la geôle de leur mari, mais ce sera sans leurs enfants. Si elles prennent le parti de ces « malheureuses victimes d'un amour imprudent », comme il appelle leur progéniture, elles se consacreront pleinement à leurs devoirs de mère. Les rencontres conjugales, en ce cas, se dérouleront à la prison, deux fois par semaine et pas une de plus.

Maria choisit de passer chaque nuit dans la cellule de son mari, la 54, à quelques mètres de la 57, celle d'Ivan, et de la 62, qu'on avait affectée au beau Poggio. Alexandra et Catache ont adressé à Benkendorf un courrier dans lequel elles lui demandaient d'intervenir pour que l'Empereur revienne sur sa décision. Il n'a pas transmis leur courrier, il a répondu lui-même. C'était *niet*.

Olga n'a pas souvenir que sa mère ait partagé la cellule d'Ivan. En revanche, elle se souvient qu'elle l'emmenait voir son père. Certains documents, lettres ou mémoires, signalent aussi que les femmes ne cessaient d'aller et venir entre leurs maisons et le pénitencier. Au bout de quelques mois, Leparski a probablement choisi de faire fi des diktats du tsar.

Maria, il faut dire, s'était remise à le harceler. Comme à Tchita, elle le surnommait « le Gardien », ou « Monsieur Je-ne-peux-pas ». Il feignait de l'ignorer, mais soupirait : « Je préfère négocier avec cent détenus plutôt qu'avec une seule de leurs femmes. » Il mettait son point d'honneur à leur résister. Alors qu'il le savait d'avance : il serait vaincu. Et sans doute content de l'être car avec ces dames, c'était la vie qui cherchait sa place et la trouvait toujours : Annie venait d'avoir une seconde fille et Catache qui, en Russie d'Europe, n'avait pas été enceinte une seule fois en dix ans de mariage, s'apprêtait à accoucher.

Au fond, ça lui plaisait, que la bande de Tchita se soit reconstituée à moins de cent mètres de la prison, autour de ces maisons serrées les unes contre les autres des deux côtés du chemin qui menait à la forge.

Le musée où m'attend Svetlana a été aménagé dans la maison de Catache, la seule qui ait résisté aux hivers de Petrovski-Zavod. Lorsqu'on la restaura, à la fin des années soixante-dix, elle s'enfonçait dans le sol, comme les vieilles demeures de marchands, et menaçait de s'écrouler. On l'a démontée puis remontée à une centaine de mètres de son emplacement initial, là où le sous-sol est sain.

Elle a aujourd'hui belle allure, à l'extérieur comme à l'intérieur. En mémoire de Catache, qui se fit envoyer des meubles par sa famille afin de ressusciter l'atmosphère des intérieurs où elle avait vécu, on l'a décorée d'un mobilier d'époque, piano, guéridons, napperons, petits secrétaires.

Svetlana m'emmène au premier étage pour me montrer un document dont elle est fière : un plan de la ville datant de 1842. Toutes les maisons des femmes y figurent et pourtant à cette date, elles sont parties. Depuis trois ans pour Alexandra et Catache, qui furent les dernières à quitter Petrovski-Zavod ; six pour Pauline et Maria.

Les administrateurs locaux sont loin de les avoir oubliées. À chaque habitation, ils ont attribué un numéro qui renvoie à une légende, laquelle indique le nom de son ancienne occupante.

Pauline n'a pas cherché à s'éloigner des autres femmes, bien au contraire. Elle a construit sa maison entre celles de Maria et de Catache. Alexandra vit en face et Natalia au bout de la rue, non loin de la forge.

Elizaveta et Annie sont les mieux placées : elles n'ont qu'une centaine de mètres à parcourir pour gagner la prison. Catache, qui a pensé à faire aménager un balcon au premier étage de son élégante demeure, compense ce handicap. De là-haut, elle peut suivre ce qu'il se passe devant le pénitencier.

Le plan mentionne également le nom qu'on avait donné au chemin où les femmes alignèrent leurs maisons : comme à Tchita, *Damskaïa*, la rue des Dames.

Aucune aquarelle de Bestoujev ne l'a immortalisée, ou s'il l'a fait, elle s'est perdue. Svetlana me montre une image signée d'un autre détenu, Répine. Lui aussi avait un pinceau très sûr. Par chance, elle représente le côté de la rue où se trouvait la maison de Pauline.

Elle semble plus modeste que celle de ses voisines mais d'après Svetlana, qui a découvert son acte de vente, elle comportait six pièces et était dotée d'un étage auquel on accédait par un grand escalier. Elle était confortablement meublée, peut-être grâce à Bestoujev, un menuisier hors pair : trois armoires et six canapés. Enfin un piano, qui ne figure pas sur le document : Pauline, on le sait par une autre source, l'offrit à une amie à l'insu de Leparski. Sans doute une femme avec qui elle se livrait à de petits trafics clandestins.

Le plan indique qu'un grand jardin prolongeait sa maison. Dès la fin du premier hiver, elle y aménagea un potager et certainement, selon l'usage russe, une cabane qui abritait un sauna. D'après Svetlana, elle fit construire des serres, un poulailler, une soue à cochons et une étable où elle élevait une ou deux vaches. « Toutes les femmes en avaient, même les princesses ! s'amuse-t-elle. Sinon, comment auraient-elles survécu ? »

Le clou du musée, c'est la maquette de la prison. Rien n'y manque, ni les palissades qui compartimentent en courettes l'immense espace qui s'étend entre les deux ailes du bâtiment, ni les potagers et les serres que les fous de jardinage furent autorisés à installer dès le printemps.

Sur cette maquette, les cellules comportent des fenêtres : sept mois après le courrier de Maria, le tsar s'est résigné à ce qu'on perce le mur extérieur du pénitencier. Un mètre sur trente-cinq centimètres à deux mètres dix du sol, il vaudrait mieux parler de fente. Si les hommes veulent capter un peu de lumière naturelle, ils doivent lire debout et, quand le jour faiblit, se percher sur un tabouret.

Leparski pressent que la situation va devenir intenable, il lâche du lest. Pendant la journée, les portes qui donnent sur le couloir resteront ouvertes et les cellules bénéficieront ainsi de la lumière des courettes.

Il autorise les détenus à aménager leur geôle comme bon leur semble et, s'ils le souhaitent, à se réunir. Maria ne se le fait pas répéter : elle écrit aux siens, demande qu'on lui expédie quelques meubles, passe commande aux marchands d'Irkoutsk, obtient de poser des tentures vert bouteille sur les murs de rondins et transforme la geôle de son mari en chambre-salon : une bibliothèque, un divan, deux commodes, un service à thé en argent. Puis elle accroche des icônes et des portraits de famille aux murs et déménage son cher clavicorde au pénitencier.

Bestoujev se dépêche de fixer sur des aquarelles la nouvelle vie de ses codétenus. Son frère Mikhaïl, calé dans son fauteuil, les jambes allongées sur une chaise, est plongé dans une revue. Maria, avant de jouer pour son mari, s'assure que son clavicorde est accordé. Le docteur Wolff, irréductible athée et philosophe à ses heures, médite devant la table où il a posé un crâne et une pendule. Poggio tend avidement son visage vers le rayon de soleil qui tombe de sa minifenêtre. Une nouvelle venue dans le groupe des femmes, Anna Rosen, écrit une lettre sous la dictée de son mari. Et lui, Bestoujev, comme à Tchita, se peint en train de peindre.

Scènes d'apparence anodine, qui dissimulent, comme à Tchita, un message politique à l'adresse de son réseau toujours plus vaste d'amis et sympathisants : regardez la dernière invention du tsar, il nous isole, nous prive de la lumière du jour. Mais ne vous inquiétez pas, nous tenons. Tout le monde s'occupe, va de l'avant, résiste, nous ne ne lui laisserons jamais la victoire. Et il peut nous plonger tant qu'il veut dans les ténèbres, ça ne change rien : nous sommes unis.

La démarche est admirable, mais elle tient de la formule conjuratoire. Avec la lumière, la grâce de Tchita s'en est allée. La « république lilliputienne », comme la surnomme l'un des détenus, a survécu, et s'est même perfectionnée. Chaque année, un président, un chancelier, des députés sont élus à bulletins secrets et à la majorité absolue. Des commissions sont créées, le budget de la caisse commune, les livres et les revues sont répartis démocratiquement – les prisonniers reçoivent désormais des revues par dizaines. Avec des titres aussi sérieux que *Le Journal des Débats*, la *Revue des Deux Mondes*, *Punch*, le *Times*, le *Frankfurter Zeitung*, la prison n'a rien à envier aux meilleurs cabinets de lecture européens. Le plan de Nicolas, cependant, commence à faire effet : l'ombre a gagné les cœurs. La communauté carcérale, déjà éprouvée par l'hiver, se fracture. D'un côté, les solitaires et les abandonnés, qui ne reçoivent aucune nouvelle des leurs. De l'autre, les prisonniers mariés et leur entre-soi, frères, oncles, cousins déportés avec eux, ainsi que les détenus qui, envers et contre tout, sont résolus à entretenir la flamme de la microrépublique de Tchita, Bestoujev, Wolff, Poggio, Lounine, Svistounov, l'ami d'Ivan, et quelques autres.

Eux, les femmes viennent les voir, jusqu'à cinq, six, dix fois par jour. Elles amènent leurs enfants, tiennent salon dans leur cellule. Maria continue d'assurer le service du courrier, ses compagnes font leur possible pour soutenir ceux qui souffrent et désespèrent. Seulement les temps ont changé. Ils voient en elles, non plus des anges, mais des mères de famille. Et les lois de leur république n'y peuvent rien. C'est le cours des choses, la vie qui cherche toujours à rebâtir du neuf sur les ruines du temps d'avant. La preuve : après Catache et Annie, Pauline est enceinte. L'accouchement est prévu pour octobre.

Bestoujev ne se résigne pas. Il s'est inventé une devise : « Tu vis ? Agis ! » Il peint, encore et encore. Il propose à tous les prisonniers qui le souhaitent de faire leur portrait. Pour resserrer leurs liens. Pour résister, laisser des traces, les persuader qu'ils sont les acteurs d'un moment essentiel. Car il en a la conviction : tôt ou tard, leur histoire va s'inscrire dans l'histoire, la grande. Et comme il estime que Leparski en est l'un des héros, il le portraiture aussi.

Le Commandant a désormais soixante-seize ans, bon pied bon œil en dépit d'un front soucieux. Ses cheveux noir corbeau commencent à blanchir, mais il affiche une belle énergie.

Il n'est pas du tout obèse, comme l'ont prétendu Pauline et Maria. Peut-être a-t-il maigri à Petrovski-Zavod. La situation est tendue au pénitencier. Il ne sait plus où donner de la tête.

Svetlana m'entraîne sur le balcon du musée, l'endroit d'où Catache épiait la prison. Comme sa maison a été déplacée, la rue des Dames nous fait face.

Devant ce qui fut le terrain où Maria édifia sa demeure, une marchande de glaces somnole sous un parasol. De l'autre côté de la rue, devant des habitations aux toits de tôle vert pâle ou violacée, deux hommes abrutis de chaleur s'emparent d'une moto, l'enfourchent et disparaissent dans un tourbillon de poussière. Puis le nuage se dissipe et la rue retourne à sa vie morne.

Svetlana, soudain, me demande :

— Qu'est-ce qui vous a poussée à venir à Petrovski-Zavod ? C'est loin, Paris...

— L'interruption subite du récit de Pauline. Je voudrais savoir ce qui lui est arrivé quand elle s'est installée ici. J'ai l'impression que ce fut un moment très douloureux.

Elle ne répond pas. Je me fais plus générale :

— Je me demande ce qui a poussé toutes ces femmes à rejoindre leurs maris en Sibérie. Parce qu'en définitive, si on fait le compte, la plupart des épouses des condamnés sont restées chez elles…

Elle sourit.

— L'âme russe.

J'ai dû prendre un air perplexe, elle s'explique :

— Je veux dire : le stéréotype de l'âme russe. Parce qu'à la vérité, nous les Russes, nous ne nous comprenons pas nous-mêmes.

Elle s'est rembrunie. Elle pense peut-être à un amour qui l'a consumée, une douleur où elle s'est abîmée.

Je ne sais que dire. Je recommence à observer la rue. Deux gamins entament une partie de foot au milieu de la rue des Dames. Comme mon réceptionniste d'hier soir, la Coupe du monde les surexcite.

Je reprends :

— Je me demande comment les femmes ont pu supporter la séparation d'avec leurs enfants. D'un côté, il y avait ceux qu'elles ne verraient pas grandir, et les autres, nés en exil, qui n'avaient pas demandé à partager leurs souffrances…

Svetlana coupe court :

— Nous en parlerons cet après-midi. On se retrouve dans deux heures.

Elle ne dit pas où, mais je le sais. Ce matin, en arrivant, je lui ai dit que je voulais visiter le cimetière.

*

Cette petite nécropole m'intrigue depuis le jour où, l'hiver dernier, à Saint-Pétersbourg, j'en ai découvert une image au musée Pouchkine. Je me promenais dans la salle consacrée aux insurgés du 14 décembre quand mon œil a été attiré par une aquarelle qui rappelait la manière de Bestoujev – la copie hâtive, sans doute, d'un tableau perdu. Elle représentait une église de bois massive en haut d'une colline. Un chemin escarpé conduisait au sanctuaire. Quelques croix, sur la gauche, signalaient des sépultures. Plus bas, sur la droite, se dressait une petite construction décorée d'un fronton. C'est lui qui m'a arrêtée. Son dessin clairement inspiré des façades de Saint-Pétersbourg et de Moscou détonnait avec la rude simplicité de l'église de bois.

Je me suis attardée devant le tableau. La gardienne qui surveillait la pièce a vu que j'étais perplexe, elle s'est levée de sa chaise, m'a saisie par l'avant-bras et d'autorité, m'a conduite devant un autre tableau – un portrait accroché sur le mur opposé. Puis, toujours impérieuse, comme si ce qu'elle voulait me signifier était d'une importance capitale, elle m'a ramenée devant l'aquarelle et, à force de gestes, m'a fait comprendre que la femme du portrait était inhumée dans ce petit monument décoré d'un fronton et a déclaré, aussi grave que si elle parlait d'un parent tragiquement disparu : « Petrovski-Zavod, Mouravieva. »

Mouravieva : Annie. Dès que j'ai pu, j'ai vérifié si j'avais bien saisi ce qu'elle m'avait dit.

Il n'y avait aucun doute : Annie était morte à Petrovski-Zavod et cette chapelle était son tombeau. Bestoujev en avait dessiné les plans et, à plusieurs reprises, il s'était déplacé sur la colline avec son chevalet et ses couleurs afin de peindre le mausolée.

J'ai également découvert que des admirateurs de son œuvre, ou d'Annie, avaient mis en ligne des clichés de ces aquarelles. Mais sur ces photos, curieusement, devant la chapelle, figurait un autre édifice, beaucoup plus petit, en forme de pyramide tronquée. Il était surmonté d'une croix, comme le mausolée, et identiquement chaulé de blanc.

Ce soir-là, je devais prendre un thé avec M., qui savait tout des trésors du musée. Sitôt arrivée dans l'appartement désuet qu'elle occupait au cœur du quartier, lui-même inchangé, qui avait inspiré à Dostoïevski le décor de *Crime et Châtiment*, je lui ai parlé de l'aquarelle du musée Pouchkine ainsi que de celles de Bestoujev, où figurait ce bizarre petit édifice. « La chapelle à fronton, c'est bien la tombe de Mouravieva, me répondit-elle. Et la petite construction que vous trouvez étrange est celle d'Anna, la première des deux filles que Pauline a eues à Tchita. »

Comme la gardienne du musée, elle est grave : « Ensuite, il y a eu d'autres morts à Petrovski-Zavod, une sorte de série noire. Je ne m'en souviens plus bien mais cherchez, vous verrez, c'est une histoire terrible. »

*

J'ai cherché. À Petrovski-Zavod, en effet, un an après l'installation dans la vallée de la colonie pénitentiaire, les décès s'enchaînent, alors qu'à Tchita, en dehors du bébé de Maria, il n'y eut aucun mort.

Ironie du destin, le premier drame survient juste après le percement des fenêtres dans les cellules. Annie, les mois précédents, pour soutenir son mari, n'a cessé de faire des allers-retours entre sa maison et la prison. Elle était enceinte. Fin décembre, elle a accouché d'une fille, Olesya. L'hiver a été particulièrement rude, le bébé n'y survit pas, il meurt avant le printemps.

Les femmes de l'époque sont habituées à perdre des enfants en bas âge. Maria n'a pas été longue à surmonter la perte de sa petite Sophie ; Annie, elle, ne se remet pas de la mort d'Olesya. Elle devrait se faire violence. Elle n'y arrive pas. Dès qu'elle est dehors, elle tourne la tête vers la colline où est enterrée l'enfant et tout de suite, la douleur l'écrase. Elle finit par se terrer dans sa chambre.

Elle serre les dents, réapparaît, tente de donner le change. Cependant tous le remarquent : ses cheveux blanchissent, elle est de plus en plus nerveuse et chaque jour qui passe, elle s'étourdit de tâches et d'obligations aussi inutiles qu'incohérentes. Un insecte prisonnier d'un bocal. Elle s'en rend compte : « Je ne fais que m'agiter jusqu'à ce que mes jambes ne me portent plus », écrit-elle à sa belle-mère. Pourtant, elle continue.

Sur le portrait que Bestoujev fait d'Annie à cette période, elle a vingt-huit ans et en paraît cinquante. Elle s'est voûtée, ses traits se sont émaciés, son regard terni se perd dans le vide.

Quelques mois plus tard, elle est morte. Par un soir de novembre, dans un de ces élans désordonnés dont elle était coutumière, elle a couru voir son mari. Il faisait très froid. Elle était si égarée qu'elle ne s'en est pas aperçue ; elle a quitté sa maison sans enfiler sa pelisse. Dès le lendemain, elle s'est mise à tousser. Son état a vite empiré. Aucun des remèdes du docteur Wolff n'a réussi à la sauver.

Bestoujev, encore lui, confectionne son cercueil. Il le double de fonte : sur son lit de mort, Annie a demandé à être enterrée en Russie d'Europe, dans le caveau familial. Il ne doute pas une seconde que le tsar donnera son accord au transfert du corps à Moscou.

Leparski demande aux détenus de droit commun qui travaillent à la forge de creuser une fosse provisoire dans le sol gelé. Le jour des obsèques, les amis du veuf sont autorisés à sortir. D'après une tradition locale, ils auraient porté le cercueil jusqu'à l'église puis à la fosse. Annenkov, en ce cas, fut de ceux qui le soulevèrent sur leurs épaules.

Pauline, qui avait accouché un mois plus tôt de son premier fils, Vladimir, suivit-elle le cercueil avec les autres femmes ? On l'ignore, les sources sont muettes sur cet enterrement. On sait seulement que le veuf, Nikita, avait blanchi du jour au lendemain et que les détenus, au retour des obsèques, ne furent plus les mêmes.

*

Quelques semaines après la mort d'Annie, Leparski reçoit une lettre de Benkendorf : Sa Majesté Impériale s'oppose à ce que son corps soit transféré en Russie d'Europe. Il restera à Petrovski-Zavod et n'en bougera pas.

La décision est cruelle. La tombe d'Annie est vouée à l'oubli car le tsar, parallèlement, a décidé que les déportés bénéficieront d'une remise de peine. D'ici quelques années – deux, quatre, six, voire neuf, selon les cas – ils seront envoyés dans une ville ou un village sibérien où ils vivront jusqu'à la fin de leurs jours avec interdiction d'en sortir, le fameux « exil éternel » du jugement de juillet 1826. Aucun parent ni ami ne pourra venir se recueillir sur sa sépulture et son souvenir se perdra. Nicolas, une fois de plus, s'est montré conforme au jugement de Maria : un empereur qui n'est grand que dans la petitesse.

Bestoujev et Nikita ne sont pas longs à trouver la réplique. Au-dessus des tombes d'Annie et de sa fille Olesya, ils vont édifier une chapelle funéraire. Bestoujev se rendra ensuite sur la colline avec son chevalet et ses couleurs et la peindra. Il ne sait pas encore quand, ni comment, mais il le fera et, d'une manière ou d'une autre, il transmettra les aquarelles aux familles d'Annie et de Nikita, qui les feront copier pour leurs proches. L'image du mausolée se transformera en manifeste contre le régime, comme celles de la palissade de Tchita et des cellules de la nouvelle prison. Au mépris de l'arbitraire impérial, la mémoire de la défunte se perpétuera. Bestoujev, comme tous ses amis et les femmes de la rue des Dames, est accablé. La mort d'Annie, si fragile, si attachante, lui paraît la plus cruelle, la plus imméritée qui soit et il a fallu que le tsar en rajoute dans la dureté et l'injustice. Depuis la pendaison de ses cinq camarades, il sait que les morts, quand on les outrage, deviennent infiniment plus puissants que les vivants.

*

Nikita et Bestoujev ont sans doute soumis leur projet de chapelle funéraire à Leparski. On ignore si celui-ci l'a transmis au tsar ou s'il a pris sur lui d'en autoriser la réalisation. Si Nicolas a été consulté, il n'avait pas d'autre solution que d'accepter. L'opinion avait été outrée par son refus d'exaucer les dernières volontés de la morte. Lorsque Annie avait rejoint Nikita en Sibérie, on avait vu en elle une héroïne. Après sa disparition tragique et le refus de rapatrier ses restes, elle devient une martyre.

L'Empereur a dû mesurer l'imbécillité de son geste. Quelques semaines après cette bévue, il décide que les déportés de Petrovski-Zavod pourront circuler librement dans la vallée à condition d'avoir obtenu l'aval de Leparski et d'être accompagnés par un factionnaire en armes. Il permet également aux détenus mariés de passer la journée dans les maisons de leurs épouses.

Puis il fait une nouvelle concession : les maris pourront y dormir s'ils le souhaitent et même s'y installer. Le geste n'a rien de généreux. Il espère que les prisonniers célibataires y verront un privilège, et que sa supposée largesse achèvera de diviser la république carcérale en isolant les plus fervents illustrateurs de ses idéaux. Le frère de Nikita, par exemple, Alexandre, qui a appris la chirurgie dans des livres de médecine et soigne maintenant les dents de ses gardiens. Wolff, qui profite de ses sorties pour récolter dans les collines des plantes médicinales et en fait des potions pour soigner les malades – tous les malades, ses codétenus, ses geôliers, les soldats, les nomades, les marchands de passage, les forçats qui travaillent à la fonderie.

Au nombre de ces irréductibles, on compte aussi les prisonniers qui se sont mis en tête d'apprendre à lire et à écrire aux enfants de leurs gardiens. L'administration impériale le leur avait interdit, mais ils ont trouvé la parade : ils ont demandé à Leparski l'autorisation de les faire entrer dans leur chorale. Le Commandant n'y a pas vu malice. En cachette, alors, et sous couvert d'apprendre aux enfants à déchiffrer les partitions, ils leur ont enseigné l'alphabet.

À la fin du printemps, Bestoujev met la dernière main à sa chapelle quand on lui annonce qu'il va devoir fabriquer un nouveau cercueil : celui d'Anna, quatre ans, la fille que Pauline avait mise au monde un an après ses noces.

Contrairement à Nikita, Ivan n'a pas les moyens d'offrir à sa fille défunte une chapelle funéraire. Jamais à court d'idées, Bestoujev conçoit un mausolée miniature et le chaule de blanc, comme l'autre, pour qu'on le voie de loin.

De cet enterrement, personne n'a parlé non plus. Ni de la douleur de Pauline et d'Ivan. On s'est contenté de les décrire, de façon vague, comme un couple « stoïque ». Pleure tant que tu veux, mais dans ta chambre, disait Annie.

*

Neuf mois après, la mort frappe une quatrième puis une cinquième fois : le fils de Natalia, un bébé d'un an, ne résiste pas aux premiers froids et deux semaines plus tard, Pestov, le voisin de cellule d'Ivan, est foudroyé par une crise cardiaque. Les deux hommes avaient le même âge, trente et un ans.

Les détenus sont en état de choc. Ils l'ont enfin compris : Nicolas les poursuivra de sa rancune jusqu'à la fin de leurs jours. Ils se demandent aussi s'ils sortiront vivants de Petrovski-Zavod, « ce val perdu et oublié de Dieu », selon le mot d'Odoïevski.

Les femmes de la rue des Dames se posent une tout autre question : si nous mourons, comme Pestov, comme Annie, d'un jour à l'autre, que vont devenir nos enfants ?

Le Transsibérien passe en bas du cimetière. Tous les quarts d'heure ou presque, des trains traversent la vallée. Aussi puissantes et imperturbables que des athlètes de l'ère soviétique, leurs motrices tractent des dizaines de plateformes chargées de bulldozers, rondins, machines agricoles, conteneurs frappés d'idéogrammes chinois.

Des nuées de papillons tournaillent au-dessus du sentier escarpé qui mène au mausolée d'Annie et à la tombe d'Anna. Sur la droite, une colonne brisée signale la tombe de Leparski, mort ici à quatre-vingt-deux ans passés, d'épuisement et du chagrin d'avoir perdu sa famille de prisonniers.

L'église n'a pas résisté aux fureurs antireligieuses de Staline, il n'en reste rien. Mais aucun des fanatiques n'a osé toucher à la chapelle érigée par Bestoujev. Hormis les icônes et le vieux crucifix qui la décorait, elle est intacte. Les dalles funéraires n'ont pas bougé et l'autel est toujours là. Des années après le départ de Nikita et de sa fille, une veilleuse l'éclaira jour et nuit. Dès qu'on entrait dans la vallée, on la voyait. Les voyageurs, quand ils l'apercevaient, savaient que le village était proche.

C'était un ex-détenu qui l'entretenait. Il s'était attaché à Petrovski-Zavod. Il avait obtenu d'y rester et n'en partit jamais, même lorsqu'il fut amnistié. Il montait tous les jours se recueillir au cimetière. Le reste du temps, il apprenait à lire et à écrire aux enfants du village, leur enseignait la musique et bien sûr le jardinage. Avec ces gamins, c'est au figuré qu'il entretenait la flamme, en perpétuant les valeurs de ses amis du pénitencier – morts depuis longtemps pour la plupart.

Le petit édifice à toit rouge qui abrite les restes de la fille de Pauline et d'Ivan est intact lui aussi. Plus je l'observe, plus je le trouve étrange. Dans ses murs en forme de trapèze, pas la moindre ouverture. Au pied d'une des parois, comme sur l'autel et les trois pierres tombales de la chapelle – celles d'Anna, d'Olesya et du petit Ivan, le fils de Natalia –, on a déposé des fleurs de tissu flambant neuves et des bouquets frais cueillis.

Svetlana me mène de tombe en tombe. Elle ne souffle mot des enfants morts. Elle désigne la sépulture d'Alexandre, le fils d'Ivachev et de Camille Le Dentu. La série noire n'était pas close, il est mort à l'âge d'un an, six mois jour pour jour après Pestov, le voisin de cellule d'Ivan.

Comment les autres enfants de la rue des Dames ont-ils vécu ces drames ? Olga se borne à dire qu'un jour, elle vit le cadavre d'Anna étendu sur une table. L'un de ses premiers souvenirs, assure-t-elle.

La fille d'Annie, Nonouchka, à ma connaissance ne parle pas non plus de la mort de sa mère. De la petite fille qu'elle fut, cependant, on peut se faire une idée grâce à une anecdote. Le jour où son père quitta Petrovski-Zavod pour gagner le village sibérien où il avait été assigné à résidence, il vint se recueillir une dernière fois dans la chapelle. Il l'avait emmenée. Elle avait tout juste fêté ses sept ans. C'était l'été, les champs, sur la colline, regorgeaient de fleurs. Elle quitta le raidillon pour en cueillir : « Je vais les poser sur les genoux de maman ! » s'écria-t-elle quand elle revint sur le chemin. Puis elle courut déposer les fleurs dans la chapelle et repartit toute joyeuse.

J'aimerais interroger Svetlana sur cette histoire, mais à l'instant où je vais ouvrir la bouche, un nouveau train, en bas du cimetière, lance deux grands coups de trompe et simultanément, en face de nous, la foudre fend le ciel.

Pas un nuage à l'horizon. Pourtant je ne rêve pas : le fracas du tonnerre déferle sur la vallée. Svetlana se fige.

Un éclair dans un ciel parfaitement limpide au-dessus d'un cimetière, je doute qu'elle me réponde. J'en reste là.

Je vais flâner rue des Dames. *Damskaïa*, indique un panneau. Son nom n'a pas changé.

Il fait de plus en plus chaud. L'étang tout proche fournit aux hirondelles leur content d'insectes, la chasse est excellente, elles virevoltent par petites escadrilles autour des jardins. On s'ennuie toujours aussi ferme rue des Dames. Des chiens baguenaudent devant le terrain où s'élevait jadis la maison de Pauline – aujourd'hui, un petit champ livré aux herbes folles et encombré de blocs de béton qui n'ont jamais servi. La marchande de glaces, sous son parasol, se lime les ongles en attendant le chaland. Sa concurrente, en face, qui propose des fruits et des sodas, n'a pas plus de succès. Pour passer le temps, elle se tire les cartes.

Au bout de la rue, un café fatigue lui aussi, pas l'ombre d'un client. Mon regard, comme celui d'Annie, cherche le cimetière à flanc de colline. Des peupliers bouchent la vue, je ne le reverrai pas.

L'air s'alourdit de pollen et de moucherons. Sur un mur de tôle, quelqu'un, à la peinture bleue, a tagué un grand cœur. Il ne faut pas se fier aux apparences. Après Pauline, dans cette rue que j'ai crue sans âme, une nouvelle histoire d'amour s'écrit. Ou s'est écrite.

Un ivrogne jaillit d'un jardin. Il vacille, se reprend, se dirige d'un pas flottant vers la maison de Catache. Une espiègle blondinette en maillot de bain surgit entre deux tôles, l'évite, court s'acheter un soda à la concurrente de la marchande de glaces. Elle doit avoir six ans, l'âge qu'avait Olga l'été où elle quitta cette rue.

Olga fut heureuse à Petrovski-Zavod. L'image du cadavre de sa sœur ne semble pas l'avoir traumatisée. Elle le dit franchement : son séjour ici n'eut rien d'un enfer. Au contraire, proclame-t-elle, elle y vécut les meilleurs moments de sa vie. Elle se revoit, petite, accompagner sa mère au pénitencier, pénétrer dans la cellule de son père, se mettre à l'affût, comme ses parents, du fracas des verrous, des serrures qui claquent, des barres qui grincent quand on les tire sur les portes. Ça ne la trouble pas. Son père habite dans une prison, l'univers est ainsi fait. Et sa mère dans une maison où elle élève ses enfants, comme toutes les femmes de la rue des Dames. Certains enfants meurent, comme sa sœur Anna. Et d'autres pas, comme son frère Vladimir ou le petit dernier de la famille, Ivan.

Et plus elle grandit, plus son père vient à la maison. Il finit par y vivre. Elle ne s'en étonne pas davantage. C'est l'ordre des choses, pense-t-elle, le signe que le monde tourne bien et il ne peut pas mieux tourner : il a un centre, sa maison, elle-même parfaitement en ordre. Ici, sa chambre, là, la cuisine où règne sa mère, dehors le jardin où l'été, ses parents passent le plus clair leurs journées à bêcher, arroser, biner, sarcler sans jamais se quitter.

Bien entendu, ce monde a une limite et elle est claire : les forêts, sur les montagnes, où court une route qui, paraît-il, la conduira un jour avec ses parents et ses frères jusqu'à une Terre Promise qui s'appelle *Russie*. Elle n'est pas pressée d'y aller, elle se plaît à Petrovski-Zavod. Sa Terre Promise à elle, c'est la patinoire et les toboggans de neige verglacée que le Commandant, l'homme qui règle tout dans la vie de ses parents, fait aménager chaque hiver dans la cour de son jardin pour amuser les enfants. Il est vieux et triste, mais aussi gentil que toutes les grandes personnes qui se penchent sur elle, la « grande famille unie de la rue des Dames », pour parler comme la voisine, la princesse Maria.

Elle, la princesse, est-ce une tante, et son mari, un oncle ? Et Catache, et Elizaveta, et Nikita ? La petite Olga ne le demande à personne, c'est le cadet de ses soucis. Du moment que les membres de la « grande famille » sont là, chez elle ou chez les voisins, elle se sent au chaud. Elle ne voit pas pourquoi ils disparaîtraient : pas une journée sans qu'elle les voie. Soit ils passent chez ses parents, soit sa mère l'emmène quand elle rend visite aux « Messieurs » qui n'ont pas de maison et qui vivent à la prison. L'un de ces messieurs lui enseigne le russe, un deuxième la lecture et l'écriture, un troisième lui donne des cours de musique. Ils sont patients et doux, jamais un mot plus haut que l'autre. Et ils lui racontent des choses passionnantes.

Évidemment, elle a ses préférés. Le docteur Wolff, qui vient la soigner lorsqu'elle est malade et reste à son chevet toute la nuit si sa fièvre monte. Svistounov, l'ami de son père, un pianiste qui étourdit la maison de ses gammes et accompagne sa mère quand elle chante. Et Panov, son chouchou d'entre les chouchous, l'homme aux histoires. Lui, il lui récite des fables ou lui lit à haute voix des contes de Perrault.

*

Olga, comme moi, fut troublée par le mot « enfer » que prononça sa mère à propos de Petrovski-Zavod. Quelque chose de terrible lui avait-il échappé ? Elle fouilla sa mémoire et s'aperçut que son pire drame fut de tacher une robe qu'elle adorait. Ça, oui, ça l'avait anéantie. Pour le reste, elle eut beau se creuser la tête, elle ne trouva que d'excellents moments. Voire des heures extraordinaires, comme le jour où Maria, qui venait de recevoir un énorme colis de jouets, organisa une loterie pour les enfants. Ou les soirs où un nomade, que ses parents avaient connu à Tchita, arrivait au grand galop dans la rue, sautait de son cheval, tambourinait à la porte de la maison et, sans saluer personne, demandait à manger. D'où il venait, où il allait, on ne le lui avait jamais dit. Tout ce qu'elle savait, c'est qu'il s'appelait Natame, que sa mère baragouinait sa langue, qu'il aimait ses parents et qu'eux aussi l'aimaient.

Ses parents, justement, comment ont-ils fait, pour qu'elle se croie au paradis dans cette vallée de malheur ? Trois enfants à charge, peu d'argent, Pauline qui ne joint les deux bouts qu'à coups de combines et trafics, le tsar qui a réduit de moitié les peines des prisonniers mais ne se décide pas à leur faire savoir quand ils seront envoyés en résidence surveillée. Sans compter le froid, huit mois sur douze, avec parfois des moins quarante ; et lorsque les neiges ont fondu, seulement deux mois et demi pour sortir du jardin de quoi manger le reste de l'année. Et toujours le même bourdon au fond de la tête : Alexandra, leur fille aînée, celle qui vit chez la Vieille. Dix ans bientôt, à quoi ressemble-t-elle, comment va-t-elle, qui lui parle de ses parents ? On a si peu de nouvelles.

Enfin, dès qu'ils sortent de la maison, la tache blanche, là-haut, du tombeau d'Anna.

Olga finit par le comprendre : de la vie de sa mère, elle ne savait que ce que cette dernière avait bien voulu lui en dire. Jusqu'à la fin de sa vie, elle se demanda comment ses parents avaient fait pour s'en sortir.

*

Comment ont-ils fait ? La question me hante moi aussi, depuis que je suis revenue du cimetière.

Sitôt dans ma chambre d'hôtel (très confortable, ne pas toujours se fier aux avis des internautes), je cherche sur mon ordinateur les portraits que Bestoujev a faits d'Ivan et Pauline durant l'hiver 1836, lorsqu'il apprit qu'ils seraient bientôt transférés dans une résidence surveillée.

À cette époque, Ivan a trente-quatre ans et Pauline bientôt trente-sept ans. Plusieurs femmes, dont Natalia et Elizaveta, ont déjà quitté Petrovski-Zavod ; la peine de leurs maris était arrivée à son terme. À l'approche du premier janvier, une folle rumeur a couru : le tsar aurait renoncé à appliquer les peines d'exil éternel. Tous les prisonniers seraient graciés et rentreraient en Russie. Quinze jours plus tard, on a su qu'il avait bel et bien pris une mesure de clémence. Il avait raccourci de deux ans les châtiments infligés aux condamnés de première catégorie. Rien de plus.

De nombreux prisonniers sont libérables sous peu, dont Ivan, le docteur Wolff, Ivachev, Wolkonski, l'époux de Maria, laquelle organise son départ et celui des deux enfants qu'elle a mis au monde pendant la série noire, et dont on prétend qu'ils sont du beau Poggio. Dans quelques mois, la bande de Tchita sera dispersée aux quatre vents. Bestoujev veut qu'il en reste une trace, il multiplie les portraits.

Ivan a mûri. Son regard est grave, mais il n'a rien d'abattu, il est simplement plus intense qu'avant. Il a remplacé sa barbiche par une simple moustache, fournie et soignée, comme ses favoris.

Il pose en chemise, il veut avoir l'air d'un homme d'action. Toujours aussi dandy, il a sorti ses plus belles bretelles et, comme du temps de sa splendeur, dans un geste de négligence feinte, il a jeté sa pelisse à col de fourrure sur son épaule droite.

Si la mort de la petite Anna le tourmente, il n'en montre rien. L'essentiel, c'est la dignité. Et la réflexion. Il n'a d'ailleurs pas manqué de chausser ses lunettes cerclées d'or. Il a vraiment un petit air de John Lennon. Celui de la période *Imagine*, acéré, pénétrant.

Pauline s'est parée comme pour un bal. Tandis que ses compagnes, avant d'entrer dans la cellule-atelier du peintre, ont pris soin de s'envelopper de châles et d'écharpes ou se sont emmitouflées dans de douillettes vestes fourrées, elle a enfilé une robe de soie dorée et décolletée. Sans doute la plus belle de sa garde-robe : elle met en valeur sa taille étroite et ses jolis seins. On la sent fière de son corps. Et sûre de sa beauté. Il y a de quoi : épaules superbes, cheveux fournis et brillants, pas une ride, ovale impeccable. Impossible d'imaginer qu'elle a eu cinq enfants.

Sa pose elle-même est surprenante, voire provocante : les mains sur les hanches, dirais-je, si ces mains étaient visibles car Bestoujev ne les a pas peintes. Avec cette posture, elle a quelque chose de Carmen, d'autant qu'elle a jeté sur ses épaules un châle de dentelle noire et couronné son chignon d'un peigne à l'espagnole. Une femme d'aplomb, dans tous les sens du terme : droite, solide. Son regard, cependant, est immensément triste et des cernes sous ses yeux laissent soupçonner des nuits sans sommeil. Ce n'est pas le peintre qu'elle nargue, mais le malheur.

Est-elle si sûre d'elle ? Sa bouche est dure et ses lèvres étrécies semblent scellées par une douleur indicible. L'enfant mort ?

Si c'est vrai, elle n'en parlera ni maintenant, ni plus tard, jamais.

Face à ce portrait je me demande encore : comment a-t-elle fait pour tenir ? Et comment fera-t-elle quand elle aura quitté cette vallée infernale et qu'Ivan et elle se retrouveront seuls dans un village perdu ? Et dire qu'ils attendront vingt ans avant de pouvoir rentrer en Russie.

Mais elle ne le sait pas.

IX

Vingt ans après

Ce matin, à la gare de Petrovski-Zavod, je sens que Pauline me rappelle ces morts dont on n'arrive pas à faire le deuil : à la fois présente et absente. Emmurée dans des secrets dont, je le sais, la plupart seront définitifs.

Hier soir, lorsque s'est achevé mon tête-à-tête avec son portrait, j'ai dressé l'inventaire des traces qu'elle a laissées après son départ de la vallée. Il est maigre. Un billet passionné à Ivan, une dizaine de courriers administratifs, la lettre d'un ami, Bechanov, qui évoquait, avec leurs illusions perdues, leur long séjour en Sibérie – « Mon Dieu, il est presque vingt ans que nous sommes ici ! » Plus les quelques lignes que lui consacra Dostoïevski après son retour du bagne, la vingtaine de pages du cahier d'Olga, un autre portrait de Bestoujev. Et c'est tout.

C'est tout et c'est la vie. Déménagements, migrations, guerres, révolutions, héritages, le temps, pour conserver la mémoire de Pauline, s'y est pris, comme souvent, au petit bonheur la chance.

Elle me manque déjà. Des fragments de son passé me reviennent sans que je les cherche. Séquences brèves, désordonnées, pareilles aux *rushes* d'un film en attente de montage. L'été où elle partit à l'assaut de la forteresse s'enchaîne à l'époque où elle jouait les acrobates sur les toits de Saint-Mihiel et, sans plus de cohérence, à ce que j'ai appris d'elle il y a quelques heures, les semaines terribles qu'elle vécut après qu'elle eut gravi le raidillon du cimetière derrière le cercueil d'Anna.

Je crains que ses traces ne se perdent dans cette gare. Il y a quelques minutes, quand j'ai rejoint le quai du Transsibérien, je suis tombée en arrêt devant une mosaïque monumentale. Une œuvre de commande, m'a appris Natacha, réalisée sous l'ère Brejnev pour célébrer le cent cinquantième anniversaire de l'insurrection du 14 décembre. On y reconnaît les principaux acteurs de la minirépublique de Tchita et quelques-unes des femmes. Pauline n'y figure pas. Au début des années soixante, pourtant, sous Khrouchtchev, elle était en grâce. Un autre artiste en cour au Kremlin lui avait consacré un opéra. Quinze ans plus tard, elle ne l'était probablement plus.

Pourquoi ? Peut-être ce mouvement naturel qui fait qu'à l'Histoire, les hommes préfèrent toujours leurs petites histoires, ces désirs, convoitises, ambitions, projections dans l'avenir qui les habitent à chaque minute de leur vie.

Comment y échapperais-je ? Maintenant que je n'ai plus, pour suivre la piste de Pauline, qu'un vague pointillé, je regagne mon propre sillon. J'ai relu hier soir les souvenirs d'Olga. D'après elle, le jour où sa mère quitte Petrovski-Zavod – en plein été, comme moi, et peut-être sous le même ciel bleu dur –, elle vient de s'apercevoir qu'elle est encore enceinte. Dans la diligence qui la conduit avec Ivan et leurs trois enfants jusqu'aux rives du Baïkal, elle se sent si fatiguée qu'elle n'a qu'une envie : traverser le lac le plus vite possible, poser ses malles quelque part et souffler. Mon départ à moi, c'est l'annonce que me fait Natacha au moment où le train entre en gare : « La Coupe du monde… Vous êtes au courant ? France-Argentine samedi, vous vous en tirez bien. Mais nous aussi, les Russes, nous sommes encore dans la course ! »

La suite de mon voyage est étrange. Je traverse des paysages que Pauline a traversés, je respire des odeurs qu'elle a respirées, celles de la taïga, par exemple, lors d'une longue randonnée le long du Baïkal ; ou l'haleine des prairies détrempées par l'orage dans le village d'Urik, où furent relégués pendant huit ans Nikita, Wolff, Maria, son mari et l'inévitable Poggio. Pauline, cependant, m'échappe de plus en plus. Il faut que je m'y résigne.

Il arrive que la grâce revienne. Fugacement, je la sens proche. À Urik, justement, avec Olesya, qui m'y a conduite. Je m'apprête à sortir de l'église quand la vieille femme qui vend des cierges près de la porte devine que je suis venue de loin, et pourquoi. Elle hèle Olesya et, dans le pré qui entoure le sanctuaire, pointe une sépulture à grands gestes enthousiastes.

Olesya l'interroge. La petite saynète que j'ai vécue à Saint-Pétersbourg lorsque j'ai découvert le tableau qui représentait le mausolée d'Annie se répète : la vieille, pour toute réponse, recommence à sourire et à gesticuler. Il pleut des cordes, il fait froid, mais je suis intriguée et Olesya aussi. Au lieu d'aller nous abriter dans la voiture, nous affrontons l'averse et courons jusqu'à la tombe. Le nom du défunt est inscrit sur la dalle.

« Nikita Mouraviev », souffle Olesya. Puis, comme si elle venait de découvrir la sépulture d'un parent, elle se fige, se recueille et avec la même ferveur que mes amies de Tchita dans la bibliothèque où nous avions parlé de Pauline, elle entonne *La Marseillaise*.

Elle en a les larmes aux yeux, d'avoir découvert cette tombe. Je suis troublée mais, je l'avoue, c'est surtout d'avoir entendu résonner l'hymne français dans le silence de ce village oublié du monde – Olesya, qui habite Irkoutsk, n'y a jamais mis les pieds.

Je finis par hasarder : « Pourquoi *La Marseillaise* sur la tombe de Nikita et pas votre hymne national ? »

Elle se récrie dans la seconde : « C'était *leur* chant ! »

Leur chant, elle ne m'en dira pas plus. Avec sa *Marseillaise*, ce n'est pas seulement Nikita qu'elle a salué, mais Pauline, Ivan, et tous les héros de l'épopée qu'on lui a apprise petite, la légende des huit femmes et des cent vingt et un hommes qu'on avait enchaînés puis relégués ici pendant des années au motif qu'ils s'étaient emballés pour trois mots, liberté, égalité, fraternité. Et ça la rend joyeuse d'avoir pu les saluer sous le ciel de ce village assoupi dans la pluie, elle est enthousiaste, d'un seul coup, comme la vieille de l'église, radieuse, confiante, illuminée par la foi en l'avenir.

Irkoutsk m'éloigne encore de Pauline. Une quarantaine d'années après son retour de Transbaïkalie, la ville a brûlé. Hormis sa porte monumentale et quelques églises, je n'y retrouve rien de ce qu'elle y a vu avant de rejoindre Belsk, le hameau où le tsar avait décidé de reléguer Annenkov. La belle demeure de bois où ses amis marchands l'avaient hébergée, les galeries du bazar où se pressaient les nomades mongols et chinois, le palais où naquit Anna Ivanovna du temps de la splendeur des Iakobi, tout a disparu. Et la ville est jeune, heureuse. Ses rues, malgré leurs dernières maisons de bois, ne sont pas faites pour la nostalgie, à moins qu'on ne s'aventure à sa périphérie – c'est là que Maria et Catache purent se faire construire de grandes et belles demeures dès que Nicolas leur permit de quitter leurs villages reculés.

Pauline ne les a pas vues. Quand elles s'y installèrent, elle vivait depuis longtemps à trois mille kilomètres, non loin de l'Oural, et c'était seulement par la rumeur qu'elle avait des nouvelles de ses amis de Tchita, que les Sibériens n'appelaient plus « les secrets », comme naguère, en baissant la voix, ni « les déportés » ni même « les exilés », mais « les Décembristes », haut et fort.

Les habitants d'Irkoutsk s'étaient toujours montrés très indépendants. Et ils avaient un sens aigu de la liberté. En Russie d'Europe, en revanche, il était toujours interdit de dire un seul mot de la révolte du 14 décembre, sous peine d'encourir les foudres du tsar. *Le Maître d'armes* de Dumas, pourtant à la gloire de Nicolas, avait lui-même été censuré.

*

La maison de Catache se situait à l'autre bout d'Irkoutsk. On l'a démontée et reconstruite non loin de celle de Maria puis on y a rassemblé, comme à Tchita, des reliques de l'équipée des huit femmes : encriers, porte-plumes, coffres, images de la palissade, samovars de voyage, partitions, lettres reçues ou envoyées, icônes, bourses de tissu patiemment rebrodées de perles de pacotille, et un curieux piano pyramidal qui rappelle le clavicorde de Maria. Mais qu'en fut-il de la vie des deux princesses lorsqu'elles retrouvèrent la ville et avec elle leur vie d'autrefois, dîners, concerts, et ces bals qu'elles donnaient dans l'espoir de trouver un bon parti pour leurs filles ?

Pendant le thé qu'elle m'offre dans le jardin de Catache, Elena, la directrice du musée, me répond sans détours : si Maria et Catache continuèrent à se dépenser sans compter pour donner corps aux idéaux décembristes, elles ne se remirent jamais des épreuves qu'elles avaient traversées. Elles fondèrent des chorales, des écoles où elles apprirent aux enfants déshérités à lire et à écrire, animèrent des ateliers de broderie, de couture, secoururent des centaines de miséreux, Maria fit même construire un orphelinat et une maternité. Façon de donner le change, comme Annie après la mort de son bébé. Du jour où elles avaient quitté Urik et Oyok, les minuscules villages où leurs maris avaient été assignés à résidence, quelque chose en elles s'était brisé. Maria, sans doute, avait enfin vu la réalité en face. Quand elle avait rejoint Wolkonski en Sibérie, elle s'était imaginé qu'enfin, elle l'aimait et lui aussi, il avait cru l'aimer. Dans l'enfer de Petrovski-Zavod, cette illusion s'était dissoute, et ils s'étaient éloignés l'un de l'autre et ici, à Irkoutsk, la fracture fut définitive : Wolkonski, de plus en plus passionné d'agronomie et de jardinage, avait regagné sa ferme d'Urik et s'était transformé en vieil ermite hirsute. Aux réunions mondaines de Maria, il préférait la compagnie des moujiks et lorsqu'il s'en revenait de ses champs, crotté la plupart du temps, malodorant et les poils de sa barbe encore mêlés de paille, il ne logeait jamais dans la maison, il préférait la cabane qu'il s'était construite au fond du jardin. Il restait en bons termes avec Maria, comme avec celui dont tout le monde disait qu'il était le père de ses enfants, Poggio, qu'il appréciait beaucoup. Puis, le bel Italien épousa une jeune institutrice. On vit alors Maria s'enfermer de longs mois dans sa chambre. Quand elle sortait de son lit pour ses concerts, ses dîners, ses visites à l'église ou dans ses écoles, c'était au prix d'efforts démesurés. Maladie nerveuse, assurait Wolff.

Catache n'allait pas mieux. Épuisée par le climat sibérien et ses grossesses à répétition – après sa petite Sachenka, née la même année qu'Olga, elle eut six enfants –, elle cachait sa détresse comme Annie naguère, en se perdant dans un tourbillon de travail et de prières ; et elle disparut elle aussi sans une plainte, méconnaissable et exsangue. Lorsqu'il l'enterra, Troubetskoï, pour tout commentaire, cita un vieux proverbe français : « La lame a évidé le fourreau. »

On ne pouvait pas mieux dire. La volonté de Catache, jusqu'au bout, était restée intacte, si exigeante, si farouche qu'elle avait fini par la tuer.

La formule vaut pour Maria. À cinquante-huit ans, exténuée, elle s'abandonna à la maladie qui la rongeait et s'éteignit par un matin d'été. Dans ses archives, dit-on, on retrouva une aquarelle qui représentait Poggio dans une des courettes de la prison de Petrovski-Zavod, tirant sur sa pipe et contemplant son potager.

Pauline aussi s'est effondrée. Quelques jours après son départ de Petrovski-Zavod, et après un choc effroyable : le bateau où elle avait embarqué pour traverser le Baïkal fut pris dans une tempête et manqua de faire naufrage. Enfermée d'autorité par le capitaine dans sa cabine avec ses trois enfants, Olga, six ans, Vladimir, cinq, et le petit dernier, Ivan, neuf mois, elle crut sa mort venue. Dans un effort désespéré, elle enfonça la porte de la cabine et rejoignit Ivan, que le capitaine avait empêché de descendre lui porter secours. Le vent, dans l'intervalle, avait tourné. Il finit par ramener le navire au rivage.

Le lendemain, à la grande surprise d'Ivan, elle est privée de forces. Quand elle peut enfin rembarquer et gagner Irkoutsk, son mal empire. Elle s'alite, rédige son testament.

Pour comble, le gouverneur de la ville ordonne à Ivan de rejoindre sans délai son lieu de relégation, le petit hameau de Belsk, à cent cinquante kilomètres de là, où le tsar l'a assigné à résidence surveillée.

Il se soumet mais se bat, multiplie les suppliques, sans succès. Pauline ne le voit pas revenir, s'inquiète, réunit ses dernières forces, se traîne jusqu'au palais du gouverneur, l'implore de laisser son mari la rejoindre. Quelques jours plus tard, à bout de nerfs, elle met au monde des jumeaux. Sitôt accouchée, elle griffonne un mot à Ivan, soudoie un domestique pour qu'il coure le lui remettre.

Six petites lignes rédigées à la hâte, la seule trace écrite de leur passion. Elles se passent de commentaires : « Cher Ivan, je suis accouchée cette nuit de deux enfants. Arrive plus vite et j'oublierai mes peines. Je t'embrasse un million de fois. Ta femme, Pauline Annenkov. »

Lorsqu'Ivan arrive, les bébés sont morts. Galvanisé par le courage de Pauline, il ne se laisse pas abattre, entoure ses enfants et recommence à abrutir le gouverneur de courriers où il le supplie de le laisser vivre à Irkoutsk avec les siens le temps que sa femme se rétablisse. Il obtient un sursis de trois mois.

*

Olga s'est attardée sur le séjour de ses parents à Belsk. À la lire, ce séjour fut un calvaire et il dura une éternité. Sur le premier point, elle dit vrai. Le village où le tsar avait relégué Annenkov n'était qu'un microscopique agrégat d'isbas situé en lisière d'une taïga infestée d'ours, de pilleurs et de voleurs de chevaux. Le ravitaillement y était difficile et sa mère, malade depuis la mort des jumeaux, avait le plus grand mal à se soigner. Mais à la lecture des courriers qu'Ivan et Pauline ont adressés aux chefaillons et autres bureaucrates bornés qui administraient la région, on s'aperçoit qu'ils obtiennent vite de changer de résidence surveillée. Ils ne se laissent pas faire, loin de là. Ils se battent avec une énergie farouche, l'un relayant l'autre s'il flanche, si déterminés que, contrairement à Maria et Catache, Nicolas les autorise à quitter les lieux moins d'un an après leur arrivée.

C'est Pauline qui a rédigé le courrier décisif. De nouveau enceinte, et à deux mois d'accoucher, elle adresse une supplique, non au gouverneur d'Irkoutsk, mais au ministre de la Police de Nicolas, et tourne sa lettre avec assez d'astuce pour qu'il la transmette au tsar. Plus habile encore, au lieu de jouer à l'héroïne et à la sainte, elle lui décrit sa situation dans sa nue vérité : elle a trois enfants à charge, elle en a perdu deux dans des conditions atroces à cause de la cruauté du gouverneur, elle est toujours malade et c'est inquiétant car elle vit loin de tout médecin. Bref, elle est en danger de mort et, comme elle est persuadée que Sa Majesté Impériale ne saurait vouloir le malheur d'enfants innocents, elle n'a d'autre ressource, pauvre mère qu'elle est, que de se jeter une seconde fois à ses pieds.

Le même coup qu'à Viazma. Il est aussi efficace. Quelques semaines après elle reçoit une réponse du Palais. Ivan est transféré à Tourinsk, une bourgade des confins de l'Oural. Il y trouvera un emploi de fonctionnaire et elle, un médecin.

Pauline et Ivan continuent à se démener. Deux ans plus tard, ils sont autorisés à migrer dans une ville plus importante, Tobolsk. Ivan y obtient un emploi de fonctionnaire dans un bureau de bienfaisance municipal.

Comble de joie, ils y retrouvent leurs amis de Tchita et de Petrovski-Zavod, Svistounov, le fou de piano, la mystique Natalia et son mari, ainsi que deux des Mouraviev, eux aussi passionnés de chant et de musique de chambre. Pauline n'a plus à s'inquiéter pour sa santé ni celle de sa famille : l'infatigable et merveilleux docteur Wolff les a suivis.

*

Un peu avant qu'ils ne s'installent là-bas, sans doute vers 1840-1841, le chemin de Pauline croise celui de Bestoujev. Tout naturellement, il lui offre de poser pour un nouveau portrait.

Elle a quarante-deux ans. Elle est consciente d'avoir vieilli : plus de robe dorée, plus de décolleté. Avant de poser, elle choisit un sage corselet de velours bleu éclairé d'un col en dentelle blanche et emmitoufle ses épaules dans une petite cape de fourrure brune.

Plus d'anglaises non plus. De ses cheveux, toujours aussi épais, elle a fait un chignon surmonté du même peigne à l'espagnole qu'à Petrovski-Zavod.

Elle me paraît épuisée. On le serait à moins. Après ses jumeaux, elle a mis au monde un troisième fils, Nikolaï, qui a survécu. Et elle est encore enceinte, ce qui doit l'inquiéter : depuis qu'elle a rejoint Ivan à Tchita, elle n'a cessé d'enchaîner grossesse sur grossesse. Tous les ans, ponctuellement, elle a soit accouché, soit fait une fausse couche. Rien d'étonnant à ce qu'elle soit exténuée et, disons les choses comme elles sont, fanée. En ces temps qui ignorent la contraception, l'amour se paie au prix fort.

Sa bouche est amère. Dans les papiers que j'ai retrouvés, pourtant, aucune marque de regret. D'après tous les témoignages, elle reste éprise d'Ivan.

Après avoir accouché de sa petite dernière – qu'elle prénomme Natalia, peut-être en l'honneur de celle qui fut sa première alliée quand elle voulut rejoindre Ivan en Sibérie – elle recouvre la santé. D'après Olga, qui avait alors une douzaine d'années, Tobolsk lui réussit. Elle recommence à régenter sa maisonnée tambour battant et se montre une mère très attentive à ses enfants, à la fois tendre et sans concessions.

Elle donne aussi des cours dans l'école que son ami Mouraviev vient de fonder – c'est le premier collège de jeunes filles de toute la Sibérie.

La lame, chez Pauline, n'est pas près d'évider le fourreau.

*

De la suite de son séjour à Tobolsk jusqu'en 1850, on ne connaît que des bribes. En 1842, sans doute peu après la naissance de sa dernière fille, Ivan apprend le décès de sa mère. Il sait qu'elle était ruinée et pressent que ses cousins vont faire main basse sur les biens de son père. Quelques mois après, on lui annonce en effet qu'ils se sont partagé les terres qui lui revenaient.

Cinq ans plus tard, en 1848, Pauline, sans nouvelles de sa mère, découvre que la police du tsar intercepte les lettres qu'elle lui adresse. Mme Geuble a remué ciel et terre pour savoir ce que devenait sa fille. L'ambassade de France s'est décidée à intervenir et le nouveau ministre de la Police du tsar, le comte Orlov, a consenti à y mettre bon ordre. Pauline finit par recevoir un courrier de sa mère. Elle vit désormais à Paris et n'en peut plus de son silence. Comme elle a soixante-dix ans et que Pauline doute de la revoir un jour, elle demande à Orlov l'autorisation de lui envoyer une fourrure « en souvenir ».

Le 11 janvier 1850, sa fille aînée lui rend visite. Alexandra a vingt-quatre ans, elle en avait à peine deux lorsque sa mère l'a laissée chez Anna Ivanovna. Son père ne l'a jamais vue. Elle débarque chez eux avec mari et enfants.

On ignore tout de leurs retrouvailles. En revanche, on sait ce qui s'est déroulé ensuite ; si Pauline a été bouleversée lorsqu'elle a ouvert sa porte à Alexandra, elle a vite retrouvé son sang-froid. Lorsqu'on lui dit, sans doute le lendemain, que des détenus en route pour le bagne viennent d'arriver à la prison voisine et qu'ils y resteront quelques jours, elle part à leur rencontre pour les réconforter.

Ce n'est pas une première. Avec Natalia et Josefina, la jeune femme qu'Alexandre Mouraviev, le frère du défunt Nikita, a épousée à sa sortie de prison, elle va souvent visiter des forçats en chemin pour le bagne. Elle sait que l'étape de Tobolsk, juste après la traversée de l'Oural, est cruciale : ils y prennent conscience qu'ils ne reverront peut-être jamais la Russie d'Europe.

Jusqu'alors, elle a toujours visité et secouru des condamnés de droit commun. Aujourd'hui, il s'agit de trois condamnés politiques. L'événement lui semble si important qu'elle demande à Olga de l'accompagner.

L'alerte a été donnée par la femme du gouverneur de Tobolsk, une certaine Mme Frantsev, acquise aux idéaux décembristes puisqu'elle fournit toutes sortes de passe-droits à Natalia, dont elle est proche. C'est aussi elle qui lui a révélé pourquoi ces inconnus ont été condamnés. Le premier, Mikhaïl Pétrachevsky, avait fondé à Saint-Pétersbourg un cercle d'intellectuels qui se réunissait pour débattre des meilleures façons de réformer la Russie ; il tentait d'y réactualiser les idéaux des Décembristes. Les deux autres, un poète, Sergueï Dourov, et un romancier encore peu connu, Fiodor Dostoïevski, ont participé à ces débats généralement informels.

Pour que Pauline, Natalia et Josefina se mobilisent toutes affaires cessantes, il faut qu'elles aient appris que le tsar, dans les heures qui ont précédé leur départ, leur a fait infliger un petit supplice comme il les aime, un simulacre d'exécution dont il a réglé le scénario avec bien plus de minutie que pour les pendaisons de juillet 1826. Au moment où les trois hommes s'apprêtaient à monter dans la voiture qui devait les conduire en Sibérie, des soldats les ont poussés devant un peloton d'exécution. Ils ont dû enfiler des camisoles dont on a rabattu le capuchon ; on les a ensuite ligotés à des poteaux et, à l'instant précis où ils s'attendaient à tomber sous les balles, un officier a crié que le tsar les graciait. Puis on les a enchaînés, installés dans des traîneaux et acheminés jusqu'à Tobolsk par un froid qui, sur la fin du voyage, a frisé les moins quarante.

La femme du gouverneur, comme Pauline et ses amies, connaît le pouvoir de l'argent. Elle suggère au directeur de la prison qu'il serait bon que ses amies puissent rencontrer les futurs bagnards, lui glisse quelques billets et choisit de fermer les yeux. L'entrevue se déroulera dans son appartement de fonction.

Pauline n'a jamais soufflé mot de cet épisode et ses proches non plus, même quand Dostoïevski est devenu immensément célèbre. Sans les récits qu'il en a faits, on n'en saurait rien.

Le souvenir rayonnant qu'il a gardé d'elle est d'autant plus précieux que la première fois qu'il l'évoque, dans un long courrier adressé en secret à son frère une semaine après qu'il eut quitté le bagne, plus personne ne se souvient de lui en Russie. Il n'est alors qu'un homme brisé, déboussolé et incapable d'un seul projet, tant il est tourmenté par les horreurs qu'il a vues au pénitencier et le souvenir de la minute où il a pensé mourir sous les balles. Il évoque cette rencontre de Tobolsk dès le début de sa lettre, telle qu'il l'a vécue : une apparition miraculeuse qui l'a sauvé du désespoir. Il est encore ébloui de l'instant où il a découvert l'identité de ses visiteuses. Pour Pauline et Natalia, il n'était qu'un anonyme, mais lui savait parfaitement qui elles étaient et son empathie naturelle lui fit aussitôt mesurer de quelles souffrances elles avaient payé leur légende : « Quelles âmes merveilleuses, éprouvées par vingt-cinq années de malheur et d'abnégation… »

Quand il écrivit à son frère, Dostoïevski redoutait que la police du tsar n'intercepte sa missive et il ne fut guère prolixe. Après la mort de Nicolas, il s'enhardit et se fit beaucoup plus précis sur ces « voyageuses sublimes », comme il les appela. Elles lui avaient offert, ainsi qu'à ses compagnons, des vêtements chauds, de la nourriture et un Évangile, la seule lecture permise au bagne. Lorsqu'il regagna sa cellule, il s'aperçut que la reliure de son exemplaire avait été fendue et qu'on y avait glissé dix roubles. Il ne cessa de le lire et relire, cet Évangile, et s'en servit pendant sa détention pour alphabétiser un jeune codétenu.

La femme de Dostoïevski, après sa disparition, confia qu'il le gardait toujours à portée de main quand il écrivait. Au premier moment de doute, dit-elle, il le consultait. Comme Pauline l'avait fait naguère lorsqu'elle avait hésité à aller se jeter aux pieds de Nicolas, il l'ouvrait au hasard et pour trancher, s'en remettait à la première phrase en haut de la page de gauche.

Pauline, le jour où ils s'étaient vus, lui avait-elle enseigné cette pratique divinatoire ? Un passage de la lettre de remerciements que Dostoïevski lui adressa après sa libération le laisse entendre. Sur son lit de mort, en tout cas, il se livra encore à ce rituel. Il tomba sur la phrase : « Ne me retiens pas » et quelques secondes plus tard, expira.

Dostoïevski avait juré qu'il se souviendrait de la rencontre de Tobolsk jusqu'à la fin de ses jours. L'histoire ne dit pas s'il en parla sur son lit de mort, mais il l'a écrit à plusieurs reprises : Pauline, lors de la petite heure qu'ils passèrent ensemble dans l'appartement du directeur de la prison, installa entre eux un lien dont il n'avait jamais imaginé qu'il puisse exister. Il ne trouvait qu'un mot pour le définir : « Fraternité ».

On sent bien, à le lire, qu'au regard de ce qu'il avait vécu, le terme lui semblait faible et trop flou. Aux nouveaux détails qu'il livra à chaque fois qu'il revint sur leur rencontre, on finit par en deviner la nature. Pauline sut trouver les mots, les gestes, le ton, comme avec Ivan lors de sa dépression, ou avec les prisonniers de Tchita ; et plus généralement avec tous les souffrants qu'elle côtoya, fussent-ils aussi insupportables que Mme Geuble, Anna Ivanovna et ce grand malade qu'était Nicolas. C'était là un talent spontané. Sur ce point, de Maria à Olga jusqu'à Iakouchkine, un Décembriste qui pourtant ne l'aimait guère, les témoignages concordent : d'une phrase simple, d'un raccourci lumineux, d'une évidence aussi joyeuse qu'elle était saisissante, elle avait l'art de dissoudre les angoisses de celui ou celle qui venait lui confier sa détresse. Pauline était du bois dont on fait les guérisseurs, les médecins d'exception, les grands réparateurs. Depuis toujours, c'était une soignante.

Mais elle, qui la soignait, qui l'aidait, la rassurait lorsqu'elle perdait pied ? Le même Iakouchkine, dans ses souvenirs, donne la réponse : « Quand nous allions tous mal, elle riait, bon gré, mal gré. » *Mal gré* : c'est donc qu'elle souffrait autant que les autres. Mais en silence, farouchement résolue à ne laisser entrer personne dans le pré carré de sa douleur.

*

Elle se permit une seule fois de l'exposer au grand jour : dans les premiers temps de son séjour à Tobolsk, vers 1841, quand elle découvrit *Le Maître d'armes*, probablement par des articles parus dans les journaux français auxquels étaient abonnés ses amis. Comme Ivan, elle fut anéantie. Pendant quelques semaines, elle pensa écrire à Mme Geuble pour lui demander d'intervenir auprès des journalistes qui avaient repris à leur compte les inventions du romancier. Elle renonça : peur que sa lettre ne parvienne pas à sa mère ou que Mme Geuble s'avère plus maladroite qu'efficace.

Elle eut un réconfort. Les Décembristes, d'un mouvement unanime, lui apportèrent leur soutien. Dans la femme légère, sentimentale et futile que Dumas avait décrite, ils n'avaient pas reconnu leur Pauline. Ils s'étaient aussi sentis insultés par le portrait que le romancier avait brossé du tsar : un monarque qui avait eu combien raison de les expédier en Sibérie et, pour le reste, s'était montré d'une générosité et d'une bienveillance exemplaires.

Pauline ne parvint pas à passer l'éponge. Son chagrin, en quelques semaines, se transforma en colère. Une fureur contenue, qui ne demandait qu'à exploser. L'étincelle était toujours la même : le nom de Dumas. On finit par ne plus le prononcer devant elle.

J'ai repris le Transsibérien. Soixante-cinq heures de train me séparent de Nijni-Novgorod, où Pauline a fini sa vie. J'en passe une bonne moitié à somnoler. Souvent, la nuit, je me réveille en sursaut. Le train, après un long soupir, a tressauté, ralenti, couru quelques minutes sur son erre puis, comme un bateau soulevé par une houle subite et puissante, est reparti à la même vitesse. Je m'abandonne à son bercement.

J'aime cet état de demi-conscience. Des courants d'images le traversent, aussi capricieux que les soubresauts du train. J'y vois défiler des paysages, réminiscences de mon voyage, réinventions oniriques, je ne sais pas. Et des visages, dont quelque chose me dit que je les connais, ou des scènes qui me paraissent curieusement évidentes et énigmatiques. Le train tressaille encore ; j'ouvre un œil, un souffle de nageuse fatiguée m'échappe et je replonge dans cet entre-deux où mon petit film fantomatique se remet à dérouler ses séquences sans queue ni tête. À deux reprises, je crois y reconnaître Pauline.

Plus exactement, le rêve me souffle que la silhouette floue qui s'invite dans mon sommeil est la sienne. La première fois, une averse d'orage s'abat sur elle. Il fait nuit noire et elle est trempée jusqu'aux os. À ses côtés, un officier coiffé d'une casquette à visière luisante et translucide lui serine : « Pauline, il faut tenir, tenir. » Le second bout de rêve se déroule sous un soleil radieux. Pauline se trouve à une bonne centaine de mètres de moi. Elle fend un immense champ d'herbes hautes. Sa démarche est celle d'une flâneuse. Des couronnes de fleurs, à chaque pas, tombent de ses mains.

Les séquences m'impressionnent assez pour que je m'en souvienne à mon réveil. Je ne cherche pas à les interpréter. Je me contente d'y voir le signe que nous ne nous sommes pas encore quittées, Pauline et moi.

Quand je commence à en avoir assez de voir défiler des bouleaux qui succèdent à des sapins et des sapins qui colonisent des forêts de bouleaux, à moins que ce ne soit le contraire, j'ouvre mon ordinateur et je relis le dossier que j'ai réuni sur la vie qu'elle avait menée à Nijni-Novgorod avant sa rencontre avec Dumas.

Nicolas Ier, un jour, avait demandé à son fils aîné quelle décision il aurait prise aux lendemains du 14 décembre. « Je les aurais graciés », lui avait crânement répondu l'héritier du trône. De fait, quelques années plus tard, lorsque son père rend l'âme au terme de vingt-neuf ans d'un règne durant lesquels il s'est essentiellement signalé par l'invention de nouveaux uniformes, l'hyperactivité de sa police, la construction de nouvelles prisons, et une cinglante défaite en Crimée, l'une des premières décisions du jeune Alexandre, en 1856, est d'amnistier les Décembristes et de les autoriser à rentrer de Sibérie.

Il ne prend pas grand risque. Les trois quarts des déportés de Tchita sont morts. Mais son désir d'ouverture est sincère. Il nomme l'un des ex-détenus du pénitencier de Tchita, Alexandre Nikolaïevitch Mouraviev, à la tête du gouvernement de Nijni-Novgorod. Entre autres réformes, il devra y organiser la suppression du servage. Alexandre Nikolaïevitch a confiance en Annenkov et il sait qu'il connaît la région, puisque ses parents y possédaient des terres. Il lui propose de l'engager.

Ivan met des mois avant d'accepter et de quitter Tobolsk. Depuis quelques années, il est devenu spectaculairement lent. Il redoute, semble-t-il, que ses déplacements – et parfois le moindre de ses gestes, plier une serviette, changer de chaise – ne provoquent une catastrophe. Et l'amnistie, loin de le réjouir, le met au désespoir : il va devoir voyager. Quel nouveau malheur va s'abattre sur lui ? Pauline tente de le raisonner, en vain. Puis il s'affaiblit, s'alite et perd tant de forces que l'on craint pour sa vie. Elle l'entoure sans relâche et le mal – sans doute une grave dépression – finit par céder.

Après leur départ de Petrovski-Zavod, de nombreux Décembristes ont souffert de troubles psychiques. Les uns sombrèrent dans l'alcoolisme, d'autres furent saisis de crises d'angoisses récurrentes, certains se suicidèrent. Certains, pourtant des plus solides, s'abîmèrent dans une tristesse incurable à l'annonce du décès d'un compagnon de bagne. Pour Pauline et Ivan, les disparitions les plus cruelles furent celles d'Ivachev et de sa femme, la belle Camille Le Dentu. Elle avait succombé à trente et un ans en accouchant d'un enfant qui n'avait pas survécu. Le chagrin avait foudroyé son mari un an après, jour pour jour. Wolff fut emporté à son tour. Il mourut dans les bras de Pauline, qui l'avait veillé jusqu'à son dernier soupir.

Beaucoup de Décembristes redoutaient aussi de retrouver la Russie d'Europe. Comment se faire à la liberté quand on a été infantilisé pendant trente ans par des centaines d'interdictions et de règlements ? Et le monde avait changé, réussiraient-ils à s'en accommoder ? Ils hésitaient.

En revanche, des anciens de Tchita, tels Bestoujev et son frère, se trouvaient très bien à mener leur vie de moines-soldats de l'évangile décembriste. La police les tenait toujours à l'œil, mais ils n'avaient jamais été aussi heureux. Leur existence était rude et d'un grand dénuement. Ils restèrent quand même dans leurs villages. Et ne changèrent pas. Ils continuèrent d'enseigner aux pauvres. Grâce à eux, nombre de crève-la-faim apprirent à lire, écrire, chanter en chœur, fabriquer leurs outils, sortir des légumes et du blé de ces terres qu'avant eux nulle charrue n'avait fendues. Bestoujev fut de ceux-là. Il ne quitta jamais la splendide vallée de Selenguinsk, où il acheva son dictionnaire russo-bouriate. Les nomades l'appelaient « Soleil Rouge », ce qui signifie « homme rayonnant de bonté ».

Mouraviev, au début de l'été 1857, frappe un grand coup. Il écrit à Ivan qu'il a fait de lui son secrétaire particulier. L'annonce est officielle, plus moyen de reculer.

Quelques semaines plus tard, Pauline est avec lui à Nijni-Novgorod. Ils y louent une maison et presque aussitôt, Ivan s'adapte à sa nouvelle vie. Il est redevenu l'homme qu'il était avant sa dépression, concentré, consciencieux et particulièrement avisé. Seule séquelle de son long passage à vide : des accès de lenteur subits et un refus catégorique d'évoquer le passé.

Pauline relate volontiers leurs aventures, mais le roman de Dumas doit continuer à la tracasser. Il se peut que des rumeurs aient ressurgi car elle ne raconte son histoire qu'au sein du cercle familial ou en présence d'amis sûrs et seulement quand on le lui demande, ce qui ne manque pas d'arriver : les femmes décembristes, depuis les poèmes que leur ont consacrés Pouchkine, Nekrassov et le Français Vigny, sont devenues des icônes.

Elle n'a plus de soucis d'argent. Son mari, grâce à Mouraviev, a récupéré l'essentiel des biens dont ses cousins l'avaient spolié. Ceux-ci se sont bien gardés de chicaner. En plus de son poste auprès du gouverneur, Ivan a été nommé membre du comité chargé de la suppression du servage et président de la chambre des juges de paix, fonction où il s'est affirmé comme un homme d'une parfaite équité et d'une grande humanité.

Ce retour de bâton doit les mettre en rage, mais ils ne sont pas au bout de leurs peines. Leur cousin, grâce à cette manne qu'il n'attendait pas, peut participer aux élections du *zemtvo* local, une sorte de conseil général où siègent les plus gros contribuables de la région. Ivan y brigue la fonction de « Maréchal » – président – et remporte tous les suffrages.

Le voici puissant, estimé, et d'autant plus respecté qu'il met son point d'honneur à mener une vie austère et sans tapage. Pauline et lui sont reçus dans la meilleure société. Eux reçoivent moins. Comme à Tchita ou Petrovski-Zavod, on peut frapper à leur porte quand on le souhaite, mais les Annenkov donnent plutôt des thés que des dîners. Ivan travaille du matin au soir ; Pauline règne sur sa cuisine, coud, brode, lit, chante, veille sur Nikolaï et la petite Natalia, les deux seuls enfants à vivre encore sous leur toit à présent qu'Olga est mariée et que Vladimir et son cadet volent de leurs propres ailes.

Comme elle est aussi respectée que son mari, on lui propose de siéger au conseil d'administration d'un lycée de jeunes filles qui va bientôt sortir de terre sur les bords de la Volga.

Elle dit oui.

Les soirs où ils ne sortent pas, Ivan et elle s'installent dans leur salon. Ils l'ont très simplement meublé. Trois fauteuils, quelques chaises, deux divans, un grand et un plus petit. Celui placé près de la fenêtre est le préféré de Pauline.

Durant ces soirées en tête-à-tête, Ivan s'abîme dans ses méditations. Elle respecte ses silences. Elle a toute sa place, elle le sait, dans ce monde secret et c'est là qu'il trouve la force, malgré ses angoisses, de donner corps aux idées de sa jeunesse.

*

Un photographe s'est installé à Nijni-Novgorod. Comme Wolkonski et Troubetskoï à la même époque, Ivan se rend dans son échoppe. Tandis que les deux autres ressemblent à des vieillards, il offre à l'objectif l'image d'un quinquagénaire en pleine forme. Ses cheveux ont blanchi. Ils restent cependant fournis et son regard, sous les verres de ses nouvelles lunettes – une monture noire, désormais – est toujours attentif et pénétrant.

Malgré son sens de l'économie, il ne doit pas reculer devant les dépenses d'habillement. Son tailleur est peut-être anglais. Chemise blanche, cravate noire, costume et gilet d'une coupe aussi sobre que millimétrée, il ne déparerait pas dans une banque de la City.

Pauline rend également visite au photographe. Elle a manifestement recouvré la santé et avec elle, le goût de la séduction. Avant de s'installer devant la chambre noire, elle enfile une robe qui découvre son cou. Pas beaucoup, mais tout de même. Ses amies de Tchita, à commencer par Maria, s'étaient engoncées dès la trentaine dans des tenues très collet monté.

Son corset doit être lacé au plus serré : sa taille, en dépit de ses soixante ans passés, semble aussi fine qu'au moment où elle a quitté Petrovski-Zavod. Même élégance que dans son jeune temps ; elle s'est parée de pendants d'oreille, sa robe est coupée dans une étoffe moirée et, sur le bout d'épaule qu'elle a laissé découvert, elle a jeté un de ces châles qu'elle affectionne, de fine dentelle noire. De peur qu'on ne remarque que ses cheveux se sont éclaircis, elle les a séparés en deux bandeaux crantés puis s'est coiffée d'un béguin blanc et asymétrique agrémenté, sur la droite, de rubans de soie et, sur la gauche, d'un très léger voile de dentelle. Du grand art. Elle n'a pas perdu sa main de modiste et elle recommence sûrement à dévorer les journaux parisiens. Lorsqu'elle fait son entrée au bras d'Ivan dans les salons des notables de Nijni-Novgorod, elle doit produire son petit effet.

Elle appuie son coude gauche sur un meuble, peut-être une chaise, que le photographe a dissimulé et on finit par comprendre pourquoi : elle a tenu à mettre en évidence le large bracelet de métal brut qu'elle porte à l'avant-bras, celui que le forgeron de Tchita, à sa demande, avait fabriqué à partir des fers qui avaient si longtemps enserré les chevilles d'Ivan.

Elle s'était juré de l'emporter dans la tombe. Elle est décidée à tenir parole, puisqu'elle le porte encore. Mieux, elle l'affiche, au risque qu'on le trouve déplacé sur cette robe de soirée. Ce bracelet, c'est sa fierté, son titre de gloire, son signe d'appartenance à l'élite décembriste, elle l'exhibe.

Malgré cette pose artificielle, elle fait forte impression. Une maîtresse femme. Cela tient à son dos, toujours aussi droit. Et mieux, à son regard. Quand je la vois fixer l'objectif comme elle le fait, d'un œil aigu, perçant, de nouveau Pauline-même-pas-peur, je me dis que Dumas n'a qu'à bien se tenir.

Lors du long périple qu'il effectue en Russie en 1858, l'auteur du *Maître d'armes* et des *Trois Mousquetaires* est attendu à Nijni-Novgorod avec des sentiments mitigés. Mouraviev a été avisé de son arrivée par le chef de son état-major, qui l'a appris lui-même d'un certain colonel Bogdanov, l'un des espions mandatés par le chef de la police impériale pour surveiller Dumas depuis qu'il a quitté Saint-Pétersbourg et rejoint Moscou.

Ce cher Alexandre, il est vrai, a accompli un extraordinaire triplé. En moins de deux semaines, et pour des raisons souvent contradictoires, il a irrité tout à la fois le tsar, les Décembristes et les écrivains russes.

Ceux-ci n'y vont pas de main morte. Ils voient en lui un amateur d'exotisme de pacotille et un hâbleur mondain plus préoccupé de sa personne que de la misère et des crises politiques qui continuent à ronger la Russie.

Les bourdes de Dumas ont commencé avant son départ. Un an plus tôt, il a fondé *Le Monte-Cristo*, un hebdomadaire presque exclusivement dédié à son autopromotion – l'équivalent d'un blog, en somme, à ceci près qu'il est payant. Dans cette revue orgueilleusement sous-titrée : « JOURNAL DE ROMANS, D'HISTOIRES, DE VOYAGES ET DE POÉSIE PUBLIÉ ET RÉDIGÉ PAR ALEXANDRE DUMAS, SEUL », il a édité ses nouveaux romans sous forme de feuilletons et, quand il a manqué de matière, il a republié l'un de ses plus grands succès, *Le Comte de Monte-Cristo.*

Il arrive qu'il ouvre son journal par une « Causerie », où il raconte sa vie à ses lecteurs – ou plutôt ce qu'il estime devoir leur raconter pour continuer à les faire rêver. Ainsi, en juin 1858, il leur annonce qu'il va leur narrer son voyage en Russie, étape après étape. Il les énumère et tant qu'à faire, leur en décrit déjà les merveilles.

Cet alléchant *teasing* lui paraît insuffisant. Il y revient dans les numéros suivants. Il s'étend cette fois sur les turpitudes de la dynastie Romanov, avec un intérêt appuyé pour les extravagances de Paul Ier, le grand-père du nouveau tsar.

Il est très célèbre en Russie, notamment grâce au *Maître d'armes,* d'autant que le roman y a été longtemps interdit. À son arrivée à Saint-Pétersbourg, le richissime couple russe qui l'a invité n'a aucun mal à l'introduire chez les mondains les plus en vue de la capitale impériale. Son talent de conteur les fascine, il devient en quelques jours la coqueluche de la ville. Où qu'il aille, on l'arrête, on l'assaille, on le poursuit. Cependant, à sa plus vive déception, il est snobé par les grands noms de la littérature russe de l'époque, dont Nekrassov, admirateur des Décembristes et découvreur de Dostoïevski. La plupart d'entre eux refusent de le rencontrer.

Il s'en ouvre à Grigorovitch, un écrivain très introduit dans les milieux littéraires de Saint-Pétersbourg. Les deux hommes sympathisent, Dumas sollicite son aide et entre autres services, lui demande de partir à la chasse aux romans ou nouvelles d'auteurs russes susceptibles d'être traduits et publiés dans *Le Monte-Cristo*.

Pour les rendez-vous avec l'*intelligentzia*, Grigorovitch n'arrive à rien, mais il s'avère très efficace dans la chasse aux romans. Il ne tarde pas à dénicher et à traduire un texte qui fait l'affaire. Il paraît quinze jours après dans les colonnes du *Monte-Cristo*. Signé « Dumas », cela va sans dire.

Le romancier a négligé un détail : des Russes sont abonnés au *Monte-Cristo*. Des bruits se mettent à courir, guère favorables, gagnent l'élite cultivée de Saint-Pétersbourg et Moscou, puis les milieux décembristes. L'image de l'écrivain se dégrade à grande vitesse. Comble de malchance, les numéros du *Monte-Cristo* où il a cru bon de relater les horreurs des Romanov atterrissent sur le bureau du tsar.

Les temps ont changé. Là où Nicolas aurait expulsé Dumas séance tenante, le nouvel empereur choisit une stratégie qui fera des émules sous le régime soviétique : circonvenir l'impertinent, l'entourer, le flatter, lui organiser fête sur fête. Il sera enivré, ébloui, étourdi, se répandra en louanges sur l'hospitalité russe et ne s'apercevra pas une seule seconde qu'il ne voit que ce qu'on veut bien lui montrer. Mais comme on n'est sûr de rien avec les écrivains, on va le surveiller de près.

Dumas n'a jamais soupçonné qu'il était suivi. Et encore moins manipulé. Dès la fin juillet, tous les maîtres de police des régions qu'il s'apprête à traverser sont avertis de son arrivée par une note confidentielle émanant de la direction du IIIe Bureau et il n'a pas pris la route de Moscou que de grands aristocrates proches de l'Empereur sont chargés d'organiser des réceptions en son honneur.

Il y en aura trois, chaque fois dans des jardins publics de Moscou. La première, « La Nuit de Monte-Cristo », a un succès phénoménal. La foule se rue et le couvre de vivats. On n'a pas lésiné : grands discours, illuminations, feux d'artifice, couronnes de lauriers, jusqu'à un blason lumineux frappé du monogramme « A.D. ». De tels monuments de flagornerie que Dumas, un peu gêné tout de même, n'en parlera jamais, ni dans *Le Monte-Cristo* ni à ses amis.

Lors des fêtes et des innombrables banquets qui suivent, les espions du IIIe Bureau font scrupuleusement leur travail. Ils consignent ce qui se dit en présence de Dumas et ce qu'on lâche dès qu'il a le dos tourné. Ces propos-là ne sont pas flatteurs. « Beaucoup de gens [...], écrit ainsi un espion, [...] tout en lui reconnaissant des qualités littéraires, le considèrent comme un homme futile. C'est pourquoi ils l'ont évité ou sont restés sur la réserve en s'entretenant avec lui, de peur qu'il les inscrivît sur ses tablettes et ne répétât leurs propos contrairement à la vérité. »

Autrement dit, les Russes cultivés se méfient de lui. Ils ont compris qu'il fait feu de tout bois, qu'ils risquent d'être mis en scène dans ses récits du *Monte-Cristo* et qu'il vaut mieux le tenir à distance : il a une fâcheuse tendance à déformer les faits, voire à raconter exactement le contraire de ce qu'il a vu et entendu.

Cela se sait peut-être à Nijni-Novgorod. À son arrivée, Dumas n'a aucune invitation en poche. Les seules entrées dont il dispose se résument à des lettres de recommandation auprès de deux commerçants importants. Ou ce qu'il va prendre pour des commerçants car les policiers du IIIe Bureau, comme les espions qui le suivent à la trace, ne sont jamais à court de ressources.

*

Les trois jours que Dumas a passés à Nijni-Novgorod ont fait l'objet d'un rapport de police, qui a disparu. Sur sa rencontre avec Pauline, on ne possède qu'un seul récit, le sien. Selon lui, dès qu'il fait son entrée dans le magasin du premier commerçant, un certain Brilkine se précipite sur lui sans s'enquérir de son identité. Dumas y voit bien sûr le signe de son immense popularité en Russie et lui tombe dans les bras. La vanité l'étouffe au point qu'il en devient aveugle. Dans tous ces égards, il voit un dû et ne s'étonne de rien. Même quand l'inconnu lui annonce que Grass, l'autre commerçant à qui on l'a recommandé, a mis un appartement à sa disposition. Il n'est pas plus surpris que son emploi du temps soit déjà établi : installation chez Grass, visite de la ville et de sa célèbre foire, enfin rencontre avec le gouverneur, lequel lui prépare une surprise.

Dumas ne se demande pas davantage comment et pourquoi ce négociant dont il ignore tout est si bien informé. Il s'inquiète seulement de l'identité du gouverneur, et lorsque l'autre lui répond « le général Mouraviev », ce nom lui rappelle le soulèvement du 14 décembre, sans plus.

Puis, comme promis, Brikline l'emmène chez Grass et, avant de le quitter, lui rappelle avec insistance qu'il doit déposer sa carte de visite au palais de Mouraviev.

La visite de la foire, que Dumas a décrite dans son journal bien avant d'y avoir mis les pieds, se déroule sans encombre. Il regagne la ville et, en passant devant le palais du gouverneur, se souvient soudain, c'est du moins ce qu'il prétend, qu'il n'y a pas déposé sa carte. Ça lui est impossible : il a laissé ses cartes de visite en France. Il griffonne son nom sur un bout de papier et demande à un domestique de le remettre à Mouraviev.

Il ment. En réalité, il n'a pas manqué d'apporter dans ses bagages tout un lot de cartes de visite. Il les distribue largement et il s'en sert à l'occasion pour donner de brèves nouvelles à certains de ses proches restés en France, dont son fils.

Cette histoire de carte est-elle une pure invention ? Dumas a-t-il été vexé de ne pas avoir été invité par le gouverneur, lui a-t-il écrit une lettre pour solliciter une entrevue, est-ce à ce moment-là que Mouraviev, amusé, lui a concocté une petite surprise de son cru ?

En l'absence du rapport de police, il est difficile de trancher. Le soir, en tout cas, pendant qu'il dîne avec ses deux « amis », il apprend que Mouraviev le convie pour un thé, à vingt-deux heures.

Cette fois-là, la nature de cette invitation, un simple thé, et son horaire tardif ne manquent pas de le surprendre. Il s'y rend en pestant, souligne-t-il : quel ennui d'être obligé de ressortir de ses malles sa tenue de soirée, frac noir, cravate, gilet blanc, bottes vernies. Il ne l'a pas enfilée depuis Saint-Pétersbourg.

Il ment toujours. Il n'est sûrement pas apparu en costume de ville aux trois fêtes somptueuses qu'on lui a organisées à Moscou, et encore moins dans les fabuleuses réceptions que les aristocrates proches du tsar ont données en son honneur.

L'abondance des détails sans intérêt est ce qui trouble le plus dans son récit. Pourquoi, par exemple, tient-il à dire qu'à son arrivée au palais, il glisse trois roubles au domestique qui a transmis son bout de papier ? Pourquoi signale-t-il qu'il s'est présenté à son thé à vingt-deux heures sonnantes ? Il ressemble à un voleur ou un criminel qui, lors d'un interrogatoire, multiplie les précisions pour tenter de se disculper. Aurait-il eu le mauvais rôle, ce soir-là ?

Pour le moins, j'en suis absolument certaine, il n'a pas été averti qu'on lui préparait une surprise. Qui n'était pas une surprise, mais un traquenard dont Mouraviev avait réglé le scénario avec Pauline, Ivan et tous leurs amis.

*

Voici donc Dumas dans le salon du gouverneur. Selon lui, Mouraviev l'attend autour d'une table où l'on s'apprête à servir le thé. Dans ce rendez-vous, affirme-t-il, rien de protocolaire ni de mondain. Seuls la famille du gouverneur et quelques amis intimes y sont conviés.

Mouraviev introduit ses invités puis, au moment où le romancier s'assied et entame la conversation, les portes du salon s'ouvrent et un valet aboie : « Le comte et la comtesse Annenkov ! »

La suite du récit mérite d'être citée *in extenso* :

« Ces deux noms me firent tressaillir et me rappelèrent un souvenir vague.

Je me levai.

Le général me prit par la main et me conduisit aux nouveaux venus.

“M. Alexandre Dumas”, leur dit-il.

Puis, à moi :

“M. le comte et Mme la comtesse Annenkov, le héros et l'héroïne de votre *Maître d'armes*”.

Je jetai un cri de surprise et me trouvai dans les bras du mari et de la femme.

C'était bien cet Alexis (*sic*) et cette Pauline dont Grisier m'avait raconté les aventures, et des aventures desquels j'avais fait un roman. »

Ivan, tomber dans les bras de Dumas ? Lui si réservé, si soucieux de ne rien laisser transparaître de ses émotions, en public comme en privé ?

Et il aurait narré toute la soirée ses aventures et celles de Pauline par le menu, alors qu'il n'évoquait jamais le passé avec qui que ce soit, fût-ce avec ses enfants ? Aux premiers mots qu'ils auraient échangés, Ivan, si méfiant, lui aurait accordé sa confiance et ils seraient devenus, comme Dumas l'écrit plus loin, « les meilleurs amis du monde » ?

Au fait, pourquoi les meilleurs amis du monde ? Parce qu'ils auraient pu ne pas l'être ? Et pourquoi ? Ils avaient un différend ?

De véridique, dans la suite de son récit, il n'y a que deux lignes : « La comtesse Annenkov me montra un bracelet que Bestoujev lui avait scellé au bras afin qu'elle ne le quittât pas même à sa mort. » Je suis convaincue que Pauline l'a fait. Pas du tout, comme Dumas le prétend, au moment où elle aurait sagement écouté Ivan faire le récit détaillé de ses malheurs – Pauline, se taire… –, mais au début de la soirée, quand elle a vu l'œil du romancier se poser sur ce bracelet de métal brut qu'elle exhibait et qui attirait tous les regards. À cet instant-là, je ne peux pas imaginer qu'elle soit restée muette. Des témoins l'ont dit : Pauline, si quelqu'un, Iakobi par exemple, lui avait fait un mauvais coup, s'arrangeait toujours pour lui régler son compte. Avec esprit, à la française, un ravageur esprit. Elle voulait avoir le dernier mot et ce mot était généralement féroce. Toute sa vie, son ironie fut la plus sûre de ses armes et comme le dit Maria dans le portrait qu'elle lui a consacré : « Elle n'avait pas son pareil pour ridiculiser son monde. »

J'en prends le pari : ce soir-là, de deux ou trois phrases assassines autant que rieuses, avant que Dumas ait commencé à lui servir sa grande comédie mondaine, elle l'a mouché. Comme tant d'autres avant lui, il en est resté abasourdi, sans autre consolation, lorsqu'il est ressorti du palais, que l'adage qui veut que le ridicule ne tue pas.

*

Dumas ne pardonnera pas à Pauline. Cinq mois plus tard, tandis qu'il se trouve dans un port de la mer Noire en attente d'un bateau pour Constantinople, il fait publier dans *Le Monte-Cristo* un article où il est question d'elle.

Pour ses fidèles abonnés, il n'a pas quitté Saint-Pétersbourg, ce qui l'autorise à évoquer la déportation des Décembristes, l'équipée des huit femmes en Sibérie et particulièrement Pauline, dont il affirme sans la moindre preuve qu'elle était née Pauline Xavier. Nouvelle façon de la relier à l'univers trouble de la courtisanerie : c'était le nom de la marchande de mode de Saint-Pétersbourg pour qui elle avait travaillé quand elle cherchait de l'argent afin d'entrer à la forteresse.

Puis, comme dans *Le Maître d'armes*, Dumas se lance dans un éloge vibrant de la clémence de Nicolas et assure que Pauline lui doit tout puisqu'il a financé son voyage en Sibérie. Trois mille roubles, précise-t-il, en ajoutant que le séjour des condamnés à Tchita fut plutôt sympathique. Ils s'y tournaient les pouces du matin au soir. Ils y faisaient à peu près ce qu'ils voulaient et, au pire, la température n'y dépassait jamais les moins vingt-huit.

Il n'omet évidemment pas de signaler qu'il a raconté les amours de Pauline avec Ivan dans son roman *Le Maître d'armes*. Et, alors qu'il les a rencontrés cinq mois plus tôt, il conclut sur un ton rêveur : « Qui sait ? Je les verrai peut-être. »

C'est qu'à l'image de son héros Edmond Dantès, Dumas n'en est qu'au début de sa vengeance. À son retour, il publie le récit complet de son voyage en Russie ; et lorsqu'il en arrive à l'étape de Nijni-Novgorod, il relate sa confrontation avec Pauline selon sa méthode habituelle, en se donnant le beau rôle et à l'exact inverse de ce qui s'est passé.

En 1861, le récit de son voyage paraît en Russie. Il connaît un grand succès. C'est aussi l'année où Pauline se rend à Paris, y séjourne un long mois et, une fois rentrée, annonce à sa famille que c'est décidé, elle va raconter sa vie.

*

J'aime le train. J'y oublie tout. Quand je lève le nez de mon ordinateur, je me bénis de m'être plongée dans mes dossiers : derrière ma vitre, les sapins s'obstinent à succéder aux bouleaux et les bouleaux aux sapins. Un seul événement notable s'est produit depuis la dernière gare : il pleut. Je ne vais pas m'en plaindre. Ces averses ininterrompues ont contribué à faire de mon compartiment un cocon bien isolé du monde, où j'ai pu réfléchir à loisir. Pauline, blessée par l'outrecuidance de Dumas, a dicté ses souvenirs à Olga pour rétablir la vérité. Et avoir ainsi le dernier mot. Elle n'avait pas compris qu'un romancier écrit sa vie en même temps qu'il réinvente celle des autres. Dumas était un conteur phénoménal, mais aussi un maître en autofiction.

Merci, Alexandre Dumas ! Sans vous, je n'aurais jamais connu Pauline. À mon retour en France, j'irai vous faire un petit bonjour au Panthéon.

À la gare de Nijni-Novgorod, les averses cessent. Dans les rues, l'ambiance est à la fin de partie. Sous les remparts qui entourent l'ancien palais du gouverneur, les marchands de souvenirs ont le vague à l'âme mais s'accrochent. Ils croulent sous les stocks de ballons estampillés « FIFA World Cup Russia 2018 » et sous des montagnes de kalachnikov en bois. Je ne peux faire un pas sans qu'un vendeur n'essaie de m'en fourguer. Ces jeunes et beaux rabatteurs parlent un sabir franco-anglais tout à fait intelligible et l'un d'entre eux, plus pugnace que les autres, m'en agite une sous le nez en plaidant : « Achète-la, ça te portera chance ! »

Comme je ne projette pas pour l'instant de braquer un bar-tabac, je ne vois pas le rapport entre sa kalach factice et mon éventuelle bonne fortune, et je lui demande de préciser sa pensée : « Chance pour quoi ? » J'apprends ainsi qu'au moment où je méditais dans mon compartiment du Transsibérien sur le danger qu'il y avait à fréquenter les écrivains, les Bleus, ici même, battaient l'Uruguay, 2-0, ce qui leur valait d'être qualifiés pour la demi-finale de Saint-Pétersbourg, où ils affronteront la Belgique – la Belgique, ah bon ? –, affaire d'une telle importance que notre président va se déplacer pour assister au match. Quant à la Russie, se lamente mon rabatteur, elle est éliminée.

Pauline va mourir et la vie continue, je n'en reviens pas.

*

Voir une dernière fois ce qu'elle a vu. Rêver encore d'elle un moment. Tout à l'heure, avant de regagner Moscou puis la France, j'irai sur sa tombe.

Je sais où elle se trouve, dans une nécropole étrangement nommée « le cimetière rouge ». Je ne suis pas pressée de m'y rendre, il me faut encore une petite dose de traces. Ici, en surplomb de la Volga, le ciel est large, le soleil et les cumulus en procession y cohabitent à leur aise. Je m'offre une longue flânerie jusqu'au rempart où Dumas regarda la nuit tomber sur la foire dont il avait décrit les splendeurs cinq mois avant de les avoir découvertes. Il y a longtemps qu'elle a été détruite et le foot, décidément, me poursuit : à son emplacement, je reconnais le stade monumental dont j'ai vu l'image collée aux vitrines des boutiques de souvenirs.

Je fais demi-tour et, nouveau prétexte pour reculer ma visite au cimetière, je vais explorer le musée. J'ai un excellent motif : on l'a installé dans le palais où Pauline rencontra Dumas. Mais le cœur n'y est plus. Il y a une semaine, ça m'aurait beaucoup amusée de faire craquer sous mes Sportiva *special trail* les parquets des salons où le romancier, en frac et souliers vernis, tomba nez à nez avec elle. Plus maintenant. *Game is over*, comme a regretté mon vendeur de kalachs factices quand il m'a appris que la Russie ne gagnerait pas la Coupe.

De l'autre côté des remparts, la *fan zone* s'ennuie. Son écran géant aussi, comme les taxis, qui tapotent sur leur portable en attendant le client. J'avise le premier de la file et je lui tends le Post-it où la réceptionniste de mon hôtel a consigné deux adresses en caractères cyrilliques : 16 rue Bolchaïa Pecherskaïa, la maison où Pauline vécut jusqu'à sa mort ; et 34 rue Pouchkine, le cimetière rouge.

Cinq minutes plus tard, je suis devant la maison. C'est probablement pour sa proximité avec le palais du gouverneur que le choix de Pauline et d'Ivan se porte sur cette belle et solide bâtisse donnant sur une avenue paisible. Sa sobriété dut leur plaire : un seul étage et une façade ocre pâle à l'ornementation réduite au strict minimum.

D'après leur petite-fille Elena, ils ne louèrent qu'une partie de l'immeuble ; l'étage, précisent d'autres sources. Derrière laquelle de ces fenêtres Pauline a-t-elle dicté ses mémoires à Olga ? Une plaque de métal gris est vissée sur la façade. Je connais assez de caractères cyrilliques pour y déchiffrer son nom et celui d'Ivan. La plaque indique sans doute qu'ils ont vécu ici.

Mais une mention en petits caractères m'intrigue. J'y déchiffre le mot « roman » et le nom de Dumas. L'auteur de *Monte-Cristo* poursuivrait-il Pauline et Ivan au-delà la mort ? Plus tard, je me ferai traduire cette mention, et j'apprendrai que mon pressentiment était juste. Ces trois lignes signalent au passant que Dumas fit d'eux les héros du *Maître d'armes*. La fiction, une fois de plus, a eu le dessus.

*

Sur la route du cimetière, je me demande si le repos éternel est vraiment de tout repos. Pauline et Ivan, quand ils disparurent – elle, à soixante-dix-sept ans, dans son sommeil ; lui, seize mois plus tard, à demi fou depuis qu'il l'avait perdue –, furent inhumés dans l'enclos d'un monastère. Dans les années trente, les fanatiques de Staline démolirent le sanctuaire et, sous Khrouchtchev, on décida de « liquider » les tombes, comme on disait à l'époque, c'est-à-dire de détruire les caveaux et d'enfouir les restes des défunts dans une fosse commune. Par chance, quelqu'un se souvint qu'Annenkov avait consacré les vingt dernières années de sa vie à l'abolition du servage, et que Pauline avait été l'une des huit femmes de la bande de Tchita. On épargna leur sépulture et on la transféra au cimetière rouge.

Cette petite nécropole enfouie sous la verdure est bien antérieure à la révolution de 1917, selon le livret qu'on m'offre à l'entrée quand je demande où se trouve la sépulture de Pauline. L'adjectif « rouge » n'est pas une référence au régime soviétique, mais au mur de briques qui la clôture.

Je m'égare dans les allées. Le gardien, qui m'a observée depuis la cour, me rejoint et me conduit à la tombe, un grand carré de terre ceint d'une grille de fer forgé. On y a dressé, sur un socle ancien, une grande croix néogothique – sans doute le monument originel.

La tombe est très bien entretenue. On doit souvent la visiter : à la grille sont accrochées des fleurs de tissu toutes neuves et des rosiers ont été plantés devant les plaques vissées au socle de la croix. Ils sont en fleurs. Rose vif, pour Ivan. Et pour Pauline, rose thé.

Une troisième plaque indique que leur fils Nikolaï est enterré avec eux. Il était mort quelques années avant ses parents. Il avait la trentaine. C'est à cette époque-là, d'après sa petite-fille, que Pauline cessa de chanter. Et elle ne sortit plus.

À l'entrée du cimetière, j'ai acheté un bouquet à une marchande. Des fleurs de jardin, marguerites et pivoines, c'était tout ce qu'elle avait. Je les dépose devant la plaque au nom de Pauline. Elles lui vont bien, comme les roses thé.

Je me recueille un moment. Je redoutais d'être émue, mais non, j'ai l'impression de rendre visite à une parente éloignée, une vieille cousine que je n'aurais jamais vue et dont j'aurais beaucoup entendu parler. J'aurais fait le voyage pour la rencontrer, je lui donnerais des nouvelles de France.

Et je m'en vais. Tout est fini, rien n'est fini. Sous les arbres et dans les buissons d'herbes folles, la vie déroule toujours ses milliers d'histoires sans histoire. Un insecte grésille, une ronce s'attaque à une dalle, une fleur va s'ouvrir, un bourgeon se dessèche avant l'heure, un rejet sur le tronc d'un hêtre pousse vers le ciel ses feuilles vert pâle. Je repense à ce qui m'a conduite ici, le cahier d'Olga. Je revois ses rajouts, ses ratures, ses feuillets laissés vierges, les taches de thé qui constellaient les premières pages du récit de sa mère. Pauline a fini par comprendre que la vie, dès qu'on la met en mots, est une fiction. La raconter ne va pas sans arrangements, on doit faire avec ses secrets, l'oubli et surtout la douleur, parfois si violente qu'elle vous rend muet et vous enseigne que le silence, voire le beau mensonge à la Dumas, est préférable à la vérité qui se promène toute nue, pas toujours belle à voir.

Dans la cour du cimetière, une ambulance déboule toutes sirènes hurlantes. Il y a quelques minutes, paraît-il, une jeune femme qui se recueillait sur une tombe s'est évanouie. Des infirmiers s'agitent, on l'allonge sur un brancard.

Un début d'histoire ? Un roman, une nouvelle ? Encore faudrait-il qu'elle m'aille, cette histoire. Comment savoir ? Je ne suis sûre de rien, sauf d'un point : je suis ce que je raconte. Et je serai ce que je raconterai. Dire une histoire, la mienne ou celle d'un inconnu, c'est comme plonger dans un livre : ressusciter.

Éléments bibliographiques

La meilleure édition française des mémoires de Pauline a été réalisée en 1988 à Moscou par les Éditions du Progrès, sous le titre : *Souvenirs de Pauline Annenkov, avec en annexe les souvenirs de sa fille Olga Ivanovna et des documents d'archives de la famille.*

Les souvenirs de Maria, *Mémoires de la Princesse Marie Wolkonski*, furent publiés en 1904 à Saint-Pétersbourg par son fils Mikhaïl, sous la forme d'une édition bilingue franco-russe.

Plusieurs Décembristes ont également rédigé leurs souvenirs. Les plus détaillés et les plus sûrs sont ceux du baron Andreï Ievgenevitch Rosen, rédigés en allemand et traduits dès 1872 en langue anglaise. L'éditeur britannique Eliott & Thomson les a republiés en 2006 sous le titre : *Russian Conspirators in Siberia, a personal narrative*.

L'ouvrage essentiel sur le parcours et la peinture de Bestoujev, *L'artiste décembriste Nikolaï Bestoujev*, est dû à la plume d'Ilya Silberstein, le collectionneur russe qui a redécouvert son œuvre. Cette belle monographie éditée à Moscou en 1977 comporte de nombreuses reproductions de ses aquarelles.

La *Correspondance d'une famille russe au* XIXe *siècle*, publiée par Marie-Agnès de Salaberry-Andrieu en 2014 aux éditions Barbot est un document précieux pour qui veut comprendre le mode de vie de l'aristocratie russe dans les années 1820-1860 et, à certains égards, le tragique destin de Catache. L'ouvrage, qui réunit une grande partie des lettres échangées par les siens, permet de mesurer le décalage entre les exilés de Sibérie et leurs familles. On y trouve aussi quelques lettres que Catache adressa à ses proches et à des amies de « la bande de Tchita ».

Dostoïevski a évoqué sa rencontre avec Pauline dans plusieurs textes, notamment ses *Souvenirs de la Maison des morts* (Gallimard, Folio, 1977), son *Journal d'un écrivain* (Gallimard, La Pléiade, 1972) et sa correspondance publiée par Calmann-Lévy en 1947.

Le Maître d'armes d'Alexandre Dumas a fait l'objet, lui, d'une réédition en 2002 aux Éditions des Syrtes. Ses *Impressions de voyage en Russie*, où il relate, entre autres, sa rencontre avec Pauline et Ivan, ont aussi été rééditées sous le titre *Voyage en Russie* (Éditions Bartillat, 2015).
Les numéros de son journal *Le Monte-Cristo, journal hebdomadaire de romans, d'histoire, de voyages et de poésie*, ont été mis en ligne par une équipe de recherche de l'ENS-Lyon et de l'UMR 5611 LIRE à l'adresse : http://alexandredumas.org/Corpus/Numeros/Le_Monte-Cristo

On peut aussi consulter :
• M. Ancelot, *Six Mois En Russie*, Dondey-Dupré Père & Fils, Paris, 1826.
• Daniel Beer, *The House Of The Dead, Siberian Exile Under The Tsars*, First Vintage Books Edition, 2017.
• Anastasia Bogomolova, *Le Marché russe des modes françaises en 1700-1825 – Politiques, acteurs, produits, contrebande*, université Paris 1 Panthéon-Sorbonne, HAL, Archives ouvertes, 2018.
• Astolphe de Custine, *La Russie en 1839*, tomes I et II, Solin, 1990.
• Jocelyne Fenner, *Le Goulag des Tsars*, Tallandier, 1986.
• Dominique Fernandez, *La Magie blanche de SaintPétersbourg*, Gallimard, 1994. *Transsibérien*, Grasset, 2012.
• Julie Grandhaye, *Les Décembristes, une génération républicaine en Russie autocratique*, Publications de La Sorbonne, Paris, 2011. *La République des Décembristes, Pour une histoire de la modernité politique en Russie (1760-1870)*, HAL, Archives ouvertes, 2011.
• Sophie Hasquenoph, *Les Français de Moscou en 1812*, Éditions du Rocher, 2012.
• Eric Hoesli, *L'Épopée Sibérienne – La Russie à la conquête de la Sibérie et du Grand Nord*, Paulsen, Paris, 2018.
• Georges Lecointe de Laveau, *Description de Moscou*, Moscou, 1835. *Guide du voyageur à Moscou*, Moscou, 1824.
• Iouri M. Lotman & Boris A. Ouspenski, *Sémiotique de la culture russe*, L'Âge d'Homme, 1990.
• Andreï Makine, *L'Archipel d'une autre vie*, Seuil, 2016.
• Eleonora Pavlioutchenko, *Les Fils de Voltaire en Russie, Les Décembristes et la France*, Éditions du Progrès, Moscou, 1988.

• Alexandre POUCHKINE, *Poésies*, Éditions Gallimard, 1994.
• Danièle SALLENAVE, *Sibir*, Gallimard, 2010.
• Christine SUTHERLAND, *La Princesse de Sibérie*, Paris, Perrin, 1997.
• Félix TASTEVIN, *Histoire de la colonie française de Moscou depuis les origines jusqu'à 1812*, Librairie F. Tastevin, Moscou, 1908.
• Henri TROYAT, *Alexandre Dumas, Le cinquième mousquetaire*, Grasset, 2005. *Pouchkine*, Perrin, 1976. *Dostoïevski*, Fayard, 1990.

REMERCIEMENTS

Pour leurs éclairages passionnants :

Jean Tulard, de l'Institut.

Sergueï Nekrassov, directeur du Musée national Alexandre Pouchkine de Saint-Pétersbourg.

Marina Bokarius, conservatrice du fonds bibliothécaire du Musée national Alexandre Pouchkine de Saint-Pétersbourg.

Tatiana Makeeva, professeur à l'université de Moscou et curatrice du musée Mouraviev.

Ludmilla V. Emirziadi, chef du département des relations internationales de l'État de Transbaïkalie.

Ludmilla M. Karchanova, Archives de Tchita.

Nina S. Kozlova, vice-directrice du musée des Décembristes de Tchita.

Larissa V. Khramova, conservatrice du Département du livre rare de la bibliothèque Pouchkine de Transbaïkalie.

Marina V. Zabrovskaya, chef du Département du livre rare de la bibliothèque Pouchkine de Transbaïkalie.

Nadezda E.M. Baranova, chef du Département du Musée ethnographique de Transbaïkalie, musée des Décembristes de Tchita.

Marina A. Vikulova, chef de la bibliothèque M.M. & E.P. Naryshkina à Tchita.

Svetlana Nomokonova, directrice du musée des Décembristes de Petrovski-Zavod et toute son équipe, dont Dimitri.

Elena Dobrynina, directrice du musée des Décembristes d'Irkoutsk et toute son équipe.

Alexandre Nekrassov, pour nos promenades dans Saint-Pétersbourg.

Irina, pour son chaleureux accueil à Tchita.

Natacha Zakharova et Olesya Baklaskina, pour leurs talents d'interprètes.

Sylvie Bermann, ambassadrice de France à Moscou, pour l'attention qu'elle a bien voulu porter à mes pérégrinations en Transbaïkalie. Et pour mon initiation au football par ses services lors de la retransmission du match France-Pérou.

Jean Mendelson, pour ses recherches aux Archives diplomatiques.

Dimitri Jarov, qui m'a si bien aidée à établir mon itinéraire et mes rendez-vous.

Mes amis K., M.F., Isabelle, Macha, pour leur précieux regard sur Pauline et l'équipée décembriste. Ainsi que Philippe G., pour ses éclairages sur Dumas.

Enfin Isabelle Parent, qui a veillé, avec Fabienne Reichenbach, sur l'arrivée à bon port de mon traîneau de chapitres.

TABLE